KB059649

할머니, 나의 할머니

어머니란 이름으로 살아온
우리 여성들의 이야기

할머니, 나의 할머니

이시문

어른의시간

이야기를 시작하며

1979년 9월 28일, 조간이나 석간이나 실종 100일 만에 암매장된 시신으로 발견된 골동품상 주인 내외와 운전기사에 관한 기사로 도배되어 있었다. 주인 내외의 어린 네 자매가 졸지에 고아가 되었다는 마음 아픈 이야기와 석 달이 넘도록 단서조차 발견하지 못한 경찰의 무능함에 대해 신문은 많은 지면을 할애했다. 자녀가 태어났을 때 그날의 조간신문을 사서 간직했다는 만화가 조경규의 글을 읽고 내 생일날에는 어떤 기사가 있었을까 궁금하여 찾아봤더니 이렇게 무섭고 슬픈 사건이 등장했다. 우리 집과는 아무런 관련이 없었지만, 아무튼 내가 태어난 날은 전국이 이 사건으로 떠들썩했던 것 같다. 또 약 한 달 뒤면 유신 정권이 끝나겠지만, 시간은 한 방향으로만 흐르므로 아직 아무도 모를 때였다.

한국 전쟁 후 베이비 붐으로 태어난 세대가 다시 결혼해 아이를 낳을 즈음이라 산부인과와 조산원도 제법 있었다. 나보다 불과 세 살 많은 나의 남편은 당시에 '산파'라고 더 많이 불렸던 조산사를 불러 순천 집에서 태어났다고 하는데, 경기도 안양이 고향인 나는 집 근처 병원도 아니고 서울에 있는 병원에까지 가서 태어났다. 엄마는 그저 "첫애라 유난을 떤 거지"라고 했지만, 나의 친할머니가 우리 집과 가까운 산부인과 병원을 못마땅해했다는 사실을 나중에 알았다. 그 병원 원장과 할머니의 친정 조카사위가 부적절한 관계를 맺어 할머니 조카딸이 마음고생을 심하게 했다는 것이다.

이렇게 유신 정권의 끝 무렵에 태어난 나는 옛이야기를 무척 좋아했다. 옛이야기 듣는 것 같아서, 또 옛이야기처럼 구수하게 이야기를 풀어내는 좋은 선생님들을 만난 덕에 국사든 세계사든 역사 수업도 좋아했다. 그렇지만 내가 태어나서부터 대학원 근처로 독립하기까지 같이 살았던 친할머니한테 옛날이야기를 해달라고 하면 "들어서 뭐 하게"라고 하실 뿐이었다. 나는 「호랑이와 곶감」이나 「해님 달님」 같은 전래 동화를 청해서 듣고 싶었던 것뿐인데 할머니는 지어낸 그런 얘기보다 더 지어낸 얘기 같은 일들을 겪어온 탓일까. 할머니의 옛날이야기는 당신이 젊은 시절부터 겪어온 이야기였고 내가 한창 자랄 때까지는 잘 해주지도 않으셨다. 지금 생각해보니 할머니의 이야기에는 할머니만의 연령 심의 기준이 있었고 애들한 테 해줄 만한 얘기가 아니라고 생각하셨던 것 같다.

기준이 늘 문제였다. 호칭의 기준이 나인지 아빠인지 모호 해서 뒷이야기를 한참 들어야 맥락을 파악할 수 있었고, 혹은 끝까지 주요 등장인물의 구체적인 촌수나 관계는 파악하지 못 하고 내처 이야기만 듣기도 했다. 큰어머니가 되었다가 큰할 머니도 되었던 나의 친할머니의 큰동서. 할머니와 증조할머 니를 왔다 갔다 했던 나의 친할머니의 시어머니. 집안 반대로 식을 못 올리고 지금은 생사도 확인 못 하는, 아들 하나 낳고 돌아가셨다는 나의 친할머니의 둘째 큰동서가 될 뻔했던 할머 니. 서른다섯에 큰며느리를 보고 살림에서 손을 놓은 상노인 네가 되어 돌아가실 때까지 그저 뒷짐 지고 살림 참견만 하며 사셨다는 내 외할머니의 시어머니이자 엄마의 할머니. 나의 삶엔 그렇게 여러 할머니가 계셨다.

초례 치르고 딱 넉 달 만에 전쟁 통에서 남편을 잃고 유복자 외아들을 홀로 키워냈으며, 코로나19가 터지기 전의 초가을, 혹시나 자식들이 당신 제삿날을 잊어버릴까 봐 걱정하셨는지 외며느리 생일날 돌아가신 나의 친할머니. 할머니가 전해주 신 당신의 이야기와 다른 할머니들의 이야기를 쓸 것이다. 내 기억 속에 남아 있는 할머니와의 일들도 포함해서 말이다.

오늘 저녁 된장찌개가 맛있었다는 말을 하고 싶으면 콩 심은 이야기부터 해야 하는 외할머니도 빼놓을 수 없다. 나의 외할머니는 빼어난 이야기꾼이었다. 언젠가 엄마랑 스티븐 킹의 『돌로레스 클레이본』을 같이 읽은 적이 있다. 그 책은 처음부터 끝까지 돌로레스 클레이본 한 사람의 독백 형식 소설로, 마주 앉은 사람의 말까지 대신 주절주절 얘기하며 진행된다. 엄마가 "재미는 있는데 세상에 그렇게 혼자 책 한 권 분량을 떠드는 사람이 어디 있느냐"며 스티븐 킹의 이야기 전개 방식에 의구심을 품자 내가 "외할머니 정도면 가능하지 않겠냐"고 했더니 충분히 가능하겠다며 서로 웃었던 적도 있다.

어릴 때는 이야기에 등장하는 인물들이 누가 누군지 잘 알아듣지도 못하겠고, 알아들어도 내 머릿속에 얼굴을 연결해서 떠올릴 수 있는 인물이 없으니 와닿지도 않았다. 불쑥 할머니들의 의식 흐름대로 다양한 에피소드가 튀어나와 흔한 넋두리로만 여겨 흘려듣고 있었다. 어느 순간부터, 좀 더 정확히는 철이 조금 들면서 할머니들의 이야기가 재미있어졌다. 왠지 손녀로서 할머니의 이야기를 어떤 형태로든 기록해놓는 게 의무처럼 느껴지기도 했다.

'좀 더 일찍 시작했어야 했는데……'라는 생각이 든 지가 벌써 10년 된 것 같다. 온전히 다 옮길 수 있을까 하는 마음에 쓰지 말까 싶기도 했다. 지금처럼 스마트폰으로 쉽게 녹음할 수 있는 시절이 아니라서 할머니의 이야기를 일찌감치 카세트 테이프에라도 녹음해놓을 걸 하며, 할머니 입으로 들을 때보다 뭔가 부족한 느낌이 들 때마다 날아가버린 내 기억을 원망할 뿐이다. 외할머니가 억양이 센 경북 사투리로 흥얼흥얼 부르시던 노래인지 이야기인지 몇 개는 녹음해놓으면 국어사에서 〈우리의 소리를 찾아서〉 정도의 가치가 있겠다 싶기도 했다. 내가 몇 개 키워드만 던져놓으면 연결된 에피소드가 토씨도 거의 바뀌지 않고 자동으로 나오던 할머니들의 이야기였는데, 언제부턴가 이 여인들의 기억을 차츰 감추어간 치매도 원망스럽긴 마찬가지다. 결국, 부지런히 이야기를 취재해놓지 못한 나의 게으름 탓이다.

때맞춰 해방 전 조선으로 돌아오지 않았더라면 이민진의 소설 『파친코』에 나오는 인물들처럼 재일 조선인으로 살아갈 수도 있었던 외할아버지는 우리 가족을 통틀어 개척 정신이 가장 강하고 부지런한 분이다. 이 개척자 기질을 가장 많이 물려받았으면서 가난한 집 장녀로 태어난 관계로 겪어야 했던 모든 설움과 부조리함을 개척에 대한 에너지로 바꿔 1970년대에 미국 이민을 떠나 친정 식구들을 전부 불러 모았던 나의 큰이모. 그리고 나와 내 동생 덕분에 적당한 시기에, 지금은 우리 집에서 가장 젊은 할머니가 된 나의 엄마. 그리고 그 주변에 늘 함께 있었던 옆집, 앞집에서 만난 여러 할머니들. 이 책은 그 할머니들의 구구절절한 크고 작은 이야기이다. 할아버지들은 없냐고? 할아버지들도 할머니들 이야기에 엮이고 묶이고 곁들여서 같이 나오니 걱정을 마시라.

박경리에서 시작해서 조정래와 최명희와 박완서를 거쳐 이문구와 신경숙과 성석제와 천명관과 공지영과 김영하를 읽으며 자랐다. 요즘에는 구병모와 김초엽과 천선란과 김준녕도 읽는다. 그 많은 책을 읽고 고작 이 한 권을 쓰냐며 나의 남편은 효율이 너무 떨어진다고 타박을 하기도 한다. 한때 이 책의 이야기를 소설로 써보자는 야심 찬 꿈을 꾼 적도 있었다. 그러다가 등장인물을 다시 만들어내고 플롯을 짜서 새롭게 이야기를 지어내는 일은 나의 능력치를 훌쩍 넘어서는 일임을 깨달았으며, 사람들이 저마다의 이야기를 써내는 에세이 열풍에 사뭇 감사하며 글을 쓴다.

사람들은 왜 〈아침마당〉을 보고 〈컬투쇼〉를 듣고 〈유 퀴즈 온 더 블럭〉에 열광하며 〈꼬리에 꼬리를 무는 그날 이야기〉에 빠져들까. 나는 단언컨대 인간은 서로 본능적으로 이야기를 나누는 동물이기 때문이라고 주장한다. 글자가 없던 시절에 고대 인류라고 부르는 사람들도 수렵과 채집의 고단한 하루를 끝내고 서로 모이면 자기가 겪은 일을 이야기로 전달하고, 어느 순간부터는 없는 이야기를 지어내면서까지 감동을 주고받으며, 때로는 웃으며 공감하고, 때로는 분노하고, 또 때로는 안도하며 살았을 거라고 감히 써본다. 이 책은 그런 유구한 전통을 지닌 인류가 주고받는 이야기 나누기의 연속이다. 빗살무늬 토기를 강물에 씻으러 와서 서로 밀린 이야기를 나누듯 구구절절 풀어놓는 이웃집 수다쟁이 아줌마의 집안 이야기를 한번 들어보시라.

차
례

1장 나고 자라다

2장 짝을 찾아 혼인을 하고 이어지는 자손들 이야기

나고 자라다

'보리쌀 서 말'이
별명인 나의 친할머니

얼마 전 〈전국노래자랑〉의 사회자가 바뀌었다. 송해 할아버지가 돌아가셨다는 소식에 안타까워했던 것도 잠시, 방송인 김신영이 새로운 사회자가 되었다는 소리를 듣고 어쩜 이렇게 잘 어울리는 사람을 찾았나 싶어 놀랐다. 누구도 송해 할아버지를 대체할 수 없으리라 생각했지만, 세월이 흐르고 또 그에 맞는 인물이 빈자리를 채웠다. 다행이다 싶으면서도 만감이 교차하는 건 어쩔 수 없었다. 〈전국노래자랑〉은 언제나 친할머니에 대한 기억을 불러오는 프로그램이기 때문이다.

　〈전국노래자랑〉은 〈가요무대〉와 더불어 할머니가 제일 좋아하는 프로그램이었다. 내가 일찌감치 트로트에 눈을 뜨고 동년배들 사이에서 음악적인 취향으로는 마이너리티에 속한 것도, 대학교 다닐 때 친구가 노래방에서 크라잉넛의 〈말 달리자〉를 부를 때 옆에서 주현미의 〈비 내리는 영동교〉를 불렀던 것도 할머니 옆에서 〈가요무대〉와 〈전국노래자랑〉을 주로 보아서라고 해보겠다. 매주 월요일 밤늦게 하는 〈가요무대〉는 주무시는 것 같아서 끄면 "보는 거여" 하고 다시 텔레비전을 켜 끝날 때까지 눈을 감고 들으며 틀어놓기 일쑤였고, 〈전국노래자랑〉은 주말의 한가로움이 월요일에 대한 부담으로 바뀌는 일요일 점심때쯤 늘어진 몸과 마음을 동네별 장기 자랑으로 깨워주는 각성제였다. 송해 할아버지가 나올 때마다 할머니는 "나랑 한동갑이여"라 하셔서 그렇게 알고 있었는데(정말로 매주, 매번 볼 때마다 말씀하셨다) 할머니 돌아가시고 나서 찾아보니 송해 할아버지는 1927년생으로 무진생 용띠인 나의 친할머니보다 한 살 위였다.

할머니가 태어난 1920년대는 지금 주민등록에 해당하는 호적과 실제 생년월일이 일치하는 일이 더 드물었던 시절이기도 했다. 할머니의 아버지는 "왜놈 호적에는 못 올린다"면서 완강하게 딸의 출생 신고를 거부했다. 기록을 찾아보니 1909년부터 시행되던 민적법이 1923년 일제 치하에서 조선호적령으로 바뀌었는데, 이 할아버지는 조선호적령에 따른 출생 신고를 할 수 없다고 버티셨던 것이다. 그러나 사람 하나 하나를 수탈 대상으로 보고 관리에 골몰하던 일제가 언제까지고 용납할 리가 없었다. 할머니가 너덧 살 되던 무렵 그 당시로서는 제법 큰 보리쌀 서 말을 벌금으로 내고 1929년생으로 맞지도 않는 출생 신고를 하였으며 그때까지도 틀고 계시던 할아버지의 상투도 잘려 나가 할머니 어릴 적 동네에서의 별명은 '보리쌀 서 말'이었다. 한 말이 18리터이니 서 말이면 54리터, 요즘 1.5리터 생수병으로 치면 36병의 분량이다.

친할머니의 아버지, 그러니까 나의 진외증조할아버지는 집안 머슴이 처마 밑에서 담배를 피우면 "버릇없다"며 된통 혼을 낼 만큼 강상의 규율을 엄하게 지키고 주위에도 지키게 만드는 분이었다고 한다. 직책이나 직함이 뭔지는 불분명하지만 으레 마을에 하나 정도 있을 법했던 '동네 왜놈 앞잡이'도 이 서슬 퍼런 할아버지한테는 함부로 못 했다고 한다. 그 앞잡이를 길에서 만나면 일부러 보는 데서 침을 바닥에 카악 뱉고 제대로 눈길도 안 주셨다고 하는데, 나중에 해방이 되고 마을 사람들이 "저놈 잡아 죽여라" 하며 덤벼들 때는 "자식 키우는 사람끼리 그러면 안 된다"며 도리어 사람들을 말렸다고 하니 할아버지에게 정의로움은 무엇이었을까 생각해보게 된다.

학교는커녕 여자들에게 글을 가르치면 시집가서 친정에 편지질한다고 한글도 안 가르치던 시절이었다. 억울함과 분노를 글로 기록하여 타인에게 알리는 '교육의 효과'를 잘 아는 말이다. 시골 동네라도 딸자식을 그래도 동네 국민학교까지는 보내게 되려면 나의 부모 세대 정도는 되어야 했다. 진짜 이유는 무엇이었을지 몰라도 할아버지는 "왜놈 학교에 안 보낸다"가 명분이었다. 그래서 할머니 형제들은 모두 학교에 오래 다니신 분이 없다. 증손녀가 나중에 글을 배워 할아버지 이야기를 이렇게 기록해드릴 줄은 모르셨겠지만.

동네에서 별명이 '보리쌀 서 말'이었던 삭령 최씨 나의 친할머니는 아버지의 이런 고집스러우면서도 당당한 성격을 많이 물려받아 무척 기가 셌다. '기가 세다'고 해서 덩치가 커다란 조직폭력배 같은 사람에게서 느껴지는 차가운 살기와 폭력적인 기운을 말하는 게 아니라 따뜻하면서도 강한 기운이 늘 할머니에게 있었다. 가위에 자주 눌리곤 했던 나의 동생은 가위에 눌리다가 깨도 따뜻한 할머니 손을 잡으면 다시 편하게 잘 수 있었다고 한다.

옛날 시골집에 가면 '궤연'이라는 곳이 있었다. 엄마는 '고연'이라고 했는데 찾아보니 '궤연'이 맞는다. 요샛말로는 빈소라고 하면 이해가 쉬울 것 같다. 요즘 장례식장 한 칸을 대여해서 상객을 맞이하고 발인하면 깨끗이 치워놓는 그 빈소를 예전에는 집에서 다 장사를 치렀으니 궤연이라는 이름으로 집에다 차려놓았다. 궤연은 발인과 함께 시신을 모셔 나가 무덤을 만든 후에도 치우지 않고 삼년상을 치르는 동안 유지해가며 제사를 지내는 곳이다. 무덤가에 초막을 짓고 시묘살이를 하는 효성 깊은 집도 있었지만, 대개는 집에서 이렇게 삼년상을 치렀단다.

나의 친할머니는 어려서 동네에서 아이들끼리 숨바꼭질하며 놀 때 남들은 을씨년스럽고 어째 뒷덜미가 선득하여 들어가기를 꺼리는 궤연에 숨어들어 남들이 못 찾게 한 적도 있을 만큼 담이 큰 사람이었다는 거다. 무섭지도 않냐고 누가 물으면 무섭긴 뭐가 무섭냐고 아무렇지도 않게 대꾸를 했다니 기가 참 센, 아니 기세가 당당한 사람이 분명하다.

세상이 여자에게 어떤 덕목을 요구하든지 나의 친할머니처럼 옹골차고 담이 크며 기세가 당당하면 세상을 맞닥뜨리고 살아가기에 조금 더 수월한 건 맞는다. 주위에서는 할머니더러 기가 세서 팔자가 사납다는 소리를 어지간히 했지만 사람 팔자가 사나울지, 한겨울에도 온실 속에 있는 것처럼 평온할지는 살아보기 전에는 알 수 없는 노릇이다. 온실에서 계절을 잊고 살다가 연탄값이 폭등하든 세찬 바람에 비닐이 날아가든 갑작스럽게 혹한을 마주하고 어찌할 바 모르는 것보다는 추우나 더우나 내 그럴 줄 알았다며 콧방귀 한 번 뀌고 계절을 담담하게 감내하는 모습이 더 멋지지 않은가. 할머니가 바로 그런 분이었기에 내가 태어나 이렇게 살고 있는 셈이다.

산본리 전주 이씨
이 서방을 소개합니다

지금은 경기도 군포시 산본동이라고 불리는 지역이 경기도 시흥군 남면 산본리이던 시절이 있었다. 편의상 이 지역을 산본리라고 부르겠다. 나의 친할아버지는 네 남매 중 막내이다. 맏형은 일본에 가서 고향과 인연을 끊고, 둘째 형은 죽고, 누나는 결혼하고, 남은 나의 할아버지에게도 태평양 전쟁을 위한 징집 통지서가 온다. 할머니께서 생전에 군인으로 전쟁에 나갔다고 하셔서 그런 줄 알았는데, 좀 더 알아보니 할아버지는 일본군으로 끌려간 게 아니라 군속, 즉 군무원 신분으로 징집이 되었다. 이건 또 뭔가. 강제 노역을 시킨 징용이나 징병은 널리 알려져 있지만 군속으로 끌려간 사람들은 그 수에 비해 잘 알려지지 않았다. 태평양 전쟁은 저 남쪽 남양군도까지 그 손길이 뻗쳤는데, 거기에는 전쟁 중에 잡힌 미군 포로수용소가 여럿 있었고, 군무원이라고 데려간 조선인들에게 이곳에서 포로를 관리하는 간수 역할을 시켰다.

집안사람들이 대부분 인색하고 인정머리가 없었다는 일관된 평가 속에 나의 할아버지는 굉장히 예외적인 분이어서 성미가 급하고 불뚝거릴지언정 인정이 많아 집을 지나치는 거지도 불러다 밥을 먹이고 옷을 입히곤 했다고 한다. 그리고 보니 나의 할머니는 급하고 불뚝거리지만 인정은 많은 아버지 밑에서 커서 그런 성격의 남편도 만나게 되었다. 마치 인색한 집안에 탁발을 간 스님이 쫓겨나자 그 집에 불심 깊은 며느리가 쫓겨 나가는 스님을 몰래 불러 시주 쌀을 부어주었다는 옛이야기처럼 내 친할아버지는 인색한 집에서 하나쯤 있는 인정 많은 역할을 담당했나 보다.

사람이 보통 권력을 갖게 되면 아무리 자그마한 것도 휘두르고 싶어지고, 때로는 자그마할수록 더 세게 휘두르기도 한다. 남양군도에 있는 미군 포로수용소에서 간수라는 어정쩡한 권력을 가지게 된 조선인들은 어떻게 행동했을까. 본인들과 비슷한 처지의 미군 포로를 불쌍히 여겼을까? 아니면 탐관오리 밑에서 부락민 수탈에 앞장서는 이방처럼 행동했을까.

다행히 할아버지는 불쌍한 처지의 사람들을 가엾게 여길 줄 알고 도와주기를 주저하지 않는 쪽이었다. 간수라지만 군의 감시를 받는 조선인으로서 포로를 돕는 게 쉬운 일은 아니었을 것이다. 나의 할아버지는 그래도 미군 포로들에게 물이나 먹을 것도 잘 챙겨주고 인간적으로, 아니 그들을 인간으로 대하는 간수였다고 한다.

군속으로 끌려간 게 언제인지는 정확히 모르겠지만 남양군도에서 할아버지는 해방을 맞았다. 현지의 상황으로는 일본군이 패전하여 미군 포로와 일본군 및 군속의 입장이 하루아침에 바뀌게 된 것이었다. 하지만 연합군이 방금까지 치열하게 싸우던 일본 군대에서 강제로 불려온 조선인을 행정적으로 혹은 감정적으로 구별해내서 "자, 너희도 원치 않는 군대에 그것도 외국에 끌려와서 고생 많았다. 어서 고향으로 돌아가렴"이라고 하기는 불가능한 일이었다. 그래서 나의 할아버지는 해방이 되고도 그 기쁨을 누리기는커녕 처지가 바뀌어 무시무시한 '전범' 딱지를 붙이고 남양군도에 다른 조선 출신 군속들과 일본군과 함께 갇혀 '전범 재판'을 기다리는 신세가 되었다.

태평양 전쟁이라는 일본의 전쟁에 조선인들도 '일본군'으로 얼마나 많이 징집되었던가. 그럼에도 일본의 패전 이후에 우리나라가 일본과 도매금으로 넘어가 전범 국가로 낙인찍히

지 않고, 일제 강점이라는 피해를 받은 독립 국가로 인정받은 건 절대 당연한 일이 아니었다. 치열하게 나라를 되찾기 위해서 싸우고 세계 각지로 흩어져서 조선은 일본과 다른 나라라고 끊임없이 인식시켜온 독립운동가들의 노력이 있었기 때문에 가능했던 거다.

지지부진하게 진행된 전범 재판이 이렇게 저렇게 끝이 나고 풀려난 할아버지는 해방된 대한민국으로 바로 들어오지 못하고 일본으로 먼저 간다. 기록이 많지는 않지만 그렇게 한반도나 일본의 바깥에서 해방을 맞은 일본군 소속의 조선인들은 일단 일본인으로 분류되어 일본으로 돌려보내져 이들이 고향으로 돌아오는 일도 만만치 않았다고 한다. 일본으로 보내진 할아버지는 부모와 연을 끊고 일본에서 자리 잡고 살던 큰형을 찾아간다. 그때가 아마도 1949년에서 1950년으로 넘어가는 겨울이었던 듯하다. 큰할아버지는 해방 후에도 만 4년이 지나 간신히 살아 돌아온 동생에게 곧 전쟁이 날 것 같으니 이제 대한민국이 된 고향으로 들어가지 말라고 권유한다. 나는 선전포고도 없이 어느 날 느닷없이 북한군이 남침을 한 것으로 알고 있었는데, 어떻게 일본에 살던 큰할아버지는 전쟁이 날 것 같다는 낌새를 채고 있었을까.

공중파 방송국의 '창사 특집 드라마'라든가 삼일절, 광복절 같은 국경일을 기해 만드는 미니 시리즈, 단막극 등은 매일 보는 그저 그런 연속극과는 달리 방송국에서 굉장히 힘을 주어 만드는 드라마였다. 치밀한 서사는 물론 영화 못지않은 세트로 제작비가 얼마나 들어갔느니, 캐스팅이 화려하다느니 하며 시작 전부터 화제가 되곤 했다. 그렇게 힘을 주어 만들었으니 얼마나 재미가 있겠는가. 게다가 일제 강점기나 한국 전쟁은 아무 데서나 소재를 따와도 고난과 역경의 대서사시가 만들어지게 마련이었다. 꼬맹이 시절부터 이런 드라마를 좋아해서 열심히 보고 있노라면 할머니는 칠색 팔색을 하면서 다른 걸 보라고 했다. 할머니랑 싸워가면서 눈치껏 채널을 돌리는 게 일이었다. 내게는 '공들여 잘 만든 재미있는 드라마'가 할머니에게는 쳐다보기 힘든 다큐멘터리였다는 사실을 깨달은 건 한참이 지나서였다.

가끔 무슨 생각을 골똘히 하던 할머니는 밑도 끝도 없이 "들어오지 말지, 왜 들어와서는……" 하고 중얼거릴 때가 있었다. 그 문장의 주어는 당신의 남편이었다. 형으로부터 전쟁이 난다는 얘기를 듣고서도 믿지 못해서였는지, 아니면 날 걸 알면서도 부모가 기다리니 가야 한다는 생각이었는지는 알 수 없지만 부득부득 무리해서 집으로 돌아온 할아버지. 할아버지가 일본에서 돌아오지 않았으면 할머니랑 부부로 맺어질 일도 없었을 거고, 전쟁에서 할아버지가 돌아가시고 나서 할머니 혼자 아빠를 키우며 살 일도 없었을 거라는 이야기를 혼잣말로 그렇게 "돌아오지 말지"라고 하신 거다.

산본리 고향으로 돌아온 할아버지는 말씀을 잘하셨던가 보다. 할아버지는 남양군도에서의 경험을 동네 사람들, 특히 아이들이나 청년들을 모아놓고 이야기하기를 즐기셨다고 한다. 지금으로 치면 〈차이나는 클라스〉까지는 못 되더라도 〈세바시〉 강연 정도는 되지 않았을까. 인기가 좋아 사람들을 이렇게 저렇게 모아서 동네에서 강연을 여러 번 하셨단다.

가보기 전까지는 이 세상에 존재하는지조차 몰랐을 먼 남양군도에서 하루아침에 간수에서 수인이 된 그 기가 막힌 사연, 간수 시절 포로들에게 잘 대해준 덕분에 이제 간수가 된 미군들에게 그나마 대우를 잘 받으며 영어도 배워가면서 친하게 지냈다는 그런 이야기들, 평생을 태어난 곳 근처에서 살던 사람들에게는 신비할 이국의 풍경과 풍속이 어우러져 전해졌다. 전쟁이 끝나면 트라우마를 겪으며 심하게 고생하는 사람도 많은데 그래도 그 시절 이야기를 그러모아 사람들에게 무용담처럼 들려준 걸 보면 그럭저럭 잘 지냈다는 말은 맞는 것 같다. 그렇게 지내다 막내 사윗감을 찾는 송산 사는 최 씨 할아버지의 레이더망에 잡혀 나의 할머니와 싱그러운 5월, 신록이

진록으로 바뀌어가는 초여름 혼례를 올린다. 1950년, 전쟁이 나기 한 달 전이었다.

할아버지는 해방 후 돌아와서 포로로 지내며 배운 영어로 외무부에 통역하는 일자리를 구했으니 할머니에게 함께 서울로 올라가자고 했으나 전쟁이 나서 죽고 말았다고 할머니가 한 번 이야기해주신 적이 있다. 할머니는 넉 달 같이 산 남편에게 무슨 애정이 있을까 싶지만 늘 과장해서 좋은 얘기를 하시곤 했는데 할아버지의 능력에 대해서는 5개 국어를 하신다는 둥, 7개 국어를 유창하게 하신다는 둥, 외국어 능력에 대해 말씀하셨다. 짐작건대 외국어에 대한 감각이 있어 일본어는 물론이고 영어도 의사소통이 될 정도는 하고 남양군도의 현지 언어도 어느 정도는 하신 것 같다. 전쟁이 안 터졌으면 정말로 어떻게 사셨을까.

6·25 동란과
세 과부

할아버지가 돌아가신 1950년 9월, 아빠는 할머니 배 속에 있었다. 아빠가 음력 2월생이니 할아버지가 돌아가셨을 때는 유산의 위험이 높은 임신 초기였다. "놀라면 애 떨어진다는 것도 다 헛거여"라고 할머니가 얘기하신 적도 있다. 난리가 터지고 할아버지가 돌아가시는 와중에도 굳건히 할머니에게 잘 붙어 있었던 아빠 얘기였다.

집안이 결딴이 나는 상황에서 아빠가 생겨난 건 할머니에게 좋은 일이었을까 나쁜 일이었을까. 자식이 없었으면 다시 친정으로 홀가분하게 돌아가 새로운 삶을 살아가기 쉬웠을까. 아니면 아빠가 있어서 할머니가 이 세상과의 끈을 놓지 않고 살아갈 수 있었을까. 감히 지금의 나는 그때의 할머니 삶을 판단하기 어렵다. 집안 어른들이 모두 아빠가 있어서 할머니가 사셨다고 하니 그렇다고 하자. 인과응보 시스템에 어떤 상세 규정과 세부 시행 지침이 있는지는 모르지만, 할아버지의 남자 형제 셋 중에 인정 많던 나의 할아버지만 유복자라고 해도 자손을 남긴 건 맞는다.

아빠가 태어난 1951년 음력 2월은 해는 조금 길어졌지만 아직 겨울인 것 같은 3월 초였다. 아빠 주민등록증에는 1950년생으로 되어 있다. 애들이 잘 죽던 때라 돌 지나고 출생 신고를 하는 일이 많아 생일이 늦춰지는 경우가 많았다. 주민등록상 생일이 늦어지면 늦어졌지 왜 도리어 1년이 빨라질 수 있냐고 할머니께 물어보니, 동네에 장이 열릴 때 그래도 글을 아시는 집안 어르신이 태어난 애들 몇몇 출생 신고를 모아서 한꺼번에 하러 가시곤 했는데, 아빠 차례가 되었을 때 날짜와 이름을 적은 종이를 장에서 술 한 잔 두 잔 하시다가 잃어버려서 그렇게 되었다고 한다. 날짜는 당신이 아는 누구랑 같아서 기억을 했는데 연도를 헷갈려서 1년이나 이르게 생년월일을 신고했다고 한다. 그 어르신은 애들 출생 신고를 하러 가서 약주를 얼마나 하셨는지 심지어는 이름도 잘 기억이 안 나셨단다. 돌림자인 이름 끝 자만 기억해서 중간 이름 자는 출생 신고 접수를 맡은 면사무소 직원이 적당한 걸로 넣어서 등록해버렸다나. 그래서 나의 아빠는 족보에 올라 있는 집안 내에서 부르는 이름과 학교에서 부르는 이름이 다르다.

아무리 나라의 행정 체계가 어수선하던 시절이었다고는 하지만 아빠가 국민학교 입학할 때 취학 통지서도 제대로 나오지 않았다고 한다. 아빠 말로는 그냥 동네에서 놀던 애들 무리에다 대고 누구누구 내년 3월에 동네 어디 학교 입학이라고 알려주면 그걸로 끝이었다고 하는데, 동네 누군가가 취학 통지서를 갈음할 만한 문서를 보고 알려주었겠지 싶다. 어쨌거나 입학식 날 운동장에 모여 있다가 다들 교실을 찾아 들어갔는데 아빠는 아무리 기다려도 이름을 안 부르더란다. 그래서 마지막에 남아서 학교에 물어보니 아빠 주소로 등록된 입학생은 이름의 중간 글자가 달랐다. 반을 못 찾고 남은 애는 아빠 하나였고, 출석부에는 있는데 등교하지 않은 서류상 입학생은 그 이름 하나였으므로 아빠는 그날부터 그 이름으로 학교를 다니게 됐다. 이게 어찌 된 일이냐고 물어물어 찾아보니 그제야 출생 신고를 할 당시에 만취한 민원인으로 인해 동사무소인지 면사무소인지의 상황이 대단히 혼란스러웠다는 걸 알게 된 거다.

그렇지만 원래 아빠 이름보다 공무원이 대충 생각나는 대로 넣은 한자로 지어진 이름이 돌림자와 아빠의 성품하고도 더 잘 어울리고 세련되다. 인생이 뭐 그렇다. 술에 잔뜩 취해 기억도 제대로 안 나는 생일과 이름을 가지고 진짜 태어난 아이가 있는 게 맞는지도 의심스러운 출생 신고를 하러 온 진상 민원인에게 멋진 이름을 지어준 공무원께도 심심한 사과와 감사의 말을 남긴다.

언젠가 할머니를 내 차에 모시고 사강에 가던 길이었다. 운전을 하면 표지판과 잘 닦인 도로의 연결로를 익히게 되지만, 걸어 다니는 사람들은 능선의 모양과 길의 짜임으로 지리를 알게 된다. 뒷자리에 앉아 계시던 할머니가 한참 가다가 문득 "저기도 사람 많이 죽었어. 시체가 가득했어"라고 하셨다. 표지판과 내비게이션만 보느라 정신없는 와중에 오른편으로 자그마한 언덕배기가 지나간 것 같았다. 나는 다시 가서 짚어보라고 해도 모를 것 같지만 할머니는 안양에서 송산으로 넘어가는 길의 언덕들과 냇물과 길을 다 기억하고 계셨다. 해산달이 되어 친정으로 가던 길에 전쟁을 혹독히 치르며 미처 거두지 못한 시신들이 그 길가에, 아직 산림녹화와 새마을 운동이 있기 한참 전 민둥산 같은 곳에 여기저기 널브러져 있던 모습을 할머니는 아직 기억하시는 거였다.

나는 반은 무섭기도 하고 반은 돌아가신 모습을 보기 싫기도 하여 친할머니나 외할머니, 외할아버지 돌아가시고 상을 치르며 염할 때도 안 들어가봤다. 임종도 다른 가족들이 지켰으니 숨을 쉬지 않는 사람의 모습을 직접 본 일이 없다. 사람이었던, 전쟁 중에 죽어 온전하게 사람의 모양을 하지도 못한 시신이 쌓여 있는 모습을 나는 상상조차 하기 어려운데, 할머니는 부른 배를 안고 그 시체 밭을 가로질러 친정으로 나의 아빠를 낳으러 갔다.

진통 끝에 아들을 낳았다는 기쁨도 잠시였다. 할머니 친정도 아주 가난한 집은 아니었다고 하고, 심지어 염전도 있었다는 서해 바닷가 가까운 동네였지만 산모가 먹을 미역이 없었다. 돈도 돈이지만 전쟁 터지고 물자가 없었다. 할머니의 남동생이 나뭇짐을 몇 단 해다가 팔아서 팔뚝 길이 정도 되는 미역인지 뭔지 모를 해초 한 줄기를 간신히 구해 왔다고 한다. 나중에 내가 큰애를 낳고 할머니가 옆에서 해산구완을 해주실 때 선물 받은 질 좋은 산모 미역이며 동네 마트에서 산 미역이며 흔하게 구한 미역을 보시며 그때 생각이 많이 나시는지 막내 작은할아버지가 나뭇짐을 팔아 미역 비슷한 거 한 줄기 구해 온 얘기를 미역국 끓일 때마다 하시곤 했다.

뜨끈하고 구수한 미역국을 잘 먹어야 젖이 잘 나올 텐데 젖이 안 나와서 아빠는 암죽을 먹기도 하고 아빠 외숙모들한테서 젖을 얻어먹기도 했다. 권정생의『몽실 언니』에서 몽실이가 전쟁 중에 태어났다고 '난남이'라고 이름 지은 배다른 동생을 위해 쌀을 오래도록 꼭꼭 씹었다 뱉어서 끓여주는 것으로 묘사되는 그런 비슷한 쌀가루 암죽이다. 몽실이네는 쌀을 가루로 빻을 살림살이조차 없는 궁색한 형편이어서 아마 쌀을 씹어 죽을 끓였을 거다. 그러다 한번은 할머니가 젖을 앓아서 방 밖으로 못 나오다가 한 달인가 두 달 만에 댓돌에 발을 디뎠다고 한다. 유선염이 온 것이다. 항생제가 있으면 며칠 만에 나을 병이지만 전쟁 중에 미역도 없는데 약이 있겠는가. 그래도 할머니는 본인 몸이 아픈 것보다 그저 분유도 없어 쌀죽을 갓난아이에게 먹였다는 사실에 더 괴로워했다. 남편이 죽고 놀랐던 몸과 마음의 긴장이 무사히 친정에 와서 해산 후에 풀어지며 함께 앓은 건 아닐까.

할머니가 아빠가 갓 태어났을 적에 있었으면 배를 안 곯렸을 거라고 한탄했던 분유를 나와 내 동생들은 실컷 먹고 컸다. '거버 이유식'과 함께 산업화의 신문물이었던 분유가 더 영양가가 높다며 분유 회사들이 앞다투어 광고하고, 분유를 먹고 포동포동하게 잘 큰 우량아 선발 대회 같은 것도 할 때였다. 그러다 내가 결혼해서 애를 낳을 21세기 초반 즈음이 되니 다시 모유가 분유보다 더 좋다면서 산후조리원은 거의 모유 수유 사관학교 같은 분위기가 되었다. 수유실에 모인 산모들끼리 간밤의 유축 양을 자랑하는 풍경이 펼쳐지기도 했다. '직수 완모*' 성공률과 젖몸살 마사지를 얼마나 잘하는지가 조리원 선택의 한 기준이기도 했다. 조리원에 2주 있는 동안 나는 완전히 모유 수유 열등생이었지만 그러잖아도 잠이 많고 게으른 나는 한밤중에 일어나서 물을 끓여 다시 적당히 식혀 분유를 계량해 덩어리지지 않게 잘 타서 배고프다며 내처 울고 기다리는 애한테 대령할 자신이 없어서 꿋꿋하게 모유를 고집했다.

생활하는 동안에는 천국인지 몰랐던 조리원을 나와서 출퇴근 산후 도우미를 모셨다. 신생아를 먹이고 입히고 씻기는 생소하고 조심스러운 일은 사실 이 산후 도우미로부터 다 배운다. 큰애 때 할머니 댁에서 조리를 마저 했는데 그때 오셨던 분이 참 착실하고 성정이 따뜻한 분이었다. 조리원에서처럼 가슴 마사지도 잘해주셔서 젖 양이 늘면서 몸살이 날 때 도움을 많이 받았다. 젖이 유선을 따라 차오를 때의 느낌은 모유 수유를 오래 해본 사람만 알 수 있으니 비유해보자면 치과에서 잇

● '직수'는 모유를 짜내어 젖병에 담아 먹는 게 아니라 직접 엄마 젖을 잘 먹는지를 나타내는 말로 빠는 힘이 특히 약한 아기들에게는 의외로 어렵다. '완모'는 분유와 혼합 수유하지 않고 완전히 모유로만 아기가 필요한 열량을 채울 수 있는 수유 형태를 말한다.

몸에 마취 주사를 맞을 때 부드러운 잇몸이나 입 안쪽 조직에 마취약이 뻐근하게 차오르는 불쾌한 느낌과 사뭇 닮았다고 생각하면 될 것 같다. 아기 뱃구레가 커지면서 엄마 젖 양도 늘어나는 때가 있는데 정말 가슴에 쥐가 난 것처럼 아프다. 살살 잘 달래가면서 마사지 잘해주는 분을 만나는 것도 복이다.

할머니는 굳이 그러지 않으셔도 되는데 미안한 표정으로 "난 젖 앓은 사람이라 안 만진다"라고 하셨다. 아마 당신도 산후 도우미처럼 내 수유에 도움을 주고 싶으셨으나 아빠 낳고 유선염을 앓았던 사람이 다른 산모의 수유에 손을 대면 부정 탄다고 생각하셨던 것 같다. 안타깝게도 난 집에 돌아와서 아이의 백일이 조금 안 되었을 무렵에 유선염에 걸려 한참을 앓았다. 체온이 섭씨 38도가 넘어가도록 열이 나면서 몸살처럼 온몸이 아프니 정신이 다 혼미했다. 동네에 마침 우리나라 소아청소년과 협회인가에서 지정한 모유 수유 상담 병원이 있었고 임상 경험이 풍부한 소아청소년과 전문의 선생님이 계셔서 금방 나을 수 있었다. 혹시 할머니가 당신 집에서 산후조리를 한 탓에 내가 유선염에 걸렸다고 생각하실까 봐 얘기를 안 해서 돌아가실 때까지 모르셨다. 나는 21세기 대한민국 의료 인프라 덕분에 코로나19 1차 예방 접종 후 24시간을 꼬박 앓았던 것만큼 괴로웠던 유선염을 금세 치료했지만, 할머니는 약도

의사도 없이 어떻게 앓으셨던 걸까. 그저 한숨만 내쉴 뿐이다.

산욕기가 끝나고 갓난아기인 아빠와 돌아가야 하는데 본적지인 집이 전쟁으로 불타 없어져 돌아갈 곳이 없었다. 기록•에 따르면 산본리 근처 수리산에 북한군이 많이 남아 있어 전선이 한참 위로 올라간 뒤에도 작은 전투가 곳곳에서 많이 벌어졌다고 한다. 그래서 피난 삼아 간 곳이 큰할머니의 친정 동네인 안산이었다. 동네 이름이 반월인데 할머니는 '발월'이라고 발음했다. 지금은 지하철 4호선으로 연결되어 있고 엎어지면 코 닿을 거리인 안산이 산본리에 비해 안전한지는 모르겠지만 그래도 서쪽으로 치우쳐 있는 곳이라 형편이 나았던가 보다. 여기에 그 난리 통에도 집을 하나 구해 할머니와 아빠, 아빠의 큰엄마, 나의 증조부모까지 모두 모여 한동안 살았다.

전쟁 중에 남편을 잃고 갓난쟁이 아들을 데리고 할머니는 생계가 얼마나 막막했을까. 그 와중에 시집에서 아빠의 고모였는지 누구였는지 "느이 집은 부자 아니냐"라며 모진 소리를 했다고 한다. 친정집이 부자니 생계 걱정은 없을 거라는 얘기였는데 일견 틀린 말이 아닐지 몰라도 고집 세고 자존심 세고 불뚝거리는 성미를 아버지로부터 어느 정도, 아니 상당히 많

• 디지털시흥문화대전 6·25전쟁 항목 참조(http://siheung. grandculture. net/siheung/toc/GC06900374, 2022. 10. 17.).

이 물려받은 나의 친할머니한테는 그 말이 그렇게 거슬렸나 보다. 전주 이가 집으로 시집와서 전주 이가 자손을 낳았는데 왜 내가 친정에 의탁해서 먹고살아야 하냐는 거였다. 집안이 인색하고 사람 못돼먹은 건 가족을 다 잃고도 못 고쳐서 할머니에게도 그렇게 인색했단다. 제일 앞장서서 못되게 군 건 아빠의 고모였다. 아들을 낳았더라도 나의 할머니가 도로 친정으로 가지 않겠냐는 거였다. 허울뿐이더라도 명색이 양반가인 데다 재가하는 게 떳떳하지도 쉽지도 않은 시절이었는데도 그런 말을 했다. 친정으로 도로 갈 사람한테 재산을 주지 말고 피붙이인 딸한테 달라는 거였다. 할아버지가 큰집에 양자로 간 상황이라 더 그러지 않았을까 싶기도 하다. 며느리가 안돼 보였는지 나의 증조부는 "올해 장리쌀 들어오면 네 몫으로 주마"라고 하셨다고 한다. 전쟁 중에 사람들이 다 힘들어도 장리쌀 놓을 만큼 여유도 있고 회수하는 데 주저하지 않을 만큼 자본가 정신이 투철하셨나 보다.

그렇지만 장리 놓은 쌀이 고리가 붙어 돌아오기 전에 나의 증조부는 돌아가신다. 큰아들과 의절하고, 둘째 아들은 죽고, 딸은 재산만 탐하고, 막내아들은 전쟁으로 잃는 상황을 연달아 겪으며 어찌 보면 몸과 마음이 멀쩡하기가 더 힘든 상황이었다.

뇌졸중일까 심장마비일까, 그렇게 장리쌀 들어오면 며느리 몫으로 주겠다고 약속한 증조부마저 돌아가시고, 나의 증조모와 증조모의 두 며느리, 이렇게 세 과부와 아빠가 안산에서 힘겹게 살아가게 된다.

누가 뭐라고 하거나 말거나 조금 뻔뻔하게 아빠의 고모가 그랬듯이 할머니도 친정에 가서 내 몫도 조금 달라고 하면 도와주셨을 것 같은데, 그러기에 할머니는 너무도 자존심이 강했다. 시누이가 밉상인 만큼 나는 너처럼 그러지는 않겠다는 고집도 있었다. 행여나 친정 가서 도움받았다는 소리를 들을까 봐서 아빠가 제법 자랄 때까지, 할머니의 친정아버지가 돌아가실 때까지 한 번도 가보지 않았다. 늙고 병이 들어 자리보전하게 된 진외증조할아버지가 병석에서 아들들에게 "왜 막냉이는 한 번도 오지를 않느냐. 다 너희들이 잘못한 탓이다"라고 화를 내셔서, 비로소 아빠 외삼촌이 할머니를 친정에 다녀가라고 얘기하러 안산 집으로 물어물어 찾아오셨단다. 그제야 고집을 꺾고 아픈 아버지를 뵈러 친정에 갔지만, 교통이 좋지 않았던 시절이라 부지런히 걸어갔으나 이미 돌아가시고 난 후였다는 이야기이다.

아빠의 유년

배운 것 없고 가진 것 없는 할머니가 살아갈 방법은 농사일밖에 없었다. 시어머니와 손위 동서에게 아들 육아를 전적으로 맡겨놓고 할머니는 집안의 가장이 되어 농사 품을 팔러 다녔다. 할머니에게 시어머니이자 나의 증조모는 남한테 싫은 소리 한마디 못 하고 얌전하기 짝이 없는 깔끔한 분이었다고 한다. 할머니는 당신의 시어머니에 대해서 늘 너그러우면서 점잖고 깨끗한 양반이라고만 했지 흉을 본 적이 없었다.

시집의 악당 역할은 시누이와 손위 동서였다. 시누이는 재산을 다 가져가고 더는 가져갈 만한 게 없자 크게 왕래할 일도 없어졌고 자신에게 손을 벌릴까 봐 이쪽을 외려 멀리해서 신경 쓸 일이 없었는데, 손위 동서인 해주 정씨 큰할머니가 많이 이기적인 캐릭터였다. 할머니는 그 할머니가 자식이 없어서 속 좁고 자기밖에 모른다고 말씀하시곤 했는데, 내 경험상 이기적인 사람은 보통 자식이 있어도 이기적이고 착한 사람은 자식이 없어도 착하다. 한번은 아빠가 일고여덟 살 정도 되었을까. 할머니가 아빠랑 버스를 타고 어디를 다녀오다가 큰 사고가 났다고 한다. 버스가 넘어지는 사고가 나고 할머니는 본인보다 아들이 괜찮은지부터 살폈는데 천만다행으로 어린이였던 아빠는 체구가 작아서 버스 의자 밑에 끼어 작은 상처도 없이 무사했다. 사망자도 몇몇 나온 큰 사고였는데, 이후에 버스 회사에서 승객들에게 치료비 조로 얼마간의 보상금을 주었다고 한다. 사고에 놀랐으니 한약을 지어 먹으려고 했는데 어쩐 일로 큰할머니가 본인이 다녀오시겠다면서 돈을 들고 한의원에 가서는 당신의 몸보신 약을 짓고 정작 사고를 당한 동서와 조카 몫으로는 약 같지도 않은 마른 풀때기 조금을 들고 오셨다나 뭐라나. 본인만 생각하는 큰할머니를 흉보고 싶을 때마다 여러 번 할머니로부터 들은 이야기이다.

아빠가 아주 어릴 때의 일이다. 할머니가 앞산에서 갈퀴로 떨어진 나뭇가지를 긁어모으는 일을 하고 있을 때였다. 아마도 무심결에, 어느 정도는 안 되었다는 마음도 섞어서 얘기했을 것 같긴 한데 동네 사람 하나가 "어유 저 과부는 왜 남의 산 등허리를 긁고 다녀"라고 말하는 소리가 할머니 귀에 들어와서 꽂힌 거다. 그 순간, 그 소리가 할머니 마음속 어딘가 맺혀 있던 곳을 건드린 것 같다. 그 전까지는 동네에서 착하고 순한 아낙네로 통했던 나의 할머니가 그 사람한테 달려가서는 냅다 소리를 지르며 대거리를 한참이나 했다. '니가 내가 과부 되는 데 보태준 게 있냐. 과부가 뭐 어쩌라는 거냐. 그럼 다 굶어 죽으라는 거냐' 대충 요지는 이런 거였다. 그 기세가 너무도 살기등등하여 주변에서 섣불리 말릴 수도 없었다.

그때부터였다. 나의 할머니는 욕 잘하고 잘 싸우는 전사 캐릭터로 변모했다. 그 편이 아들 하나 데리고 전쟁 과부로 씩씩하고 용감하게 살아가기에는 더 나았다. 그렇다고 어디 가서 '진상'을 부리며 욕심 사납게 자기 몫을 챙기시지는 못했다. 아니, 기왕 캐릭터를 바꾸시는 김에 실질적으로 도움이 되는 쪽을 택하셨으면 좋았으련만, 어디 가서 물건 사면서 외상도 못 하고, 남한테 해코지는커녕 아쉬운 소리도 못 하고, 경우 바른 소리를 잘하는 정도였다. 그래서 친정아버지가 돌아가시며 다시 왕래하게 된 친정집에 가면 조카며느리들이 그렇게 할머니를 어려워하면서도 좋아했다. 며느리들이 할 말도 못 하고 꾹 참고 있으면 눈치 빠르고 경우 바른 시고모가 막 뭐라고 대신 옳은 소리 하며 쏘아붙여주기도 하니 좋아할 수밖에.

내가 어릴 때였는데, 하루는 할머니 친정 조카며느리 한 분이 집에서 뭔가 마음이 크게 상할 일이 있어서 더는 못 살겠다며 애를 둘러업고 우리 집에 왔다. 막상 집을 나오니 갈 데가 없어서 찾아온 데가 시고모 댁인 우리 집이었다. 할머니는 무슨 날도 아닌데 애를 업고 찾아온 친정 조카며느리에게 연유를 묻지도 않고 야단도 안 치셨다. 그저 동네 정육점에 가서 소고기를 한칼 끊어다가 볶아서 밥을 새로 지어 상을 차려주셨단다. 그랬더니 그분이 "나 먹으라고 고기 사다가 볶아 주는 사람은 고모님밖에 없어요"라며 맛있게 드시고 마음이 풀려 집으로 돌아가셨다고 한다.

할머니가 조금이라도 밖에서 일을 더 해야 돈을 더 벌 수 있으니 아빠 양육은 다른 두 과부인 내 증조모와 큰할머니의 몫이었다. 그리고 아빠가 두세 살 무렵부터 할머니는 할아버지가 집안 내에서 양자로 간 산본리 큰집, 촌수로는 할아버지의 제일 큰아버지뻘이 되는 집에 가서 양시모養媤母를 모시며 그 집 농사일과 집안일을 하며 아빠가 있는 안산 집에는 가끔씩 들르게 되었다. 공식적인 입양 절차를 거치지 않고 족보에만 기록되는 관습적인 사적 계약이 이렇게 철저하게 지켜질 때여서 할머니는 아들을 옆에 끼고 있지 못하고 산본리에 가서 일을 했다. 그런데 이 강퍅한 큰할머니가 농담 반 진담 반으로 "느이 엄마 이제 안 온다. 나랑 살자"며 계속 그랬던 적이 있었나 보다. 아직 어린애인 아빠가 집에 온 할머니에게 어느 날 "엄마 어디 가? 나랑 안 살아?"라고 하니 그저 이 아들 때문에 살아가는 할머니는 기가 막힐 노릇이었다. 애 불안하게 왜 그런 소리를 하느냐며 한참을 소리 높여 싸웠다. 큰할머니는 내심 아빠를 자기 양자로 주고 할머니가 새로 시집가기를 바랐던 것 같기도 하다. 아니, 그러면 새 시집은 본인이 가시든지 왜 다시 시집갈 생각은 추호도 없는 우리 할머니한테 그러셨나 모르겠다.

음식 가리는 거 없이 다 잘 드시던 할머니가 별로 좋아하지 않는 음식이 감하고 밤이었다. 그래도 밤은 가끔 삶아 먹긴 했는데 할머니가 드시기보다는 그저 우리한테 까서 주시는 게 더 많았다. 파평 윤씨 할머니 집에 살 때 그 집에 감나무와 밤나무가 여러 그루 있었는데 가을이면 진력나도록 떫은 감 따다 침을 담가 내다 팔고, 밤은 따다가 삶아서 내다 팔아서 감과 밤은 별로 안 좋아하신다고 했다.

몸은 고되고 벌이가 크지는 않았지만 어느 정도 생활이 안정되면서 할머니는 슬슬 아빠의 교육에도 신경을 쓰기 시작한다. 먼저 큰할머니 댁에서 살며 안산에 있는 중학교에 진학한 아빠를 산본리에서 통학할 수 있는 안양으로 전학을 시켰다. 안산에서도 아주 외곽 쪽에 있는 학교였는데 우등생을 데려간다고 학교에서 반대했다는 건 할머니의 주장이다. 전학 오기 전인지 후인지 학교에 밴드부가 있었는데 노는 걸 좋아하는 한량 스타일의 아빠는 열심히 공부하기를 바라는 할머니 마음도 모르고 덜컥 밴드부에 들어가 트럼펫을 불겠다고 했단다. 그거 빼겠다고 할머니가 매일같이 학교에 들락날락하셔서, 교감 선생이 "저분은 누구 어머니신데 저렇게 매일 학교에 오시냐"고 묻고 이유를 듣고서는 밴드부에 연락해서 아빠를 밴드부에서 빼주라고 하셨고 그제야 학교에 출근 도장 찍듯 가기를 멈추셨다.

할머니에게는 어떻게든 아빠를 서울에서 대학교까지 공부시켜야 한다는 굳은 신념이 있었다. 1960년대 안양의 중·고등학교 교육 수준이 할머니 눈에는 차지 않았나 보다. 하기야 서울대 합격자 수가 교육의 성과 지표로서 거의 유일한 수단인 우리나라에서 안양고등학교가 나름 지역의 명문이 된 건 내가 중학교에 들어갈 무렵이나 되어서였다. 아빠의 서울 유학에 끈이 되어준 건 먼저 서울로 진학해서 자리를 잡은 할머니의 친정 조카들이었다. 할머니가 형제 중 다섯째인 데다 결혼도 늦어 아빠는 외사촌들 사이에서 막내뻘에 속했다. 외사촌 형들 중에 공부를 제일 잘해서 고려대 법대에 진학하고 나중에 사법고시도 꽤 오랫동안 공부했다던 아저씨가 아빠 공부를 많이 이끌어주었다고 한다.

처음에 할머니는 떨어질 걸 알면서도 아빠에게 5대 사립고 중 한 곳에 시험을 보라고 했다. 시골 동네에서 공부 좀 한다고 높아져 있던 콧대를 꺾으려고 그러셨다고 했다. 그때는 고교 입시에도 후기 입학이 있었나 보다. 그 학교에 보기 좋게 떨어진 아빠는 다시 후기 고등학교에 시험을 봐서 진학한다.

그때는 대놓고 학교에서 우열반을 갈라서 수업했다. "고모, 열반이에요"라고 아빠의 공부를 지도하던 고대 법대 아저씨가 할머니에게 전해서, 흔히 얘기하던 5대 공립, 5대 사립에도 못 들어갔는데 거기서 저렇게 못하면 언제 공부를 따라가나 조바심이 나셨다고 한다. 몇 달 지나니까 "고모, 이제 우반 들어갔어요" 하고 다시 전해 할머니가 안심하셨다는데 그 중간에는 할머니가 돌아가실 때까지 몰랐던 이야기가 있다.

아빠는 어릴 때부터 주변에 무서운 어른들이 없었다. 할머니가 아빠한테는 그래도 무서운 엄마였지만 농사 품을 팔고 밤 쪄다 팔면서 돈을 버느라 양육은 둘째 큰할머니의 몫이었다. 일찍 철이 들었으면 좋았으련만 어린아이들이란 권력의 부재를 본능적으로 알게 마련인 데다 아빠는 노는 걸 참 좋아했다. 다행히 불량배들과 어울려 다닌다거나 남을 해코지한다거나 법의 테두리를 넘어서는 정도의 문제를 일으킨 적은 없지만 술·담배도 일찍 배우고 공부는 최소한으로만 하고 친구들과 놀기 바빴다.

나의 아빠를 술·담배를 일찍 배운 비행 청소년이라고 생각할까 싶어 변명을 좀 해보자면, 아빠 어릴 적인 1950~1960년대에는 술도가에 술 심부름 갔다가 오면서 홀짝홀짝 한두 모금씩 마시며 일찍 주도酒道에 입문하는 아이도 많았다. 마땅한 군것질거리가 많지 않던 시대라 알코올 기운이 제법 많이 남아 있는 술지게미에 사카린 같은 단걸 섞어서 간식 삼아 먹기도 했다. 청소년보호법으로 미성년자의 술·담배 구입이 '불법'이 된 게 1997년이다. 아빠 심부름이라면 동네 가게에서 술·담배를 사 가는 것도 용인되었다. 모르는 애가 와서 담배 달라고 하면 꾸짖는 가게 주인도 있었지만, 아는 집이면 어렵지 않게 담배를 살 수 있었다. 그 전에도 물론 술·담배가 바람직한 건 아니어서 불량 학생들이 담배를 피우다 학생주임에게 걸려서 두들겨 맞는 건 그 시대를 배경으로 한 영화에 클리셰처럼 등장하기도 한다.

이렇게 변명을 해보았지만, 문제가 되는 행동은 맞았다. 아빠는 무서운 사람 하나 없는 서울로 혼자 올라가 명문고에 떨어지고 들어간 후기 고등학교에서 친구들과 놀러 다니며 술 마시고 담배를 피우다가 퇴학을 당한다. 학교에서 학생 하나를 퇴학시키는 게 쉬운 일은 아니었을 텐데 선생님의 무수한 경고와 신호를 아빠가 무시했을 거라는 짐작이 든다. 마침내 학교에서 쫓겨나자 그제야 시골에서 고생하며 학비를 보내는 할머니 생각이 나시더란다. 천만다행으로 아직 우리나라 교육행정 시스템이 지금처럼 정교하지 않아, 교감 선생님과 어찌어찌 아는 사이였던 아빠의 외사촌 형이 다신 이런 일이 생기지 않도록 하겠다며 거듭 다짐을 시켜 할머니가 아시기 전에 다시 들어갈 수 있었다고 한다. 그러고 나서 정신을 차리고 공부해서 '우반'에 들어갈 수 있었다는 거다.

아빠가 진학한 고등학교는 고교 입시에서 최상위권으로 분류되는 고등학교는 아니었던 터라 소위 최상위 등급의 대학교에 진학하는 인원도 상대적으로 적은 편이었다. 아빠는 나중에 고등학교 동문회에 나가보면 공부 잘해서 '우반' 성적을 유지하다가 속칭 좋은 대학에 진학한 친구들은 고작 월급쟁이이고 동창회비도 간신히 내는 정도인데, 그 친구들보다 쪼끔 성적은 모자라더라도 성격 좋고 활달한 친구들은 사업을 크게 해서 부자로 살면서 모교에 도움이 되는 이런저런 기금도 많이 내고 그러더라는 얘기를 하셨다.

서울살이의
시작과 끝

할아버지가 양자로 간 큰집의 파평 윤씨 할머니가 돌아가시고 나서는 법적 상속인은 없고 관습에 따라 아빠가 상속인이 되었다. 사실 이 집에 남은 얼마 안 되는 땅과 집을 그 파평 윤씨 할머니 친정에서 내심 탐을 내었단다. 나의 할머니는 그래서 그 재산에 대한 상속을 주장하기 위해서라도 그 집 살림을 하고 어른 병구완을 하며 머슴처럼 지내셨던 거다. 할머니 노력이 가상하여 우리 집이 재산을 물려받을 때 문중에서 편을 많이 들어주셨다고 한다.

할머니는 물려받은 집과 땅을, 주위 사람들의 온갖 욕을 먹어가며 정말 큰맘 먹고 팔아 서울로 올라오신다. 드디어 본색을 드러내서 재산을 탕진하고 서울로 도망간다는 둥, 무슨 공부를 그렇게 시키냐는 둥 온갖 비난에도 굴하지 않고 꿋꿋하게 재산을 정리해 아빠가 다니던 고등학교 통학 거리에 있는 대흥동에 자리를 잡는다. 대흥동이면 서강대와 더 가까운 것 같은데 할머니는 이대 쪽이라고 하셨고, 지금은 없어진 신영극장과 가까웠다고 한다. 그때 공부시키는 대신 그 집과 땅을 갖고 있었으면 우리나라 1기 신도시 중 하나인 산본 신도시 개발로 보상을 받아 돈을 많이 벌었을 거라고 아주아주 약간 아쉬워한 건 나였고, 이런 불경한 생각에 애를 낳았으면 가르쳐야 한다고 호통 섞어 대답한 건 할머니이다.

왜 하필 넓고 넓은 서울에서도 대흥동이었냐고 물어본 적이 있다. 할머니 오라버니 중 한 분이 집에서 돼지인지 쌀인지 팔러 장에 심부름을 갔는데, 팔고 나서 집으로 돌아오지 않고 그 돈을 들고 무작정 서울로 상경을 하셨단다. 그분이 정착한 곳이 대흥동이다. 아빠가 들어간 그 고등학교도 몇몇 외가 친척들이 먼저 다녔던 곳이라고 했다.

서울에서는 산본리에서처럼 농사 품을 팔 수가 없었고, 고향 집과 땅을 팔아 장만한 밑천이 약간 있어서 처음에는 만화방을 열었다고 한다. 할머니 말씀으로는 제법 돈이 되겠다 싶었는데 손님들이 너무나도 담배를 피워대서 눈과 목이 따가워

도저히 장사를 못 하겠다고 접으셨단다. 비록 할머니는 사업을 일찌감치 접었다지만 1960년대에 만화방이 돈이 될 만큼 인기였다는 게 의외이다. 조선 시대에도 재미난 이야기책을 빌려주는 세책점이 성황이었다고 하는데 우리나라 사람들에게 특별히 이야기를 좋아하는 유전자가 있나 싶기도 하다.

그렇게 만화방을 접고 차린 게 한복집, 정확히는 한복 삯바느질집이다. 요새는 한복을 맞추러 가면 가게에서 천을 얼굴에 하나씩 대어보며 어울리는 천 종류와 색깔을 고르고 삼회장을 할지 반회장을 할지, 옷고름 길이는 어떻게 할지 스타일을 정하고 치수를 재면 그 집에서 알아서 다 해주는 게 예사이다. 하지만 그때는 보통 옷감을 피륙집에서 끊어 와서 바느질집으로 가져오면 바느질삯을 받고 만들어주는 경우가 많았다.

박완서의『그 많던 싱아는 누가 다 먹었을까』에 딸의 학비를 대기 위해 이문이 많이 남는 기생 한복을 짓는 어머니 얘기가 나오는 것처럼, 할머니의 주요 고객은 요정에서 일하는 아가씨들이었다고 한다. 전쟁 후에 놀랍게도 서울에서 크게 성행해서 1960년대에도 계속된 춤바람이 할머니에게는 의외의 호재였다. 양장 맵시를 내기보다는 아직 한복 멋쟁이들이 많았다. 춤을 추는 사람도 많았고 춤을 출 만한 형편이 되는 사람은 춤추러 가면서 입을 한복도 많이 해 입었다. 아예 그들은 할머니 바느질집에 와서 새 옷으로 갈아입고, 장 보러 가는 것처럼 갖고 온 장바구니와 입고 온 옷은 할머니 집에 맡겨놓고 춤추러 다녀왔다고 한다. 주요 고객이지만 춤에 미쳐 새 옷 해 입고 다니는 그들에게 할머니가 '쓸개 빠진 년', '베라먹을(빌어먹을) 년'이라고 욕한 건 지금도 다들 모르시겠지. 나중에 내 남편의 친척 아주머니 한 분이 그렇게 한때 춤에 빠져서 학교 선생인 남편이 불법으로 학원 강사로 일하며 벌어들인 그 많은 돈을 춤판에서 다 날렸다고 하는 얘기를 들었는데, 어쩌면 그 날린 돈 중 일부가 나의 할머니 손에 들어왔을지도 모르겠다. 할머니 옷 짓는 솜씨가 퍽 좋아서 입소문을 타고 손님이 많아져 나중에는 먼 친척 아주머니 한 분을 직원처럼 데리고 같이 일을 했다고 한다.

훗날 아빠가 대학 졸업하고 취직해서는 한복 바느질을 그만두었지만, 할머니의 옷 짓는 솜씨는 어디 가지 않아서 내가 어릴 때 집에 있는 옷감으로 아빠 옷을 지은 기억이 난다. 집에 손재봉틀보다 조금 더 고가이고 고급인 발재봉틀이 엄마 혼수품으로 있었다. 전기로 움직이는 미싱은 아직 대중화되지 않아 공장에서 사용했고, 대부분 집에 미싱이 있다고 하면 손으로 '들들들들' 돌리며 바늘을 움직이는 손재봉틀이었다. 손으로 '들들들들' 돌리는 대신에 넓적한 발판을 발레 수업 시간에 '포인-플렉스' 하듯이 까딱까딱 움직이며 바늘이 나가도록 만든 발재봉틀은 양손으로 천을 잡고 바느질을 할 수 있어서 한 단계 발전된 기계였다.

할머니는 결이 고운 삼베였는지 모시였는지 정말로 잠자리 날개 같은 옷감으로 아빠의 '등거리'를 만들었다. 등에 걸치듯이 입는다고 해서 등거리였던가 보다. 나이를 계산해보면 30대 중후반이었는데 지금 기준에서 보면 얼마나 젊은 청년인가. 그렇지만 30대 중반의 아빠는 퇴근해서 날아갈 듯한 등거리와 고의로 갈아입고 양복 구두를 신고 옛날 양반처럼 아파트 복도에서 팔자걸음으로 걸으며 옷 호사를 하고 다녔다.

다른 가족들 몫으로는 하얗고 부드러운 인견으로 만든 속치마와 통 넓은 속바지가 있었다. 요새 냉장고 바지라고 파는 그 인견이 맞는다. 마치 신소재인 것마냥 선전하고 팔지만 인견은 제법 오래된 섬유이다. 할머니는 인견을 마르고 붙여 여름에도 시원한 속바지를 만들어 엄마한테도 주고 당신도 입으셨다. 이런저런 자투리를 모아서 만든 모시 원피스도 한 벌 있었던 기억이 난다. 난 어려서부터 키가 커서 내 치수에 맞추기에는 자투리 천으로는 마땅치 않아 모시 원피스는 동생 몫으로 돌아갔는데, 민소매 원피스 어깨에는 자투리의 자투리

54

로 러플을 달았다.

이렇게 집에서 아빠 한복을 직접 만드는 것까지 보면서 자란 한복 바느질집의 손녀인 나는 한복을 무척이나 좋아했다. 어릴 때 명절이면 지금 보면 촌스러운 알록달록한 색감의 한복을 열심히도 입고 다니고 심지어 명절 끝나고도 한동안은 유치원에 입고 가기도 했다. 고등학교 때 가사 교과서에는 무려 '한복 저고리 만들기'가 정식 커리큘럼으로 들어 있었다. 원래 사이즈는 아니고 1/2로 줄인 거였긴 하지만 나는 내심 그 수업을 기대하고 있었다. 그런데 나이는 많지만 생각은 무척 젊고 현대적이었던 가사 선생님께서 옷은 사 입으면 된다며 과감히 실습을 생략하셨다. 아마 나 혼자 한복 만들기 실습이 없어진 걸 아쉬워했을 거다.

그 아쉬움은 내 아이들이 태어난 후에 돌복을 만들어주는 것으로 달랬다. 큰애 때는 옷본을 떠서 마름질까지 해서 보내주는 만들기 키트를 사서 바지, 저고리, 전복, 복건을 바느질만 해서 만들어주고, 둘째 때는 치마와 당의는 선물이 들어와 알록달록 색동천으로 굴레 모자를 만들어 씌워주었다. 완성도에 대해선 따로 얘기하지 않겠다. 옷은 사 입으면 된다던 가사 선생님이 현명하셨다.

한참 옆길로 새어 나간 이야기를 돌려 다시 아빠 고등학생 시절로 돌아가보자. 제법 정신을 차리고 열심히 공부하던 아빠는 그럭저럭 학교생활을 성실하게 했다. 워낙 친구 사귀는 걸 좋아했던 아빠는 옹색한 집으로 연신 친구들을 데려왔다. 그때는 그렇게 집이 옹색하거나 말거나 크게 신경 쓰지 않고 친구가 좋으면 우르르 몰려다니고 그랬다. 반찬이라고는 김치 또는 된장찌개 하나밖에 없어도 다들 할머니 밥이 제일 맛있다며 그렇게 자주 왔다고 한다. 친구들이 몰려와서 밥 얻어먹는 건 아빠가 대학에 진학해서도 계속되었다.

절에서는 4월 초파일 부처님 오신 날 못지않게 음력 7월 보름인 '백중'도 큰 명절로 친다. 옛날 옛날에 석가모니 부처님 제자 중에 '목련존자'라고 있었는데 신통력이 제자들 중에서 제일이었다고 한다. 그분이 신통력으로 속세의 모친을 살펴보니 돌아가시고 영혼이 지옥에서 고통을 받고 있어서 이를 구하고자 방법을 찾았는데, 바로 백중날에 수행자들과 수많은 가난한 이들에게 음식을 대접하는 것이었다. 고대 인도에 지금과 같은 음력 달력이 있었을까 싶지만 달은 그때도 있었으니 대략 한여름의 보름날이었나 보다. 그래서 21세기 대한민국의 절에서도 백중에는 돌아가신 분들의 명복을 빌며 매년 재齋를 올린다. 음식도 많이 장만하고 비누와 칫솔 세트도 보시를 받아 인근 복지시설에 보내기도 하고, 알록달록 색종이로 옷을 만들었다가 회향 날에 태우며 저승에 계신 분들께 보내는 셈 치기도 한다. 백중날에는 저승에 있는 영혼들이 음식을 먹고 옷을 갈아입으러 올라온다고 하는데 어쩐지 영혼이 이승으로 올라온다는 기본 콘셉트가 서양의 핼러윈 같기도 하다. 그 옛날 목련존자께서 그랬던 것처럼 가난한 이들을 배불리 먹이고자 하는 지극한 마음까지 전승이 되는지는 잘 모르겠다. 요는 못 먹는 사람들에게 먹을 것을 대접하는 일이 지옥에 있는 어머니의 영혼을 구할 만큼 복을 짓는 일이라는 거다.

할머니가 불교에 귀의하신 건 한참 후의 일이었으나, 복을 짓는다는 생각도 없이 늘 배고프던 1960~1970년대 아빠 친구들에게 어려운 형편에도 밥을 아끼지 않고 차려주셨던 건 맞는다. 쌀을 포대로 사다 놓아도 쑥쑥 줄어들고 김치를 며칠에 한 번씩 담갔다고 얘기해주시는 할머니 표정에서, 유복자 외아들로 태어나 늘 사람이 그리웠던 아빠를 찾아오는 친구들에게 밥을 차려주는 일이 할머니에게 행복하고 뿌듯한 일이었음을 짐작할 수 있었다.

그렇게 친구들과 어울려 다니면서도 성적은 상위권을 유지해서 할머니는 아빠가 당연히 서울대에 진학할 줄 아셨다는데 사실 그렇게까지는 성적이 따라주지 않았나 보다. 없는 형편에도 하나뿐인 아들을 재수생 종합학원에서 재수를 시

컸는데, 할머니 말씀에 따르면 학원에서 아빠는 서울대 맡아
놓았으니 걱정하시지 말라고 했단다. 흠, 한때 학원 선생으로
생활비를 벌던 나의 남편 말에 따르면 학원 선생은 늘 아이가
잘하고 있다고 말하는 게 일이라는데, 잘 모르겠다. 예비고사
와 본고사로 대학 입시를 치르던 시절 대학은 전기대학과 후
기대학으로 나뉘어 있었고, 아빠는 삼수까지는 어려워서 전
기 서울대에 떨어지고 후기로 성균관대에 진학했다. 가족이
라면 끔찍이 여겼던 할머니는 그때는 성균관대에 후기로 진
학한 학생들이 전기 입학생들보다 더 공부를 잘했다고 말씀
하시곤 했다.

대학에 진학했으니 이제 술을 마음껏 먹어도 되는 나이가
된 것이다. '먹고 대학생 놀고 대학생'이라는 말이 있을 만큼
대학은 공부하는 학교라는 인식보다는 젊음의 낭만을 만끽하
는 곳이라는 분위기였다. 물론 그때도 일찍 정신 차린 학생들
은 공부를 열심히 했지만 자유가 주어졌는데 누리지 않을 아
빠가 아니었다. 이때도 툭하면 아빠 친구들은 심지어 아빠가
없을 때도 대흥동 집에 와서 밥을 얻어먹고 갔다고 한다. 나중
에 할머니가 노환으로 편찮으실 때 어쩌다 한 번씩 이때 얘기
를 하면서 그렇게 밥 얻어먹고 다닌 놈들이 와서 '대가리 선양'
한 번 안 한다고 아주 가끔 서운해하시기는 했다. '대가리 선

양'을 한다는 말은 마치 국위를 선양하듯이 '얼굴을 높이 비추다'라는 뜻으로 말씀하신 거다.

4학년이 되어 졸업할 때가 다가오자 취직을 해야 하는데 마침 아빠 다니던 경제학과에 행정고시 준비하던 친구들이 꽤 많았나 보다. 나중에는 고위 공무원단까지 올랐다는 친구 하나가 재학 중에 2차까지 합격한 게 행정고시에 대한 동기 부여가 되었다고 한다. 늘 술 마시고 놀러 다니던 아빠에게 행정고시는 당치도 않았지만 어쩌다 저쩌다 시험을 봤는데 먼저 준비하던 친구들은 다 떨어지고 아빠만 1차에 합격을 한 거다. 이런, 차라리 떨어졌으면 그때 취직을 했을 거라고 나중에 아빠가 얘기했는데, 1차에 공부도 별로 안 하고 붙었으니 2차라고 열심히 준비했겠는가. 대학 졸업하고 대학원에 적은 걸어 놓고 슬렁슬렁 무늬만 수험생이었으니 다시 1차부터 봐야 하는 때가 되자 할머니는 현명하게도 그만 접으라고 하셨단다.

아빠는 군대도 해결해야 했다. 전후 베이비 붐으로 징집 대상자가 차고 넘치고 군대를 빠질 이유도 많던 시절이었다. 아빠는 부선망독자父先亡獨子를 사유로 6개월 방위가 되어 병역 의무를 마쳤다. 군대에 사병의 인권이란 단어조차 없을 때였고, 방위는 방위대로 얻어맞는 사람이 많았다는데 그래도 아빠는 운 좋게 간부 중에 아는 사람이 있어서 맞을 일 없이 부대에서 돼지우리 관리하는 정도의 일을 받아서 했다고 한다.

행시는 그만두고 방위 복무도 끝나가면서 본격적으로 진로를 고민할 때였다. 화장실에 두루마리 휴지가 드물어 신문지나 파지를 뒤지로 썼는데, 뒤지로 갖고 들어간 신문지 조각에 '국제상사'의 채용 공고가 마치 돋보기로 확대한 것처럼 아빠 눈에 확 들어왔다고 한다. 원서를 내러 가니 머리를 빡빡 깎은 방위병에게 제대 확인서가 없어서 접수를 못 해준다고 했던가 보다. 두어 달이면 제대인데 왜 안 되냐, 제대 확인서를 떼 오라며 실랑이하고 있으니 나중에 임원까지 승진했다는 간부 한 분이 지나다가 무슨 일인지 듣고 접수나 하게 해주라며 서류를 접수해주어 60명 뽑는 공채에서 시험을 보고 합격했다. 일자리도 많을 때였지만 일자리를 구하는 사람도 많아서 큰 이화여고 건물을 빌려 시험을 봤는데 아빠 생각에 천여 명은 와서 시험을 봤던 것 같다고 한다.

아빠가 처음에 학교에서 퇴학을 맞고 다시 다니게 될 때나 공부할 때 옆에 있었던 할머니 조카에 대해서도 이야기해보자. 이 아저씨는 할머니 조카들 중에서도 공부를 잘해 그 옛날에 고대 법대를 나와 사법고시도 한참 준비했다. 결국 고시는 합격 못 하고 은행에 취직했는데 성실한 자세로 은행 업무에 매진해 가족 간의 모범이 되어 집안을 크게 일으켰으면 좋았으런만, 좋은 머리에 비해 도덕성과 준법성이 따라주지 못했다. 예나 지금이나 실적은 중요한 문제라 친누나가 은행에 취직한 동생을 위해 적금을 들어주었는데, 오랫동안 적금 붓는 돈을 받아다 본인이 중간에서 다 가로챘단다. 이런 식으로 여러 문제를 일으켜 결국 공무원 못지않게 안정적인 직장이던 은행에서 퇴사한다. 퇴사만 하면 끝나는 문제였는지는 잘 모르겠다. 그러고 나서 손을 댄 게 무려 가짜 석유업이었다. 아마도 세녹스 같은 유사 석유의 초창기 버전이었나 보다. 처음에는 돈을 크게 버는 것 같다가 크게 망해 집도 절도 없어지고 애들 데리고 살 돈이 필요하게 되었다. 그래도 아빠가 처음에 서울 가서 자리를 잡고 공부도 잘해서 '우반'에 들어가는 데에는 이 아저씨의 공이 컸다고 생각했던지 할머니는 안타깝게도 대홍동 집을 팔아 이 아저씨네 집과 살림을 합쳐 대림동에 전셋집을 얻어 이사를 하고 남은 돈을 사업 밑천으로 대어주었단다.

시원하게 사이다를 들이켜는 결말이 되면 좋겠지만, 세상이 그렇게 아름답지만은 못해서 시어머니도 아니고 시고모와 함께 살게 된 그 아저씨 댁도 불편함이 왜 없었겠는가. 서로의 관계가 끝까지 아름답기 위해서는 적정한 심리적·물리적 거리를 지켜야 하는 게 만고불변의 법칙이다. 대홍동 집을 팔아 전셋집 구하고 남은 돈을 조카에게 주면서 할머니는 새로 하는 사업에서 번 돈으로 아들의 행시 준비 뒷바라지를 하라는 조건을 붙였다고 한다. 그러나 아빠는 행시에 실패하고 방위 복무를 거쳐 국제상사에 취직한다. 은행에서도 안 빌려주는 돈을 집까지 팔아서 대어주고 그 집 애들도 할머니가 업어주고 안아주며 키우셨다는데 서로에게 인연은 거기까지였다. 아빠가 취직하게 되니 그 아저씨 댁은 생활비를 아빠 월급에서 보태길 원했다. 어찌 보면 당연한 요청일지도 모르겠지만 할머니는 너무나도 서운한 거였다. 할머니와 조카댁 사이에 싸움도 크게 났다고 한다. 그러다가 할머니가 "이놈아 내 돈 도로 내놔라, 나 나갈란다" 하자, 유사 석유 장사를 계속해서 전에 봤던 손해를 다 벌충할 정도로 돈도 많이 벌었다는 그 아저씨는 서울에 집도 두 채나 샀다는데, 대흥동 집 판 돈에다 그간 할머니와 아빠가 먹고 쓴 생활비를 깨알같이 계산해서 제하고 푼돈을 내어놓았다고 한다. 그렇게 쫓겨나듯이 푼돈을 받아 쥐고 대림동 집에서 나와서 할머니와 아빠는 할머니의 막냇동생이 아들들 공부시키려고 서울 신촌에 마련한 집에서 곁방살이를 시작하게 되었다.

엄마와
외가 식구들

할머니와 아빠가 할머니 조카네와 함께 살던 대림동을 떠나 다시 신촌에 있는 할머니의 다른 조카네로 곁방살이를 하러 왔다는 이야기까지 했다. 그렇게 곁방살이를 하던 중에 나의 부모님은 결혼을 하면서 신접살림을 차렸다. 마땅히 가진 돈이 없어 그 조카네 집 안방을 신혼 방으로 쓰고, 작은 방 두 개에 하나는 할머니, 다른 하나는 조카 둘이 같이 살게 됐나 보다. 정말 단칸방에 세 들어서 신접살림을 시작하는 사람도 많았을 때이니 형편이 그렇게 나쁘지는 않았던 것 같지만, 차라리 아예 모르는 남이면 모를까 서로 왜 아니 불편했겠는가. 그러다 엄마 결혼시키고 나서 큰이모의 초청으로 외할머니, 외할아버지, 외삼촌, 막내 이모까지 이민을 떠나게 되어 결혼 전 엄마와 외삼촌, 막내 이모가 살던 안양의 한 동짜리 아파트에 우리가 들어가게 된다.

엄마는 5남매 중 셋째이다. 큰이모는 42년생, 둘째 이모는 49년생, 엄마가 53년생, 외삼촌이 59년생, 막내 이모가 63년 생이다. 듣는 사람마다 어떻게 그럴 수 있느냐고 묻지만, 큰이 모와 막내 이모 나이 차이가 무려 21년인 데다 여기저기 이사를 많이 다니면서 엄마의 다섯 남매는 한 번도 한집에서 다 같이 살아본 적이 없다고 한다.

엄마의 고향은 경북 군위이다. 땅이 척박한 동네라 엄마의 할아버지는 일찌감치 농사보다는 상업에 눈을 떠서 일제 강점 기 때 일본으로 건너가서 사업을 하셨단다. 엄마의 할아버지 가 20대 초반의 일로, 나의 외할아버지가 아홉 살 때였다. 아 빠의 큰할아버지는 일본에서 비단 공장을 하셨다는데, 엄마 의 할아버지는 제사製絲 공장을 하셨다. 무명을 베틀로 짜서 옷을 해 입던 시절에서 근대적인 의생활로 바뀌어갈 때이니 섬유와 관련된 사업이 나름 인기도 있고 매출도 괜찮았나 보 다. 시대적인 고민을 하기엔 당장의 밥벌이가 급할 때였고, 조 상의 음덕일까 일본에서 만났던 주위 일본인들도 나름 호의적 이고 괜찮은 사람들이었던 것 같다. 얼마간 돈을 모으는 데는 성공해서 해방되기 3년 전에 엄마의 할아버지는 조선에서 태어나 일본으로 건너갔거나 혹은 일본에서 태어난 자식들, 나의 외할아버지의 형제들을 모두 데리고 다시 고향인 조선 땅으로 돌아온다. 일본에서 번 돈으로 고향에도 땅을 좀 사고 정말 가난한 집이었다는 외할머니 고향인 구미 옆 선산에도 땅을 사셨다고 한다. 나중에 들은 얘기지만 외할머니 친정 동생이 뒤에서 '오산 할아버지'라고 지칭할 직업 군인 시동생을 비빌 언덕 삼아 군에서 자리를 잘 잡아 친정집에서는 외할머니를 복덩이라며 무척 위했다고 한다.

엄마는 이민진의 『파친코』를 사다 읽으며, 분명히 외할아버지나 외증조할아버지가 조선 땅에서 일본에 가서 돌아오기까지 신산하고 고된 과정들이 있었을 텐데, 게다가 나의 외갓집처럼 서로 이야기하기 좋아하는 집에서 누구한테라도 그런 얘기를 한 토막씩 들어본 적이 없다는 걸 깨달았다고 한다. 그냥 건조한 날짜의 기록, 아무 해 아무 날 건너가서 아무 해 아무 날 되돌아왔다는 것 말고는 남아 있지 않다는 걸 이제야 깨닫고 왜 외할아버지 살아 계실 때 그 시절 이야기를 여쭤보지를 못했나 아쉬워했다. 외할아버지가 그때 일본에서 제사 공장을 하셨다는 것도 이 글을 쓰던 2022년 4월에 엄마의 고모가 이야기해주셨다. 어쩌면 나의 외조부모한테는 그때가 별로 들춰내서 기억하고 싶지 않은 시기였을까. 『파친코』의 '선자'가 비밀리에 일본인이 되기를 소망했던 것과 비슷한 맥락일지도 모르겠다. 몇 장 남아 있는 그때 사진에는 한복이 아닌 기모노를 입은 여자 어른들도 있다.

내가 어려서 소풍 갈 때 김밥은 늘 엄마가 새벽같이 일어나서 싸주곤 했는데, 일본 살 때 현지에서 외할머니가 배운 김밥 싸는 방식을 엄마도 그대로 전수받아 식초로 간을 해서 김초밥을 쌌다. 봄 소풍이건 가을 소풍이건 낮이 더워도 식초가 들어가면 밥이 잘 상하지 않으므로 실용적이고 맛도 좋았다. 우리 집 김밥이 참기름과 소금으로 간을 해서 만든 친구들 집의 김밥과 다르다는 건 무려 국민학교 4학년이 되어서 소풍날 이집 저집 김밥을 하나씩 다 먹어보며 맛을 품평하던 같은 반 친구가 "누구네 김밥이 이렇게 시큼해?"라고 하는 덕분에 깨달았다.

큰이모는 그래서 해방 3년 전 조선 땅에서 태어났다. 큰이모가 일본에서 생겨서 선산에서 태어났다고 이름이 '일선'이다. 큰이모가 조선에 와서 태어난 걸 계기로 외가 식구들은 일본의 사업을 정리하고 하나둘씩 다시 들어왔다고 한다. 큰이모는 원래 내 외조부모한테는 둘째였다. 여러 가지 단편적인 이야기를 종합해 미루어 짐작건대 외할머니가 겪은 시어머니 시집살이는 보통이 아니었다. 가난한 집 딸로 태어나 대한해협을 건너 일본까지 시집을 가서 낯선 환경에 적응하기도 쉽지 않은 판에 시집살이까지 만만치 않았으니 임신을 해도 몸을 제대로 돌볼 수나 있었을까. 거의 달을 채웠지만 첫아이를 조산했다. 사산이었는지 태어나자마자 죽었는지는 모르지만 아들이었다. 그러고 나서 둘째로 태어난 자식이 큰이모였다. 외삼촌이 태어날 때까지 외할머니는 '아들 잡아먹은 년'이었고 큰이모는 '오빠 잡아먹고 태어난 계집애'였다. 이 대목에서 나의 깊은 한숨과, 분노라는 점잖은 단어로는 표현하기 부족한 감정이 전달되기를 바란다. 더 웃긴 건 남동생 보라고 이름도 남자 이름인 나의 엄마는 남동생을 진짜로 봐서 엄마 할머니의 사랑을 받았다고 한다. 아이들은 누구나 뛰어놀면서 부산스럽기 마련이지만 위의 이모들에게는 조신하지 못하다며 혼을 내던 엄마의 할머니가 유독 엄마한테는 너그러워서 엄마가 장난치며 뛰어다녀도 "놔둬라, 뛰구로"라고 했단다.

일본에 외갓집의 흔적이 혹시 남아 있지 않을까 싶었는데, 엄마는 불이 나서 다 타 없어졌다고만 들었다고 한다. 그러다 나중에 들으니 나의 외할아버지가 공장을 운영하던 곳이 무려 나가사키였으며 그냥 불에 타서 없어진 게 아니라 원자폭탄이 떨어지며 흔적도 없이 다 날아간 거였다고 한다. 외가 식구들이 일본 살림을 정리하고 들어오게 된 계기를 마련해준 나의 큰이모는 집안의 은인이 아닌가.

이렇게 살림을 정리해서 들어올 때 외할아버지의 바로 밑 동생, 나중에 오산 할아버지라고 불렸던 할아버지는 일본군에 징집되고는 연락이 끊겨 생사조차 몰랐다고 한다. 집에서는 돌아가신 줄만 알고 아예 그런 사람 없다 쳐서 늦게 태어난 외할아버지의 동생들은 그런 형제가 있는 줄도 모르고 컸다고 한다. 해방이 되고도 한참 후에 군위 집으로 살아서 돌아온 오산 할아버지는 앞서 얘기한 나의 친할아버지가 군속으로 일했던 남양군도에서 일본군으로 전쟁을 치렀다고 한다. 어쩌면 오산 할아버지와 나의 친할아버지는 조선 땅이 아닌 곳에서 서로 마주친 인연이 있으셨을지도 모르겠다. 해방되고 전쟁이 끝난 대한민국에서는 직업 군인으로 사셨는데, 나중에 엄마 아빠 결혼할 때도 오산 할아버지가 제일 적극적으로 찬성했다고 한다. 무척 일찍 돌아가셔서 나는 오산 할아버지에 대한 기억도 없는데 나를 참 예뻐하셨다고 한다.

조혼하던 때이니 아직 젊은 시어머니와 더 젊은 며느리가 한꺼번에 임신하고 출산하기도 예사여서 지금 대구 막내 할아버지라고 불리는 외할아버지의 막냇동생은 큰이모와 거의 비슷한 시기에 태어났다. 큰이모가 음력으로 해가 바뀌어 정초에 태어나서 띠가 서로 다르지만 거의 한 달 사이를 두고 외할머니의 시어머니와 외할머니는 몸을 풀었다. 왜 굳이 일본에서 물길도 사납다는 대한해협을 건너 조선 땅에 돌아와서 큰이모를 낳았을까 궁금했는데, 엄마 추측으로는 산방産房 하나에 두 산모가 안 들어간다는 옛말을 약간 어른들이 확대 해석한 게 아닐까 싶다고 한다. 집안에 두 산모가 한꺼번에 애를 낳으면 삼신할머니가 둘 다 보살펴주기 버거워 한쪽이 탈이 난다는 속설이 있다고 한다. 삼신할머니를 너무 과소평가하는 거 아닌가 싶다. 한꺼번에 두 산모와 두 아이를 보살펴주기 버거운 건 삼신할머니가 아니라 사람 쪽일 텐데. 어쨌거나 외할머니는 한 집에서 애가 둘 태어나는 걸 피하기 위해 일본에서 무려 구미 옆에 있는 선산까지 와서 큰이모를 낳았다. 그렇지만 첫 자식이 죽고 태어나 애지중지 키워도 모자란 딸은 제쳐두고 시어머니의 아들인 시동생을 시어머니 대신에 정성으로 키워야 했다.

'맏자식은 부모 맞잡이'라고들 한다. 그 말이 나의 외가에서는 그저 어떤 비유로 쓰이거나 또는 굳이 실제로 행하지는 않더라도 살아가면서 가져야 할 어떤 도덕적인 정언 명령처럼 여겨진 게 아니라, 진짜로 작동하는 법과 규범이었다. 외할아버지는 맏이로 태어난 본인의 운명을 받아들이고 순응하셨지만, 외할아버지 형제 중에서는 심지어 여동생도 그 당시 드물게 대학까지 다녔는데 정작 본인은 학교를 못 다니고 아버지 사업을 도우면서 나이 차이 많이 나는 동생들의 대학 등록금을 대면서 아버지 노릇을 했다. 남편이 이러니 아내가 '나는 내 자식들을 우선으로 챙기겠다'고 말이라도 함부로 꺼낼 수 없었다. 나의 외할머니는 가난한 친정과 사산한 큰아들과 그 이후 연달아 낳은 딸들 덕에 목소리가 없는 존재였다. 엄마의 할머니, 즉 내 외할아버지의 어머니가 큰며느리를 본 게 지금 내 나이보다도 적은 고작 서른다섯 즈음이었나 보다. 외할머니는 "나는 서른다섯 좀 빨리 됐으면 좋겠다 했는데 서른다섯 되니 힘만 펄펄 나더라" 하시곤 했는데, 그 식구 많은 집에 큰며느리 들어왔다고 집안 살림은 전부 맡겨놓고 장죽을 물고 마실 다니던 시어머니를 빗대어 그것도 흉이라고 말씀하신 거였다.

타고나길 너그럽고 가진 거 없어도 인심 좋고 넉넉해 나눠 먹길 좋아하고, 또 다소 낙천적이면서 어려운 일이 있어도 그저 부처님 뜻이라고 생각하는 외할머니 성정이 아니면 버티기 힘든 자리였을 거다. 외할머니는 말씀도 재미나게 잘하고 이야기를 판소리 사설처럼 노랫가락으로도 엮어서 흥얼흥얼 잘하시고 그랬다. 외할머니에게서 엄마를 거쳐 나의 아이들에게까지 내려온 자장가를 소개해보겠다.

"월강달강 서울 가서/ 밤 한 바리 실어다가/ 장독간에 묻었더니/ 앞니 빠진 생쥐란 놈/ 오며 가며 다 까 묵고/ 겨우 한 개 남았는거/ 가마솥에 삶아 가/ 껍데기는 에미 주고/ 버니기는 애비 주고/ 알맹이는 니캉 내캉 묵제이" 하는 노래인데 '자장자장 우리 아가' 하는 그 가락에 가사를 얹으면 된다. '버니기'는 밤의 속껍질을 말한다. 유명 커피 전문점에서 언젠가 가을에 '보늬밤 라떼'라는 예쁜 이름의 커피를 판 적이 있는데 그 '보늬'도 같은 뜻이다. 못 먹는 건 에미 애비 주고 알맹이를 나눠 먹자는 가사이니 할머니가 손주를 재우면서 부르는 노래인 듯하다. 그나마 엄마를 한번 거쳐서 알아듣는 거지, 외할머니한테 직접 들었으면 몇 번 듣기 전까지는 아마 반도 못 알아들었을 것 같다. 다른 건 몰라도 할머니 노랫가락을 채집 못 한 게 참 아쉽다.

엄마한테 외할머니 얘기나 노랫가락을 좀 더 풀어보라고 채근해도 엄마는 친엄마인 외할머니랑 같이 산 게 몇 년 안 돼서 얘기해줄 게 없다고 했다. 어려서는 군위 시골집에서 할머니 손에 크다가 국민학교 다닌다고 대구로 나가서 잠시 같이 있었고, 또 조금 더 커서는 엄마의 할머니가 돌아가시며 삼년상 치른다고 외할머니는 군위 시골로 가고 엄마는 대구에 남아 학교를 다녔다. 그러다 국민학교 졸업 전에 서울로 전학을 가서 내리 따로 살다가 시집을 갔으니 잠깐씩 얼굴 보고 그러던 거 말고는 외할머니 보살핌을 받으며 성장한 적이 없었던 거다.

그러다가 이 책의 초고까지도 못 되는 초벌 원고 정도를 엄마가 감수하며 외할머니 살아 계실 때 받아 적어놓았던 노래 두엇을 찾아내주어 소개해본다. 구전으로 내려오는 노래라 제목은 따로 없고 맥락도 좀 없어 보이긴 하다.

"이팔청춘 소년들아/백발보고 반절마라(놀라지 마라)/머리 흰 덴 먹칠하고/이빠진 덴 박씨 꽂고/아해당(아이들이 모여 노는 곳)에 놀러간다//성님성님 사촌성님/시집살이 어떻던고/아고야야 말도마라/도리도리 도리판(둥근 상)에/수저놓기 어렵더라//수숫대야 수만대야/만고절산 울아배야/전처댁은 어데두고/후처한테 혹을 하오/전처댁도 좋지만은/후처한테 댈 수 있나//미욱한 상 이 짐승아/대동강을 어데두고/눈물강을 찾아드냐."

"생금생금 생가락지/호작질(손장난)로 닦아내서/먼데보니 달일러라/곁에 보니 처녈러라/이 처녀 자는 밤에/숨소리가 둘일

러라/홍달박달 오라버님/동지섣달 설한풍에/풍지떠는 오롯
이다/상주함창 곰굴못에 묻어주소/부슬비가 오거들랑/이불
퐁퐁 둘러주소/굵은비가 오거들랑/자리풍풍 둘러주소."

  첫 번째 노래는 시집살이에 대한 한탄이나 첩을 둔 아버지
를 비난하는 흔한 소재로 만들어졌지만, 두 번째 노래는 은근
한 외설성이 있어 스포츠 신문 같은 기능을 당시의 노래가 했
다는 생각이 들었다. 생가락지를 누구한테 받았는지는 모르
겠지만 손으로 문질러 닦아서 윤기가 흐르게 되니, 멀리에는
거기에 비치는 달이 있고 가까이에는 아직 시집 못 간 처녀인
내 얼굴이 비친다. 아마도 반지를 준 사내일까. 정을 통하는
순간을 오빠에게 들켜버렸으니 오빠가 얼굴이 붉으락푸르락
하면서 화를 내 마치 한겨울 문풍지처럼 내 몸이 떨린다. 잘
못을 해놓고는 억지를 쓰는데 내가 그냥 죽을 테니 상주 함창
에 있는 다리 밑 못에 나를 묻어주고, 다만 비가 올 때 강수량
에 따라 이불을 둘러주든, 자리를 둘러주든 하라는 발칙한 대
사이다. 고려가요가 조선으로 넘어오며 남녀상열지사는 유교
관념에 따라 많이 없어졌다는데, 혹시 살아 남았다면 이런 식
의 노래가 아니었을까.

  다시 나의 큰이모 이야기로 돌아가보자. 당신의 집안에서

사랑받을 수 없는 구조에서 성장했지만 공부를 참 잘했다. 큰이모는 일본에서 사업으로 한밑천을 꾸려 귀국했다는 당신의 할아버지나 조선에 돌아와서 장사를 하며 큰살림을 꾸역꾸역 꾸려간 나의 외할아버지로부터 진취적인 사업가 정신을 아주 많이 물려받았다. 대구에서 고등학교만 졸업하고 이른바 신부 수업으로 집안 살림 조금 배우다가 결혼해도 전혀 이상하지 않을 때였지만 이모는 거기에 만족할 수가 없어서 서울로 대학을 보내달라고 외할아버지를 졸랐다. 큰이모의 고모도 서울에서 대학을 다녔는데 큰이모라고 서울로 유학을 못 갈 것도 없었다. 하지만 집안의 반대가 만만치 않았다. 외할아버지보다도 외할아버지의 동생들인 작은아버지들이 더 심하게 반대했다고 한다. 큰이모와 비슷한 때 태어나서 외할머니를 조선으로 몸 풀러 귀국하게 했던 내 외할아버지의 막냇동생도 대구에서 대학을 가는데 왜 그리 중뿔나게 서울행을 고집하냐는 거였다. 큰이모는 어떻게든 학비는 알아서 댈 테니 서울로 보내만 달라고 외할아버지를 설득했다. 할아버지는 이모에게 "애비 친구도 도둑놈인 것만 알고 가라"고 하시며 마침내 허락했다. 아마 허락 안 했어도 큰이모 성격에 야반도주를 하지 않았을까 싶기도 하다. 이모는 고려대에도 붙고 동국대 사학과에도 전액 장학생으로 합격했다. 첫 학기 등록금만 대주면 나머지는 벌어서 하겠다고 고려대에 갈 수 있게 도와달라고 했지만, 서울로 진학하는 것 자체도 못마땅해하던 집안 어른들이 들어줄 리가 없어서 동국대에 장학금을 받고 진학했다.

큰이모가 대학교에 가서 받은 장학금이 5·16 민족장학금이었다고 한다. 나중에 정수장학회가 되는 바로 그 5·16장학회의 장학금 맞는다. 그래서 지금도 박정희 대통령이라고 하면 큰이모는 평생의 은인이라고 생각한다. 집에서도 안 해준 대학 등록금을 해주고 공부하게 앞길을 열어준 고마운 사람이라고 말이다. 그 앞에다 대고 그거 남의 재산 빼앗아서 만든 장학금이라고 뭐라고 하기엔 이모한테는 너무 잔인한 일이 될 것 같다.

큰이모는 서울에 있는 대학에 당차게 진학하면서 방 한 칸 얻을 돈도 없어서 처음에는 입주 가정교사를 하며 등록금과 생활비를 벌며 공부도 했다. 큰이모는 몸과 마음이 모두 반듯한 사람이었다. 동생들은 집에 있을 때도 몸가짐이 함부로 허물어져 어디 비스듬히 기대어 있거나 누워서 벽에 다리를 올리거나 하면 큰이모에게 무척 혼이 났다. 매사 용의주도하고 뭔 일을 해도 100가지를 앞서 생각했다. 하다못해 어디 등산을 가더라도 유서를 써놓고 가는 사람이었다. 그렇게 사람이 반듯하니 입주 과외를 할 때 학부모들이 퍽 마음에 들어해서 대학 졸업할 때가 되었을 때 선 자리도 많이 내어놓고 그랬다고 한다.

큰이모는 자기 앞가림만 하기도 어려웠을 텐데 자기 동생들, 둘째 이모와 나의 엄마도 일찌감치 서울에서 공부해야 한다며 불러올렸다. 둘째 이모는 중학교까지 대구에서 마치고 서울의 명문 사립 여고에 진학했고, 엄마는 국민학교 6학년부터 서울에서 공부하며 중학교도 시험 쳐서 진학하던 시절에 둘째 이모와 같은 재단의 여중, 여고에 진학했다. 그렇게 전국에서 몰려든 아이들 때문에 엄마가 처음 서울 국민학교에 전학 왔을 때 교번이 딱 99번이었단다. 내가 학교 다닐 때 한 교실에 50~60명도 바글바글했는데 한 교실에 100명 가까이 있었다니 믿기지 않는 수준이다.

둘째 이모는 지방에서 서울로 고등학교 진학을 한 성실한 모범생이었는데, 중간에 한 번 외할아버지 장사가 잘되지 않아 고등학교 등록금을 못 낼 위기가 있었다. 대학도 아니고 고등학교 등록금이 얼마나 비쌌는지는 모르겠지만, 그때도 외할아버지 형제들에게 외면당해 마음의 상처만 받고 나서는 대학은 지레 포기하고 고등학교 졸업장만 갖고 국책 은행에 취직하는 길을 택했다. 은행에 취직해서 일을 하는데 4년제 대학 졸업하고 들어온 행원들보다 이모가 영어를 더 잘했단다.

그 은행에는 이미 대학을 졸업한 큰이모가 먼저 근무하고 있었는데 정작 큰이모는 큰이모부 만나서 연애하고 결혼하느라 오래 못 다니고, 둘째 이모는 그래도 어느 정도 근무를 해서 지금까지도 그때 입사 동기들과 미국 옐로스톤 공원 같은 곳에서 단체로 관광하는 모임도 계속하고 있다.

그보다 좀 앞선 때의 일이다. 대전 고모라고 불리는 엄마 고모, 즉 외할아버지의 여동생은 지금은 건강하시지만 젊어서 배앓이가 잦아서 대학교를 다니다 쉬기를 반복했다고 한다. 대학 한 학기가 남았을 때였는데, 아버지 노릇을 하던 큰오빠, 나의 외할아버지가 등록금을 준비해서는 고모할머니한테 "이걸로 네 배앓이를 고칠 테냐, 학교를 졸업할 테냐"라고 물어서 지금 생각하면 아깝지만 고민 끝에 약을 지어 먹는 걸 택했다고 한다. 그렇게 일본에서 조선으로 돌아온 이후에는 외할아버지가 아직 어렸던 동생들 학비까지 다 벌어다 공부를 시켰다는 이야기이다. 물론 외할아버지 장사 밑천은 외증조할아버지와 일본에서 함께 벌어서 마련한 건 맞지만, 정작 외할아버지의 딸들이 공부하면서 등록금 때문에 서러워하고 고생할 때 나의 외할아버지를 아버지 삼아 학교를 다닌 동생들은 도움을 되돌려주기 어려워했다. 동생들도 결혼해 자기 가정이 있고 책임져야 할 자식들이 태어나고 있었으니까. 무언가를 탓한다면 동생들 몫에서 자식들 몫을 미리 빼놓지 못했던 외할아버지 탓이고, 딸로 태어난 탓이다.

그러던 중에 맞은 엄마 할아버지의 회갑 잔치는 근근이 이어나가던 살림에 큰 타격이 되었다. 회갑 잔치란 단순히 건강히 오래 사신 걸 축하하는 자리가 아니라 주인공의 자녀들이 어떻게 잘되었는지 자랑함으로써 주인공의 노고를 칭찬하는 행사이다. 아마 두 분 혼례보다도 화려하지 않았을까. 잔칫상에 고임상을 종류별로 높이 쌓고, 사모관대와 원삼까지 등장해서 엄마의 할아버지, 할머니는 곱게 단장을 하고, 이유는 모르겠지만 얼굴에 숯 칠을 검게 하고 가마에 태워 동네 한 바퀴를 돌았다고 했다.

그때 나의 외할아버지는 대구와 군위를 오가며 싸전도 하고 청과물 가게도 하고 주로 장사를 했는데, 심지어 그 잔치 비용을 대야 한다고 장사꾼에게 필수품인 트럭을 팔았다고 한다. 회갑 잔치 한다고 장사 밑천을 팔아야 하는 거면, 거의 효도라는 이름의 폭력 아닌가.

엄마가 서울로 올라오기 전 대구에 살 때였다. 나의 외할아버지는 대개 무뚝뚝하고 속이 좁고 잔정이 없다는 경북 남자들 같지 않게 다정다감하고 자상한 성품이었다. 외할아버지가 자전거를 타고 여기저기 다닐 때 자전거 안장 앞쪽에 뭘 달았는지 엄마를 앉혀서 데리고 다니시곤 했다. 딸내미는 뭐 하러 달고 다니냐는 외할머니 타박은 들은 체 만 체하셨단다.

그렇게 재미나게 살 때였는데 그러다 엄마의 할머니가 위암에 걸려 대구로 나와 입원을 하게 되었다. 엄마가 국민학교 4학년 때이다. 위암이니 뭘 잘 잡숫질 못하고 기력이 없으셔서 직업 군인인 엄마의 둘째 작은아버지가 부대에서 이렇게 저렇게 백을 써서 영양제 링거병 하나를 마침 얻어 온 날이었다. 할머니가 입원을 하셨으니 대를 이을 손자, 즉 나의 외삼촌이자 엄마의 동생이 응당 병문안을 가야 했다. 엄마 기억에 무척 더운 여름이었다는데, 다 큰 나의 외삼촌을 외삼촌보다 조금 더 큰 엄마가 업고 병원에 갔다. 그런데 이 대를 이을 손자가 할머니 맞으실 링거병으로 장난치다가 그만 깨쳐먹고 말았단다. 영양실조가 만연할 때라 병원 가서 영양제 링거 한 병 맞으면 죽어가는 사람도 벌떡 일어난다며 그게 그렇게 좋다고 하던 1960년대 중반에, 그것도 군인 아들이 엄마한테 효도한다며 영향력을 발휘해서 빼 온 수액을 깨뜨렸으니 왜 큰일이 아니겠는가. 그런데 엄마는 외삼촌이 혼난 게 아니라 왜 어린 애를 병원에 데리고 왔냐며 자신이 그렇게 혼이 났다고 지금도 그 서러움을 이야기한다. 그 여름에 할머니 뵈러 애를 업고 병원까지 간 게 신통하지, 링거병 깨뜨린 원인 제공자가 되어

야 한다니. 곧 죽어도 아들보다 딸 탓하는 게 편하고 당연한 시
대였다.

어쨌거나 그렇게 큰이모, 둘째 이모, 나의 엄마 셋이 서울에
서 신당동, 장충동, 녹번동, 응암동, 수유리, 홍은동 등을 전전
하며 살다가, 큰이모 시집가고 둘만 살기도 하다가 외삼촌이
자라서 서울 국민학교로 전학하며 올라오고 하는 과정을 거쳐
어느 즈음에는 군위 살림은 모두 정리하고 외할아버지는 수원
에 양계장을 차렸다. 엄마의 조부모는 모두 돌아가신 다음이
라고 한다. 외삼촌 학교 때문에 대구에 나와 있던 나의 외할머
니는 그렇게 딸들이 신당동에서 홍은동까지 전전하는 동안 시
부모가 돌아가실 때마다 맏며느리로서 상복 입고 삼년상을 치
른다고 군위에 도로 들어가 궤연을 차리고 제사를 모셨다고
한다. 뭔가 한마디를 더 붙이고 싶지만, '도리'라는 신념을 열
심히 지킨 것뿐인 외할머니에게 누가 될까 봐 함부로 평가는
삼가겠다.

상을 치를 때면 군인이던 엄마의 둘째 작은아버지는 군대
에서 쓰는 소형 발전기와 라이트를 부대에서 가져다가 밤에도
상갓집을 환하게 밝혀 자식을 자랑하시도록 했다. 지금 그렇
게 군용 물품을 사적으로 가져다가 쓴다면 당장에 감사를 받
고 신문에 날 일이지만 1960년대에는 크게 문제가 될 일도 아

니었다니 그래도 나라가 좋은 방향으로 조금씩은 발전하는 것 같다.

엄마가 살았던 홍은동은 작은집, 엄마의 둘째 작은아버지 네였는데, 엄마뿐 아니라 그 집 아들, 딸이며 셋째 작은집 엄마 사촌이며 학생들이 우글우글했단다. 나중에 엄마 아빠 중신을 선 아빠의 직장 동료도 여기 홍은동에 살던 식구 중 하나였다고 한다. 내가 중학교 다닐 때 학교 다녀와서 빈 도시락을 바로바로 안 꺼내놓으면, 엄마는 홍은동 살던 시절 엄마랑 엄마 사촌들이 도시락 제때 안 꺼내놔서 엄마의 작은엄마가 고생하셨다면서 나보고 좀 잘 챙겨 꺼내놓으라고 했다. 근데 나중에 오산에서 노후를 보내 집안에서 오산 할머니로 불렸던 엄마의 작은어머니가 고생하신 포인트가 도시락을 애들이 제때 안 꺼내놔서 찾아다녔던 일이 되어야 하는 건가, 아침마다 그 많은 도시락을 다 싸야 했던 게 되어야 하는 건가.

하나둘씩
미국으로 떠나다

그러는 동안 큰이모는 서울대 인문대를 나와 주요 일간지에서 기자를 하던 이모부를 만나 결혼한다. 이모부 집안도 나름 행세하는 집안이고 이모의 동서들이 그 시절에 다 의사에 약사라 은근히 경쟁 심리가 있었다고 한다. 결혼하면 직장을 그만두는 게 너무나도 당연한 시절이었으므로 큰이모는 전업주부가 되었다. 이모부는 학벌도 좋고 머리도 좋은 나름 잘나가는 기자였나 보다. 그렇게 큰이모는 잘나가는 기자 부인으로 애들 키우며 우아하고 고상하게 살 수도 있었을 것 같지만, 그런 삶에 만족하고 살기에 개척 정신이 너무나도 강했고 학벌 좋은 시집 식구들 사이에서 고려대 못 간 게 콤플렉스였고, 더 좋은 학교를 못 가게 한 환경이, 이 나라가 싫었다. 한국을 떠나는 것을 마다하지 않을 상황이었다는 거다.

처음 미국으로 가게 된 계기가 기자였던 큰이모부가 그곳으로 발령이 난 거였는지, 아니면 유학이 명분이었는지 확실치 않다. 내 기억에 남아 있는 외가는 늘 덴버였지만 시카고가 처음 정착한 도시였다고 한다. 시카고에서 큰이모부 친구가 그때 한창 잘되던 가발 장사를 하면서 큰이모 내외에게 대리점을 하나 내주어 돈을 많이 모았다고 한다. 유학생들이 취업제한 비자 때문에 아르바이트도 제대로 못 했다는 이야기를 어디선가 듣고 엄마에게 그게 가능하냐고 물었더니 그때는 미국이 지금처럼 이민자들에게 야박하지 않았고 행정 체계도 허술해서 그게 문제가 되는지도 몰랐을 거란다.

큰이모는 가발 장사로 모은 종잣돈을 가지고 마치 영등포에서 마포로 이사하듯 훌쩍 시카고에서 덴버로 옮겨 소갈비구이를 '코리안 바비큐'로 이름 붙인 식당을 열었다. 어쩌면 큰이모의 식당은 1970년대에 덴버에 '한류'의 원조 격이 되는 돌풍을 일으켰는지도 모르겠다. 그게 그렇게 맛있다고 미국 사람들이 줄을 서서 사 먹었다고 한다. 물론 대부분의 성공담에는 어느 정도의 허풍이 들어간다는 점을 고려하고 듣는 게 좋을 것 같긴 하다.

큰이모가 음식을 잘하신다는 얘기는 전혀 들어보지 못했다. 그래도 솜씨 좋은 주방장을 구해서 식당을 잘 운영해 돈을 많이 벌면서, 처음 큰이모가 서울에 대학 진학을 하며 동생들을 고향에서 하나씩 불러올린 것처럼 이제는 서울보다 더 큰 개척지인 미국에 동생들을 불러들였다. 그래서 은행에 다니던 둘째 이모도 교포와 결혼해 덴버에 자리를 잡았고, 내가 태어나던 1979년에 남은 나의 외가 가족들, 외할머니, 외할아버지, 외삼촌, 막내 이모 이렇게 한꺼번에 초청 이민으로 들어가게 되었다. 외할머니는 아직 학생이었던 외삼촌과 막내 이모를 키우고 외할아버지는 큰이모네 외손주들을 학교에 태워다 주면서 그렇게 살았다.

언젠가 둘째 이모 결혼식 사진을 본 적이 있는데 외할머니 표정이 영 딱딱하게 굳어서 편치 않으신 거다. 알고 보니 독실한 불교 신자인 외할머니가 딸이 기독교 신자와 결혼하는 것까지는 말릴 수 없지만 교회 결혼식은 절대 안 된다고 선언하셨었는데, 결혼식을 진행할 때 둘째 이모부가 주례 서실 목사님의 손을 잡고 신랑 입장을 했단다. 그렇다고 결혼을 물릴 수도 없으니 외할머니는 뒤통수를 맞은 듯한 표정의 혼주로 사진에 남아 있게 된 것이었다.

엄마 형제 중에 엄마만 미국에 그때 안 가게 되었는데 엄마는 그게 나 때문이라고 했다. 처음엔 큰이모 초청으로 우리 집도 다 미국으로 가려고 했었단다. 그런데 은근히 아빠랑 할머니는 내키지 않는 눈치고, 결정적으로 그즈음 전두환 대통령 취임식 중계를 보면서 이제 막 말을 배운 내가 저게 뭐 하는 거냐고 물어서 엄마가 대통령이라고 답을 해주었단다. 나는 정말 기억이 날 리도 없고 쓰면서도 헛웃음이 계속 터지지만, 내가 그때 취임식을 보면서 "나도 대통령 할래" 하고 똑똑히 이야기하는 바람에 혹시 내 딸이 커서 대통령이 되지 않을까 하는 무지막지한 바람으로 딸의 미래를 위해 미국 이민을 포기하고 대한민국 국적을 유지하기로 결론을 내렸다는 것이다.

큰이모는 미국에서 늘 장사하느라 바빴지만, 사람들은 과정은 안 보고 결과만 보게 마련이다. 이모네 차도 독일산 고급 자동차에, 애들은 덴버에서 좋다는 사립 고등학교에 진학시키고 하니까 엄청 돈을 많이 벌어 호강하면서 산다고 다들 생각했던 듯하다. 한 분야에 만 시간을 투자해야 전문가가 된다는 일만 시간의 법칙은 만 시간 동안 한 우물을 파라는 명령이 아니라, 어떤 분야에서 성공한 사람들을 보며 그 사람의 만 시간을 짐작해보라는 교훈이 아닐까 싶은데 말이다.

한번은 엄마 사촌 동생 중 하나가 미국에 유학을 간다고 제일 큰 사촌 누나인 덴버 큰이모네 집에 머물렀던가 보다. 콜로라도주 산자락에 자리 잡은 덴버는 겨울에 눈이 무척 많이 오는 곳이다. 눈이 오면 어른이든 아이든 다 나가서 치우는 게 당연하니 손님이라고 해도 예외는 아닌 데다 유학생 사촌 동생이 또 대단히 귀하게 받들어야 하는 손님은 아니어서 이모는 눈 치우는 일을 시켰나 보다. 게다가 큰이모가 본인 자식들 밥도 제대로 못 챙겨줄 때였는데 손님이라고 끼니를 잘 챙겨줄 수가 있나. 당시 큰이모네는 주로 냉동식품 데워 먹는 게 예사였는데, 갓 지은 밥에 따뜻한 국과 나물, 고기반찬을 골고루 차려줄 것을 기대했는지 사촌 동생은 냉동식품을 그것도 손님이 스스로 데워 먹었다며 한국 집에다 불평을 했나 보다. 방도 지하실에 있는 방을 줬다고 투덜투덜하기도 했단다. 그러고 말았으면 좋았을 것을 불평을 들은 그 집 누나가 마치 큰이모가 어렵게 유학 생활하는 유학생을 박대했다는 듯이 또 미국의 교포 사회가 제대로 차려 먹는 한국식 식사 방식을 잊어버리고 얼마나 엉망으로 사는지 나타내는 소재로 냉큼 그 일을 자기 수필에다 갖다 써서 큰이모는 진심으로 화를 냈다.

그 집이 외할아버지 형제 중 셋째의 집인데 노후에 화곡동에 사셔서 화곡동 할아버지라고 불렀다. 화곡동 할아버지네하고 큰이모네는 영 궁합이 안 맞았다. 처음 큰이모가 서울로 대학 갈 때 제일 반대했던 이도 이분이라고 한다. 그러니 뭘 해도 마음에 앙금이 남아 있어 마땅치 않을 판에 이모가 해줄 수 있는 건 다 해주었는데 그 집 사촌 동생이 책에다 큰이모 흉을 말도 안 되게 봐놨으니 화가 날 수밖에 없었다.

또 한번은 화곡동 할아버지가 당신의 큰형님인 내 외할아버지께 외손주들, 즉 큰이모의 아이들을 학교며 과외 활동을 차로 데려다주고 보살펴주는 데 큰이모가 얼마씩 주느냐고 물어본 적이 있다. 말이라는 게 말을 할 때의 상황이나 맥락, 어투나 미묘한 감정이 싹 빠지고 문장만 건조하게 전해지면 오해를 사게 마련이다. 그냥 외할아버지 용돈을 얼마나 드리냐는 뜻으로 한 대단한 질문도 아니었다. 어찌 보면 동생이 형님한테 큰 부담 없이 할 수 있는 질문이었음에도 화곡동 할아버지와의 사이에 오랜 앙금이 남아 있던 큰이모는 대단히 분개했다. '설마 내가 꽁으로 아버지를 마구 부려먹는다는 거냐. 누가 걱정 안 해도 내 아버지는 내가 챙긴다' 뭐 대충 이런 얘기들이었다.

그렇게 식당 사업으로 성공한 재미교포가 된 큰이모는 당신의 딸과 아들을 학비 걱정 없이 좋은 사립학교에 보냈다. 그것으로 학비 때문에 고생했던 유년을 어느 정도 보상받았으리라 감히 짐작해본다. 자칫 이런 상황에서 자녀에 대한 보상 심리가 생겨나면 관계가 틀어지기도 한다는데 다행스럽게도 큰이모는 그럴 겨를도 없이 식당 일로 너무도 바빴다.

이민은 갔어도 결혼은 한국인과 하기를 큰이모 내외가 소원하는 바람에 결국 큰딸은 한국 사람 짝을 못 찾고 당당히 혼자 멋지게 살고 있다. 자식이 전문직이 되기를 소망하는 대부분의 아시아계 이민자 부모들의 바람대로 로스쿨까지 졸업해 LA에서 변호사가 되었지만, 어려서부터 자기 소원은 글 쓰는 거였다며 어느 순간부터 변호사 일은 안 하고 방송 작가 겸 프로듀서 일을 재미나게 하면서 살고 있다. 아들은 어려서부터 이모가 책 좀 읽으라고 하면 대기업 재무제표를 훑어보는 게 취미이더니 MBA를 마치고 난데없이 미국 투자 회사의 일본 지사에서 고액 연봉을 받으며 일하다가 지금은 자기 회사를 차렸다. 자기는 돈을 많이 벌어 부자가 되고 싶다는 꿈을 일본에서 이루었다면서 재일 교포 3세를 만나 결혼해 일본에서 잘 살고 있다. 한국어가 서툴고 영어와 일본어를 잘하는 큰이모의 이 아들은 영어는 전혀 못 하고 한국말과 그 옛날 배운 일본어를 자유롭게 쓰는 외할아버지와 일본어로 대화했다. 일본어와 한국어를 잘하는 부인과는 아마도 일본어로 대화하겠지 싶다.

오히려 아이들 뒤를 따라다니면서 "너희들의 꽃길을 엄마 아빠가 만들어줄게"라고 하는 것보다 어쩌면 어느 정도 무심해 보이는 큰이모의 양육 방식이 좋은 결과를 갖고 왔는지도 모르겠다. 큰이모의 아들과 딸은 누가 봐도 반듯하고 착실한 모범생으로 컸고, 지금은 엄마 아빠를 참으로 극진히 생각하여 일가친지들 사이에서 칭찬받는 '유니콘' 같은 존재이다.

전직 기자였던 큰이모부는 집에서 말 그대로 공부만 했다. 누가 돌아가시면 '학생부군신위'라고 지방을 쓰는 것처럼 정말 공부가 좋아서 책 쌓아놓고 지금도 공부만 하신다. 그럴 거면 어디 대학원에라도 가서 학위를 따고 교수를 하시든지 학문적인 성과를 좀 세상에 내어놓으면 좋지 않냐고 하니 공부를 누굴 위해서 하냐고, 본인만 앎의 기쁨을 누리며 행복하면 되는 거라고 하셨단다. 지방의 어떤 명문 고등학교의 "공부해서 남 주자"라는 교훈이 떠오르는 대목이다. 그럼에도 큰이모한테 큰이모부는 너무 소중하고 사랑하는 남편이라 집에 그림같이 앉아만 있어도 좋은 사람이었다고 한다.

챙길 것도 많은 큰이모였지만 한국에 하나 남은 동생인 나의 엄마와 가족들을 각별히 챙겨주었다. 자식들이 다 커서 사회에 자리를 잘 잡는 것으로 어떤 사람의 인생이 성공했는지 가늠하거나 주변에 얼마나 잘 베풀고 말 한마디라도 살갑게 하는지를 가지고 인생을 평가할 때 어느 쪽이든 나의 큰이모는 굉장히 성공한 분이라고 이야기하고 싶다.

할머니의 못 말리는
바지런 떨기 관찰기

외할아버지는 대구 살림을 모두 정리하고 올라와 수원에 양계장을 차렸다. 그때도 외할아버지 형제는 왕래가 매우 활발했는데, 수원 양계장과 서울에 사는 형제들 집 중간 지점 정도에 아직 미혼인 세 자녀, 엄마, 외삼촌, 막내 이모가 살 집을 구한 게 안양의 한 동짜리 아파트였다. 21세기 부동산 공화국의 국민들에게는 믿기지 않겠지만, 그때 대치동 청실아파트가 이 아파트하고 값이 똑같았다고 한다. 어쨌거나 이 아파트는 마포 와우아파트가 무너진 직후에 지은 집이라서 벽에 못도 안 들어가도록 튼튼하게 지어졌다고 할머니는 늘 얘기하셨다. 지금으로선 안타깝게도 너무 튼튼하게 지어 재건축도 쉽지 않다고 한다. 튼튼하게는 지었는지 몰라도 새시는 단창에다 단열도 시원치 않아서 겨울이면 유리창에 성에가 낄 만큼 추웠다.

한 동짜리 아파트이지만 이름에는 어엿하게 '맨숀'이라는 글자가 붙어 있는 아파트였다. 엄마 말에 따르면 당시에는 '맨손으로 입주해서 맨숀'이라고 했단다. 엄마 작은아버지가 그때 주택공사 간부였는데도 밤이면 레일식으로 연탄을 꺼내 갈게 되어 있는 연탄보일러를 때는 집에 살았는데 중앙난방을 하는 아파트에 살다니 당시로서는 최신식이었다. 돈으로 바꿀 수 있는 공병 말고는 음식물이건 재활용품이건 전부 '쓰레기'로 한데 모아 버리던 시절이었다. 심지어 층별로 복도마다 쓰레기 배출구가 있어서 여기를 열고 집에서 나온 쓰레기를 던져 넣으면 1층으로 모아져서 쓰레기차가 실어 가는 획기적인 방식까지 들어가 있었다. 아마도 이 방식은 쓰레기 종량제와 재활용품 분리 배출이 실시되면서 없어진 것 같다.

그렇게 최신식을 표방한 맨숀이었지만 열효율이나 난방 기술은 지금 같지 않았다. 관리비도 많이 나오고 난방 분배기도 편리함과는 다소 거리가 있어서 겨울 난방이 시작되면 방마다 나 있는 배관 한쪽에 가느다란 전용 호스를 끼우고 '에어를 빼는' 작업을 하고 뜨뜻한 물이 호스를 통해 나올 때까지 추가로

물을 빼줘야 바닥 난방이 제대로 돌았다.

이렇게 추운 한겨울에 두툼한 목화솜 이불을 묵직하게 덮고 있으면 체온에 데워진 공기가 목화솜에 포근하게 막혀 이불 안이 점차 따뜻해지면서 그 느낌이 얼마나 보드라운지 모른다. 공지영의 장편소설『착한 여자』의 '한 여자가 죽었다' 챕터에는 '열 관이나 넣은 솜이불'이 결혼 생활과 시골의 답답함을 은유하는 소재이자 소설 진행을 위한 복선으로 쓰였지만 내게 솜이불은 폭삭하게 몸을 덮는 느낌이 너무나도 좋은 겨울철 침구류이다. 뭐, 한 관이 약 3.75킬로그램이니 열 관이면 37.5킬로그램. 좀 과하긴 했구나.

솜이불은 동물의 털이 들어 있지 않아서 죄책감도 느낄 필요가 없고 그저 이불을 꾸며낸 공력에 감사하면 된다. 요새는 솜 속통에 네 귀퉁이를 묶고 지퍼로 여미면 끝나는 홑청도 있어서 빳빳하게 풀을 먹이는 품을 생략할 수도 있지만 풀 먹여 빳빳한 광목 홑청이 살에 닿는 느낌은 또 얼마나 사각거리는 호사인가.

내 키가 할머니만큼 커질 무렵에는 할머니랑 함께 홑청을 다듬었던 기억도 있다. 계모와 효자 이야기 중에 계모가 새로 벽지를 바르라고 방에 들여보내면서 굶어 죽으라고 방문을 밖에서 걸어 잠갔는데, 이를 미리 눈치챈 아들이 풀을 넉넉히 쑤어 갖고 들어가서 이걸 먹으면서 버텼다는 이야기가 있다. 풀은 문구점에서 파는 물 풀만 보고 자란 나는 그 이야기를 들으면서 배고프다고 풀을 먹다니 상상조차 가지 않았는데, 알고 보니 그 옛날 공장에서 만든 물 풀이 있었을 리 만무하고 빳빳하게 옷감을 다듬을 때 쓰는 풀죽을 말하는 것이었다. 옷감 풀과 도배할 때 쓰는 풀이 아주 똑같지는 않아도 며칠 갇혀 있는 동안 굶어 죽지 않을 곡기는 되었을 법하다. 가난하게 살며 간신히 끼니를 이어간다는 '입에 풀칠한다'라는 표현도 여기서 나왔으리라.

밀가루 풀을 쑤어 깨끗하게 빨아낸 홑청에 먹이고 방 안 양쪽 벽에 못을 박아 빨랫줄을 묶어놓은 실내 빨래 건조대에 널어 대강 꾸덕꾸덕하게 마르면 할머니와 마주 보고 앉아 팽팽하게 잡아당겨 주름을 폈다. 물론 벽에 못이 들어가지 않으니 방문의 나무로 된 틀에다 박아 만든 빨랫줄이었다. 할머니와 나는 마주 앉아 홑청의 모서리를 잡고 호흡을 맞춰 팽팽하게 당겼다. 내가 운동신경은 잘 발달하지 못했어도 남 일 보조 맞춰주는 건 제법 했다.

전체 과정을 제대로 배운 게 아니라서 먼저 주름을 펴고 말렸는지 대강 말리다 폈는지는 잘 모르겠다. 홑청 끝부터 끝까지 팽팽하게 잡아당겨주고 나면 착착 접어 다른 수건이나 천으로 감싸서 지근지근 밟았다. 연대로 따지면 1980년대 말에서 1990년대 초반인데 집에 다듬잇돌도 있었다. 층간 소음에 대한 걱정만 아니었으면 아마 홍두깨를 들고 다닥다닥 다듬이질도 하셨을 거다.

빳빳하게 풀도 잘 먹이고 잘 마른 홑청은 바닥에 잘 펴놓고 그 위에 솜 속통을 자리 잡아 올려놓는다. 그러고는 속통을 홑청이 감싸도록 무명실로 잘 시쳐준다. 이불 바느질을 할 때는 제일 큰 바늘을 고르고 제일 굵은 무명실로 시친다. 아기 백일상이나 돌상에 올려놓고 장수를 바라는 그 무명 실타래가 맞는다. 실타래인 채로 그냥 두면 실이 다 엉켜버려서 실패에 감아 두어야 하는데, 실타래를 양쪽 발에 고정하고 풀어가며 실패에 감기도 하고, 누군가 양손에 걸어서 잡아주면 실패로 옮겨 감기도 한다. 표백한 흰 실이 아니라 아무 색도 넣지 않은 원래의 소색素色이 은근하게 예쁘다. 옷 바느질처럼 움직임에 뜯어지지 않도록 튼튼하게 박음질을 하는 게 아니니 적당한 간격으로 시쳐주기만 하면 되는데, 오른손에 잡은 굵은 바늘이 솜 속통에 들어갔다가 할머니 왼손 엄지손가락 위로 아슬아슬하게 비껴 나오는 모습은 마치 기예를 보는 것 같았다.

지금은 다 프로 경기로 바뀌었지만 내가 할머니와 홑청을 다듬던 당시에는 늦가을에서 겨울에 실업팀, 대학팀 다 섞여서 '농구대잔치'를 했다. 할머니는 텔레비전으로 농구 경기를 틀어놓고 앉은일을 하셨다. 내가 잘 몰랐는데 봄부터 가을까지는 야구를 틀어놓으셨단다. 난 아직도 규칙조차 잘 모르는데 할머니는 야구 경기가 윷놀이 같다며 좋아하셨다. 나중에 아시안게임에선가 결승전에서 야구를 잘 모르는 나는 그냥 이겼다는 것만 알고 저녁에 할머니한테 "야구 보셨어요? 우리가 이겼던데요" 했더니 "그래, 아이구 마지막에 병살 날 때 어찌나 재밌던지"라고 하셔서 할머니가 야구 마니아인 걸 알았다. 딱히 응원하는 팀도 없이 그냥 경기 자체를 즐기셨다.

할머니가 이불을 시치면서 보시던 겨울철 농구 경기는 여자 농구였다. 나중에 프로 경기로 전환된 다음에는 우리은행이 잘했지만, 그 전에는 태평양, 국민은행, 동방생명(지금의 삼성생명)이 최고의 팀이었다. 남자 경기보다 여자 경기가 아기자기해서 더 재미난다고 하셨다. 점잖게 사람 좋은 얼굴을 한 조승연 감독도 인기가 좋았고 최경희 선수며 성정아 선수며 최경희 선수의 라이벌인 박찬숙 선수 등등 그 당시 국가대표도 했던 스타급 플레이어들이 나왔다. 할머니는 키도 작은데 농구를 저렇게 잘한다며 최경희 선수를 무척 좋아하셨다. 그렇게 어린 시절 나는 농구 경기와 함께 할머니의 정성으로 꾸며진 겨울 솜이불을 폭 잘 덮고 추운 겨울에도 추운 줄 모르고 포근하게 잘 잤다.

물론 할머니는 젊은 할머니이기도 했다. 이 아파트에 살던 시절 할머니는 건강한 50대 초중반이었다. 지금 50대라고 하면 얼마나 한창인가. 할머니가 결혼이 또래에 비해 늦었다고 해도 외아들 결혼시킬 때 고작 쉰 살이었다. 젊은 시어머니가 며느리 보자마자 집안일 다 물려주고 손끝 하나 까딱 안 해도 참 밉상이겠지만 살림을 하나도 안 놓고 혼자 다 해도 아랫사람이 어렵긴 마찬가지다. 그래서 어른 노릇이 더 어려운 거다. 새댁이던 엄마가 아침에 아무리 일찍 일어나도 할머니는 이미 밥을 다 해놓고 계셨다. 몸은 편했을지 몰라도 마음은 얼마나 불편했을까. 내가 태어나고서 엄마도 신생아 돌보느라 힘들었겠지만 주로 집안 살림은 할머니의 몫이었다. 며느리를 봤다고 살림에 대한 에너지가 갑자기 전등 스위치를 내리듯 꺼지지 않아서, 급기야 살림의 주도권에서 밀린 엄마는 남는 시간에 수틀을 꾸미며 수를 놓기 시작했다.

그러던 어느 날 아빠는 우리 아파트 몇 층 밑에 살던 대학 동창을 만났다. 대부분의 사람들이 마치 공장 컨베이어 벨트 돌아가듯 비슷한 시기에 결혼하고 애 낳고 하던 때라, 그 집에도 혼자 되신 할머니와 내 또래 아이들이 있었다. 엄마들 나이도 비슷했다. 나보다 한 살 위이지만 언니라고 안 부르고 친구처럼 지낸 딸과 내 동생과 동갑인 딸도 있었다. 그 집 엄마는 당시 기혼인 여자들이 할 수 있는 몇 안 되는 직업인 보험 설계사였다. 이분이 할머니가 된 건 정말 한참 후의 일이고 캐나다로 이민을 간 것도 한참 후의 일이지만 편의상 '캐나다 할머니'라고 부르겠다. 보험회사에서 신규 보험 가입은 물론이고 '설계사 증원'을 노래처럼 부르던 때, 이 캐나다 할머니는 젊은 나의 엄마가 그림처럼 들어앉아 수를 놓는 걸 보고 이게 무슨 일이냐며 기절초풍하고는 같이 보험 일을 하자고 했다. 의외로 할머니와 아빠가 쌍수를 들어 환영했다. 가계에 도움이 되는 건 둘째 치고 할머니는 온전히 집안 살림을 당신이 할 수 있어서 좋아하셨던 것 같다. 그렇게 엄마는 보험 아줌마가 되었다.

하다 힘들면 그만두고 전업주부가 된다고 해도 전혀 흉이 될 것도 없는, 오히려 당연할 때였다. 캐나다 할머니가 그때를 기억하며 "그 멀미 정말 대단했지"라고 할 만큼 엄마는 내 동생을 갖고 멀미인지 입덧인지 출퇴근길 만원 버스에 시달려도 일을 그만둘 수가 없었다. 왜냐하면, 아빠가 국제상사를 그만두고 나와 시작한 사업이 아주 번창하지는 못했기 때문이다. 그만두지 않고 계속 다녔어도 국제상사가 전두환 정권 당시 해체되었으니 어찌 되었을지는 모르지만, 어쨌거나 아빠는 작지만 개인 사업을 하기를 원했고 자리 잡기가 어려웠다.

길게는 아니지만 간간이 엄마의 월급이 유일한 수입원일 때도 있었다. 할머니는 며느리한테 미안한 마음을 더해서 더 열심히 살림에 매진했다.

할머니에게 세탁기는 오로지 헹굼과 탈수만을 위한 것이었다. 나는 내 손목 힘을 믿을 수가 없어 세탁기를 아끼고 신뢰하지만, 할머니는 빨래판에 본인이 거품 내서 박박 문질러야 진짜 빨래라고 생각했다. 그때는 혼수 필수품이었다는 커다란 대야에 삶는 빨래도 자주 했다. 이 대야는 무척 크고 튼튼해서 나중에 내가 큰애 낳고 할머니가 옆에서 해산구완해주실 때 아기 목욕시키는 용도로까지 썼다.

음식, 빨래, 청소 같은 기본적인 살림은 물론이고 그 이상에도 할머니는 망설임이 없었다. 내가 열 살 무렵에 집 도배를 새로 한 적이 있었다. 나와 동생이 어릴 때 마구 낙서한 흔적과 오래되어 누렇게 된 벽지를 떼어내 깨끗하게 도배하고 바닥도 새로 깔았다. 요새 같은 멋진 나무 바닥재 같은 건 대중화되기 한참 전이고 모노륨 같은 장판도 아니고 콘크리트 맨바닥에 연노란색 기름을 먹인 바닥 종이를 여러 겹 까는 거였다. 전통 한옥 같으면 아궁이에 불을 때면서 이 위에 콩댐을 여러 번 했겠지만 노란 장판 종이 위에 할머니는 니스를 사다가 여러 번 칠해서 반들반들하게 만들었다. 굳이 할머니가 안 하고 도배사한테 칠해달라고 해도 되었을 텐데, 할머니는 본인 힘을 들여서 할 수 있는 걸 품을 주는 일이 없었다. 할머니에게 육아와 살림을 모두 맡겨놓고 일을 하는 엄마가 가끔 파출부를 불러주었지만 그것도 마음에 차지 않아서 그냥 본인이 다 하셨다.

겨울이 되면 할머니는 갱엿을 큰 들통에 고기도 했다. 아마도 처음엔 '약 찌꺼기를 잘못 들이켜 생겼다'고 주장하는 동생의 기침을 가라앉힌다고 만드셨던 것 같다. 옛날 어른들은 끈적한 엿을 먹으면 기침이 잦아든다고 생각했던 것 같다. 기침 감기에 걸리면 잘 안 주던 사탕을 사서 입에 물고 있으라고 하기도 했는데, 기도와 식도는 서로 분리되어 있다는 해부학적 지식이 할머니에게 전혀 영향을 주지 못하던 때의 이야기이다. 그저 엿이든 사탕이든 물고 있으면 나오는 침이 목 안을 촉촉하게 만들어주는 효과이겠지만, 할머니는 기침을 다스리기 위해 갱엿을 고아서 엄지손가락 정도 크기로 갈라서 굳혀 냉동실에 넣어놓고 하나씩 물고 있으라고 꺼내주셨다.

도무지 그놈의 기침은 왜 그렇게 안 떨어지는지 갱엿으로도 안 될 때는 호두 기름이 등장했다. 가을에 사서 냉동실에 들여놨던 호두를 꺼내 껍데기를 부수고 속살을 안 부스러지게 잘 꺼내 한 김 올려 푹 쪄서 적당히 으깨고 한약 짜내듯이 베보자기에 감싸서 짜면 호두 대여섯 개당 호두 기름이 두어 숟갈 나왔다. 양이 적어서 약을 짜낼 때 쓰는 막대가 아니라 나무 젓가락 같은 걸로 짰다.

기관지가 약한 내 아들이 심한 기침감기에 걸렸을 때 어릴 적 할머니가 해주시던 호두 기름이 생각나서 따라 해보니 웬걸, 두어 숟갈은커녕 한두 방울 짜내기도 어려워 21세기를 살아가는 나약한 인간답게 빠르게 포기하고 그냥 인터넷으로 호두 기름을 주문해서 먹었다. 냄새가 낯선지 안 먹겠다는 걸 어르고 달래서(사실 "안 먹을 거면 기침을 하지 말든지!" 하고 호통도 좀 쳤다) 아들한테 한 숟갈 먹이면서 할머니가 짜주시던 호두 기름 생각이 났고, 나와 내 동생들이 진실로 할머니의 정성으로 자랐다고 생각했다.

아파트였지만 한여름에는 난방 공급을 중단하면서 더운물도 같이 안 나왔다. 난방과 온수가 따로 공급되는 요새 아파트에만 사는 사람은 이해 못 할 일이다. 오후에 한창 더울 때 겨울에 갱엿을 고아 만들던 커다란 들통에 물을 팔팔 끓여서 나의 기준으로는 뜨겁게, 할머니의 기준으로는 미적지근하게 찬물과 섞어서 나와 내 동생을 씻기는 용도로 썼다. 우리 자매는 매일 더운물로 깨끗하게 씻김을 당하고, 요새는 잘 안 쓰지만 할머니는 좋은 냄새가 나는 하얀 베이비파우더도 겨드랑이에 땀띠 나지 말라고 발라주셨다. 지금은 한여름까지 안 가고

6월 말만 되어도 폭염이 시작되고 삼복 중에는 열대야가 기본이라 견디기 힘들지만, 그때만 해도 삼복에 아주 더울 때만 며칠 빼면 해가 지고 난 뒤에 그냥 조금 더운 정도였다. "가만히 있으면 안 더워"라는 말이 맞을 때였다. 잘 씻고 서쪽으로 트인 복도에 나가면 뽀송뽀송해서 기분 좋은 살갗에 한낮에 달궈졌던 더운 기운을 살짝 느끼며 '뉘엿뉘엿'이라는 의태어가 해가 지는 모습 말고는 나타낼 수 있는 게 별로 없다는 걸 실감할 수 있는 풍경이 펼쳐졌다.

국토교통부 기준에 따라 남한 면적의 65.2퍼센트가 산으로 분류된다는 걸 증명이나 하듯 12층 아파트에서 바라본 땅과 하늘의 경계는 산밖에 없었고, 해도 늘 산 너머로 꼴딱 넘어갔다. 마치 산의 계곡과 산정에 태양의 가열 정도에 따라 산풍과 곡풍이 시간에 따라 방향을 바꿔서 부는 것처럼 높은 아파트에도 바람이 방향을 바꿔가며 잘 불었다. 12층이 높다는 거냐고 의문을 제기하겠지만 이 시점은 1980년대 중반이다. 지금은 수도권 밖으로 여행이라도 갔다가 돌아올라치면 아파트로 이루어진 성곽이 서울을 둘러싸고 그 위용을 자랑하지만, 그때는 12층 우리 집에서 북쪽의 관악산까지 훤히 보일 만큼 5층을 넘는 건물이 드물었다.

에어컨은커녕 선풍기도 오래 틀면 죄책감이 들던 시절이

었다. 아마도 내 또래까지는 택시에도 에어컨이 안 달리고 미니 선풍기 정도가 운전석 쪽에 달려 있던 걸 기억할지도 모르겠다. 자동차를 구입할 때 에어컨이 기본 사양이 아니라 옵션이었기 때문이다. 1990년대 모 기업 사보에서 읽은 기사로 기억하는데, 자기네 업무용 트럭에 복지 차원으로 모두 에어컨을 달아놓아 다른 회사 트럭 기사들이 '왜 저 회사 차는 더운 날 창문을 안 열고 다니냐'며 의아해했다는 자랑이 등장하기도 했다. 선풍기 틀고 자면 죽는다는 괴담도 혹시 감히 전기를 써서 시원해지는 인위적인 행위를 못마땅해한 누군가가 지어낸 말은 아닐까 싶다. 그래서 우리 집에서 밤에 더우면 선풍기를 트는 대신 할머니는 자다 말고 자는 손주들 쪽으로 부채를 부쳐주시기도 했다. 잠이 들 때만 조금 부채 바람에 시원할 수 있으면 아침까지 내처 잘 수 있었는데, 사실은 할머니가 밤에 자다 말고 간간이 부채로 시원하게 바람을 내주신 거였다.

바람이 하나도 안 부는 상태를 할머니는 '바람이 잔다'라고 했고 그러다가 어디서 한 줄기 시원한 바람이 살랑살랑 기분 좋게 불어오면 "아이구 그 바람이 참 맛있게도 분다"라고 했다. 이 '바람이 맛있다'라는 공감각적인 표현을 나의 남편은 바람이 어떻게 맛있냐며 이해하지 못했다. 그럼 바람이 맛있게 부니 다행이지, 맛없으면 어쩐담.

한겨울 이야기로 시작해서 이번 챕터는 여름으로 마무리되고 있다. 여름 하면 또 〈전설의 고향〉이 빠질 수 없다. 오리지널 〈전설의 고향〉이 끝나고 한참 뒤에 새롭게 만들어 나왔던 〈신新 전설의 고향〉은 〈전설의 고향〉이 대표하는 '내 다리 내놔'에 근거해 귀신이랄지 구미호랄지 옛날 괴물을 무작정 호출해 한여름 공포감을 자아내는 데에만 목적이 있었다. 하지만 내가 기억하는 〈전설의 고향〉은 말 그대로 전국 각지에서 내려오는 '전설'을 수집해서 그걸 한 편의 단막극으로 다시 구성한 옛이야기였다. 이를테면 전래 동화 전집의 어른용 드라마 버전이랄까. 여기저기 마을에서 채집한 이야기이기에 "내 다리 내놔" 하면서 귀신이 쫓아왔는데 정신 차리고 보니 무덤에서 쫓기면서도 놓치지 않고 가져온 시체 다리가 사실은 오랜 숙환으로 누워 있는 아버지를 살려낼 산삼이었다든가 하는 무서우면서도 교훈적인 이야기도 있고, 가끔은 코믹한 이야기도 있었던 것 같다.

옆에 있는 남편에게 〈전설의 고향〉 하면 뭐가 생각나냐고 물었더니 저승사자가 숯을 냇가에서 씻는 걸 보며 "내가 3,000년을 살았어도 숯을 물에 씻는 건 처음 본다"고 너스레를 떨다가 딱 걸린 '삼천갑자 동방삭' 이야기가 생각난다고 한다. 마지막에는 꼭 정통 사극 드라마에서 배우들의 목소리가 소거된 상태에서 배경지식을 내레이션으로 해설해주던 분과 비슷하게 낭랑한 남자 성우의 목소리로 '이 이야기는 어디 어디 지역에서 내려오는 전설로 이러저러한 교훈을 담고 있습니다' 하면서 끝이 났다.

문제는 이 〈전설의 고향〉이 당시 최고의 인기를 자랑했던 〈전원일기〉와 거의 같은 시간에 방영했다는 거다. 방송국 편성은 정기적으로 바뀌니 늘 그랬는지는 모르겠지만 내가 한참 〈전설의 고향〉을 재밌게 볼 때는 그랬다. 저녁 9시 뉴스가 시작하기 전에 어지간한 드라마는 일차적으로 끝나고 뉴스가 일단 나오고 그다음에 9시 50분 정도부터 방송사별로 월화드라마, 수목드라마 이런 걸 방송하는 형태가 거의 고정되어 있었다. 안타깝게도 나의 할머니는 궁상떠는 〈전설의 고향〉보다는 〈전원일기〉를 더 좋아했고 채널 권력은 할머니에게 있었으며 방송 시간이 겹치는 날은 내 기억에 화요일이었다. 케이블 방송이 다 뭔가. 재방송도 드물 때였다. 나와 내 동생은 일주일 내내 〈전설의 고향〉 예고편이 나오면 가슴이 두근거리도록 심취해서 본방송을 기다렸다. 이야기가 계속 이어지는 드라마가 아니라 한 편마다 완결되니까 본방송을 사수하지 못하면 그냥 그 편은 날리는 거다.

지금도 기억이 생생한 에피소드가 '오봉산'에 대한 이야기이다. 어떤 마을에 사이좋은 부부가 있었는데 남편이 병에 걸린다. 얼굴을 비롯해 피부가 망가지는 질병이라고 묘사하는 걸 보니 한센병이 아니었을까 싶다. 주인공 아내는 산속 토굴 같은 곳에 남편을 숨겨놓고 몰래 음식 등을 날라주며 수발을 했다. 우환 있는 집안마다 여지없이 나타나는 탁발승이 탁발하며 이 아내에게 남편을 낫게 하려면 '오봉산'을 찾아가서 봉우리마다 불을 밝히는 기도를 하면 된다고 비방을 알려주신 거다. 그게 뭐 어려울까. 남편이 불치의 병에서 나을 수 있다면 그 정도는 얼마든지 하겠다 싶었던 주인공은 오봉산을 찾아다니는데 그때부터 오봉산이 안 나타나는 문제가 생긴다. 지금도 "오대산은 들어봤어도 오봉산은 못 들어봤소"라고 하는 행인의 대사가 기억난다. 나는 그 대사를 듣고 오대산이라는 산이 있는 줄 처음 알았다. 산이 많은 나라라서 다섯 개 봉우리만 대강 묶으면 오봉산이 될 것 같은데 그 전설이 있을 적에는 드물었나 보다. 지금은 오봉산을 검색해보면 여기저기 많이 나온다.

어쨌건 탁발 스님이 오봉산을 찾아 기도를 올리는 데 얼마간의 기한을 주었던 것 같다. 그렇게 열심히 찾아다니기 시작하는데 드르륵 하고 KBS2에서 MBC로 채널이 돌아가 중간에 주인공이 무슨 고생을 어떻게 했는지를 못 봤다. 그나마도 그날은 할머니가 좀 양보해서 그 정도까지 본 거다. 다행인 건 MBC는 공영방송인 KBS2보다 광고 시간이 길어서 MBC 광고가 나오는 동안 KBS2로 채널을 돌릴 수가 있었다.

채널을 다시 돌렸더니 온갖 간난신고를 거친 아주머니는 입성도 남루해져 거지꼴을 하고 있고 탁발 스님이 정해준 기한의 마지막 날 야속하게도 해가 뉘엿뉘엿 넘어가는 걸 보면서 본인의 손을 쫙 펴고는 "안 돼!" 하고 슬픔과 절망을 섞어 소리친다. 그때 문득 여인은 깨우쳤으니 넘어가는 해를 넘어가지 말라며 부질없이 막아보던 본인의 손가락 다섯 개가 바로 그토록 찾아다니던 '오봉'이었던 것이다. 남루한 입성을 소박하지만 깔끔하게 갈아입고 두 손 모아 합장을 하며 다섯 손가락 사이에 심지를 끼워 불을 밝히고 간절한 기도를 올리는 주인공의 모습이 아직도 눈에 선하다. 여인이 기도를 올리자 마치 영화 〈벤허〉의 마지막 장면처럼 아내가 오기를 기다리며 토굴에 갇혀 지내던 남편의 나병으로 상한 피부가 막 떨어져 나가고 새살이 돋고 그랬던가 아니었던가. 어쨌거나 해피엔딩이었음은 틀림이 없다.

두 프로그램을 놓고 할머니와 채널 다툼을 한두 번 했던 게 아닌데 왜 '오봉산' 에피소드만 기억에 생생하게 남아 있는지 모를 일이다. 어린 마음에 '행복은 사실 가까운 곳에 있는 거야'라는 「파랑새」식 교훈이 인상적이어서였을까. 그렇지만 남매가 모험을 하지 않았다면 파랑새가 옆에 있다는 사실을 깨닫지 못했을 것이다. 오봉산 봉우리가 본인의 손가락 다섯 개라는 깨우침을 얻게 된 건 그를 깨우칠 만한 모험과 힘듦을 겪어내고 얻어낸 값진 성취라는 영웅 서사적 해석을 갖다 붙여 보겠다. 다만 어떤 모험과 힘듦을 겪어냈는지 못 본 게 아쉬울 따름이다.

따뜻한
국물의 효능

집에 약탕관이 있었다. 주전자처럼 생긴 질그릇이지만, 주전
자 입처럼 생긴 데가 손잡이였다. 한의원에서는 하얀 한지에
한 첩씩 곱게 싸서 약재를 내어주었고 집에서는 약탕관에 넣
고 한지로 뚜껑을 씌워 약불에서 오래 달여내었다. 다 달여서
레토르트 파우치에 담아주는 한약이 나오기 전에는, 아니 나
온 이후에도 한참 동안은 이렇게 종이에 싼 첩약을 타다가 집
에서 달여 먹었다. 하긴 그 시절에는 약국에서 내어주는 가루
약도 손바닥만 한 흰 종이 가운데에 약을 잘 모아놓고 솜씨 좋
게 착착 접어주었다. 약사 면허를 따면 가루약 봉지 접는 연습
이라도 따로 해야 했는지 모르겠다. 타공된 점선이 있어서 한

봉지씩 뜯어 먹기 좋고 열선으로 눌러 입구를 밀봉한 약봉지가 나온 건 꽤 현대화가 진행된 후의 일이다.

굳이 달여주는 품을 마다하고 '오쿠' 같은 중탕기도 없던 시절에 집에서 가스 불로 약탕관에 약을 달여 마시던 건 달이는 정성이 들어가야 약효가 제대로 난다는 믿음이 절반, 한약방에서 약재를 정한 만큼 다 넣을까 하는 불신이 절반이었다. 은근한 불에서 진하게 약이 우러나면 사발에 베 보자기를 깔아놓고 그 위에 약탕관의 주전자 입처럼 생긴 손잡이를 꽉 잡고 약재까지 다 쏟아붓는다. 할머니는 베 보자기로 김이 펄펄 나는 한약재를 잘 감싸서 그때 말고는 다른 쓰임을 본 적 없는 끝이 둥그스름한 나무막대를 끼워 넣어 마치 주리를 틀듯이 베 보자기에서 약을 마지막 한 방울까지 짜내었다. 모든 부분에서 알뜰한 할머니였으니 한 번 달였다고 어찌 약재를 버릴까. 재탕, 삼탕까지 해서 알뜰하게 달여 먹고 남은 찌꺼기는 화분에 웃거름으로 얹어주었다.

오죽하면 엄마가 한탄 조로 "애는 하나만 낳는 게 맞아"라고 했을까. 맏이인 나는 큰 잔병치레 없이 아무거나 잘 먹고 무럭무럭 잘 자라났지만 두 살 터울 여동생과 일곱 살 터울 남동생은 툭하면 아프고 '꼴마닥대기' 일쑤라 집안 어른들을 적잖이 놀라게 하고 애를 먹었다. 툭하면 끙끙거리고 병치레하는 걸 엄마는 '꼴마닥댄다'고 했다. 국어사전에 비슷한 말도 안 나오는 우리 집만의 단어 중 하나이다. 이렇게 꼴마닥대니 한참을 집에서 할머니가 약을 달여주셨고, 나는 건강했지만 동생들한테 그냥 꼽사리로 끼워져서 같이 먹었다.

할머니는 약방에서 처방받아 온 약재에다 미국에서 보내온 용을 같이 넣고 혹여나 눌어붙을까 오래도록 불 옆에 서서 지켜보면서 달였다. 난 그 용이 밀수 같은 어둠의 경로로 유통되는 거였겠거니 했는데 엄마가 그때는 세관 검색이 허술해서 미국에서 그냥 사서 부친 거라고 했다. 어쨌거나 미국에서 보내온 귀한 미제 용까지 들어간 데다 달이는 데 이렇게 공이 많이 들어갔으니 쓰고 먹기 힘들어도 도망갈 길이 없었다. 성긴 삼베로 약을 짜내고 나면 가루 같은 찌꺼기가 반 모금도 채 안 되는 약과 함께 바닥에 가라앉곤 했는데 그것까지 남김없이 마셔야 했다. 나는 언니로서의 한 줌 권력을 휘둘러 동생에게 마시게 했다. 그걸 억지로 마시다 사레가 들린 동생은 그 이후에 본인이 걸린 그 많은 호흡기 질환을 모두 "언니의 약 찌꺼기를 마셔주다 사레가 들려 폐와 기관지에 침투했다"며 내 탓으로 돌리곤 했다. 참 나!

펄 벅의 『어머니의 초상』에는 작은 알약인 키니네의 효력을 믿지 못하는 19세기 중국인과 이를 위해 큰 컵에 뜨거운 물을 담아 키니네를 녹여주는 미국인 선교사 부인의 이야기가 나온다. 알약을 만들 수 있는 서구의 기술과 이를 받아들이지 못하는 개화되지 못한 중국인을 대조적으로 그림으로써 주인공 선교사 부인의 임기응변 능력을 돋보이게 했지만, 요새 우리 집에서 상비약으로 쓰는 종합 감기약은 다국적 제약 회사에서 뜨거운 물에 타서 먹도록 고안한 가루약이다. 몸에 한기가 들고 감기 기운이 있을 때는 뜨끈한 국물을 마시면 좋다는 사실을 외국의 제약 회사에서도 깨달은 것일까. 2019년 영화 〈조커〉가 개봉했을 때 우스갯소리로 '미국에 국밥집이 있었더라면 조커가 그렇게 비뚤어지지 않았을 거다'라는 말이 인터넷에 떠돌곤 했는데, 뜨끈한 국물의 심리학적 효능에 대해 잘 알고 있는 우리나라 사람들끼리 할 수 있는 말이지 싶다.

어느 순간부터 설렁탕, 떡국, 순댓국처럼 국 자체가 메인 음식인 '탕반류'를 반기게 되었다. 약속 장소가 파스타 가게나 패밀리 레스토랑이던 젊은 시절이 어느덧 지나고 뜨끈하고 개운한 느낌을 찾게 되었다. 뜨겁고 염도가 높은 음식을 먹으면 소화기에도 부담이 되고 혈관에도 부담스럽다는 잔소리가 들리는 듯하지만 몸속 깊은 곳에서부터 몸을 데워주는 탕반류 음식은 쉽게 뿌리칠 수 없는 유혹이다.

한번은 외할머니가 우리 집에 와 계실 때였다. 친할머니는 식구 생일이나 큰 행사가 있을 때 꼭 도토리묵을 한 냄비씩 쑤어놓으셨다. 할머니의 친정 막내 올케가 가을마다 도토리를 말려서 곱게 빻아 보내주는 그 가루가 늘 냉동실에 있었다. 그렇다. 우리 집 냉동실은 흔히 할머니 계신 집이 그런 것처럼 풀어보기 전에는 뭔지 알 수 없는 검은 봉지가 가득 들어 있었다. 그중 하나가 도토리 녹말가루였다.

도토리묵은 칼칼한 양념을 해서 많이들 먹지만, 진짜 잘 쑤어진 도토리묵은 소금만 살짝 치고 김 가루나 조금 부셔 넣고 참기름만 둘러 먹어도 참 맛있다. 조금 심심하면 신김치나 송송 썰어 고명으로 올린다. 그때도 뭔 일이 있어서 그랬는지 할머니가 외할머니 오셨다고 손님 대접하느라 그랬는지 도토리묵이 있었는데, 외할머니가 묵채를 밥에 올려 뜨끈한 물을 부어 드시는 걸 보고 깜짝 놀랐다. 도토리묵밥을 그때 처음 본 거다. 참기름으로 무친 거에다 어떻게 물을 부어 먹나 싶었는데 호기심에 따라 먹어봤더니 따뜻하게 홀홀 잘 넘어가는 맛이 참 좋았다. 역시 음식은 편견 없이 받아들여야 먹을 수 있는 범위가 넓어진다. 펄펄 끓는 채로 상에 나오는 곰탕이 아니더라도 뜨뜻하게 떠먹을 수 있는 음식이 하나 추가되었다.

특히 선조들은 오래 끓이면 흐물흐물하게 풀어지는 떡으로 국을 끓여 먹을 생각을 어떻게 하셨는지, 참 감사한 일이다. 요새는 '페스코 채식'이라 부르는 식생활을 아빠는 어릴 때부터 줄곧 고수해왔다. 어릴 때 치발기 삼아 말린 육포 조각을 어렵게 구해주면 뱉어버리고 깡깡 마른 오징어 다리는 잘 물고 다녔다는 아빠는 육고기는 전혀 입에 대지 않고 생선만 찾았다. 그 때문에 집에서 떡국은 늘 멸치 육수이거나 북어 대가리와 다시마, 큼직한 토막 무 같은 재료로 밑 국물을 낸 탕국에다 끓여 먹었다. 물론 떡국 말고 다른 찌개나 국 종류에도 육고기가 안 들어가긴 마찬가지였다. 처음 내가 돼지고기 김치찌개를 먹어본 게 중학교 때였나, 고등학교 때였나. 김치찌개가 이렇게 맛있을 수 있냐며 코를 박고 먹었더니, 할머니는 수의학계에서 '대동물'로 분류하는 소나 돼지를 '눈 큰 놈'이라고 부르면서 "눈 큰 놈이 물에 빠져 있으니 생전 안 먹던 김치찌개도 잘 먹는다"고 하셨다. 설에는 특별히 엄마가 우둔살을 잘게 다져 간장에 볶아내 잘게 깍둑 썬 두부와 함께 떡국에 '꾸미'를 얹어주었다. 달걀 지단도 꾸미를 넘어서 마치 떡국 부재료인 것처럼 잔뜩 넣어 고소한 맛을 더했다. 설 연휴가 지나도 해놓은 가래떡이 많아 종종 떡국을 끓여 먹었다. 어떨 때는 멸치 육수도 없이 그냥 맹물에 국간장으로만 간해서 끓여 먹었는데, 할머니가 집에서 담근 간장이 달아서 그렇게만 해도 맛이 좋았다.

우리 집에서 동짓날
팥죽을 먹지 않게 된 사연

내가 중학교 1학년 때, '가정' 교과 실습 시간이었다. 어쩌나 교과 과정 편성 자체가 성인지 감수성이 떨어지는지, 여학생들은 '가정', '가사'라는 교과를 배우고 남학생들은 '기술', '공업' 등을 배울 때였다. 실제 크기의 절반으로 줄인 블라우스를 손바느질로 만드는 수업이 있었는데, 담임이기도 한 가정 선생이 단추도 안 달아봤을 중학생들에게 "시집을 얼마나 멀리 가려고 실을 그렇게 길게 끊어!"라며 농담을 반쯤 섞어 질타했다.

거창이 고향인 가정 선생은 목소리가 일단 크고 사투리 섞인 억양이 강해 웃으면서 얘기해도 화내는 것 같은 사람이었다. 하필 중학교 1학년 1학기 '가정' 과목의 첫 단원이 '가정의

의의'라 선생님 스스로 발음하기 멋쩍어했다. 글로 가장 비슷하게 발음을 적어보자면 '가정어이 어이어이' 정도가 될 것 같다. 특히 '어'라는 글자를 발음할 때 목에 힘을 주어 발음해야 비슷하다. 어쨌거나 억양이 강한 데다 툭하면 애들을 있는 힘껏 두들겨 패서 담임 맡은 반에 늘 긴장감이 돌게 만들어 신씨 성의 선생을 아이들은 '신경질 선생'이라고 불렀다. 국민학교 때부터 학교에서 선생들에게 이런저런 이유로 맞는 게 일상이던 때라 애들의 맷집도 만만치 않았는데, 내가 고등학교 다닐 때쯤 신경질 선생한테 맞은 중학생 애가 밤에 집에서 경기를 일으켰다는 이야기를 다른 경로로 들었다.

내가 진학한 서울의 고등학교에서 "우리 학교는 개교 이래로 학생들에게 체벌을 하지 않습니다"라고 자랑스럽게 이야기할 만큼 20세기 보통의 학교에서 선생들은 패는 걸, 학생들은 맞는 걸 당연하게 생각했다. 그러면서도 선생들은 남학생들은 한 달에 대걸레 자루 한 개씩 분질러먹을 만큼 맞는데 너희는 여자애들이라 덜 맞는 거라며 고마워하라는 듯이 얘기했다. 미대에서 조소를 전공해 돌을 떡 주무르듯이 했다는 멋쟁이 미술 선생은 고입 연합고사 대비 쪽지 시험을 봐서 틀린 문제 개수의 딱 두 배만큼 여자애들 허벅지 뒤를 후려갈기고는 "이렇게 해야 너네 머릿속에 뭐 하나라도 남지"라고 했지만 쪽지 시험에 뭐가 나왔는지는 전혀 기억에 없고 시퍼렇다 못해 시커멓게 남은 맷자국만 기억에 남는다.

가정환경이 좋지 않고 공부 머리가 트이지 않았던 어떤 친구는 중간고사 사회 시험에서 주관식 답을 하나도 쓰지 못해 수업 시간에 앞으로 불려 나갔다. 틀린 답이라도 쓰지 못한 건 성의가 없는 거라는 말은 일견 맞지만, 한창 예민할 시기인 중학교 1학년 여자애를 반 애들이 다 보는 앞에서 속옷이 보이도록 교복 치마를 허리께까지 들어 올리고 풀 스윙으로 때릴 필요가 있었나 싶다. 몇 대인지 세는 걸 잊을 만큼 그 아이는 치마를 걷어 올린 채로 맞다가 때리는 힘에 무릎이 꺾이기도 했는데, 선생이 다시 일으켜 세워서 계획했던 만큼을 다 때렸다. 다 맞고 제대로 일어서지도 못하고 교실 바닥에 엎어져서 울던 그 아이는 맞은 데가 아파서 운 걸까, 창피하고 놀라서 운 걸까. 그 아이가 학부모 회장 딸이거나 했다면 그 선생은 그렇게까지 때릴 수 있었을까.

괜히 가정 선생이 생각나는 바람에 야만스러웠던 그 시절 일들이 고구마 캐듯이 새록새록 떠올랐다. 이 부분은 진실로 과장 없이 겪은 일을 고대로 썼다. 선생들이 단체로 팔 근육을 단련한 것도 아닐 텐데 어쩌면 그렇게들 잘 때렸나 싶다. 나도 길에서 우연히 마주치면 "요새도 애들 패세요?" 하고 물어보고 싶은 선생이 따로 있긴 하지만 그렇게 벼르고 있어서 그런지 중학교 졸업하고 한 번도 못 봤다. 그러고 보면 그렇게 맞으면서 자란 내 또래 세대가 다시 아이들을 때리기보다 도리어 체벌에 민감하게 반응하게 된 게 오히려 신기할 따름이다.

다시 정신 차리고 바느질 이야기로 돌아가자. 손바느질을 할 때는 땀을 떠나가다 실이 다 되면 매듭을 지어 끊어내고 새로 바늘귀에 실을 꿰 아퀴를 지은 다음에 맞춰 바느질을 이어나간다. 이게 다소 귀찮은 부분이라 바늘 잡고서는 될 수 있으면 한 번에 실을 길게 잡아놓으려고 한다. 실매듭이 너무 자주 있으면 바느질선이 매끄럽지 않기도 하다는 핑계를 대어보기도 한다. 그렇지만 실이 지나치게 길면 손거스러미에 실이 걸리기도 하고 여러 번 천을 들락거린 실에 보풀이 일어 바느질이 예쁘지 않게 된다. 결국, 바느질할 때 실을 길게 끊는다는 건 바느질의 완성도보다는 나의 귀찮음을 덜겠다는 마음이 크다는 뜻으로 한마디로 게으르다는 거다. 때 되면 시집가는 것 말고는 여자들의 독립적인 경제활동이 불가능했던 시절, 동네에 저 처녀 게으르다는 소문이 나면 가까이 시집가기 어려우니 나온 말일까. 하필 '뒷간'에 비유하며 멀수록 좋다는 처가이지만 여자 입장에서 친정은 가까운 게 대개는 좋으니까.

옛말이 다 이렇게 나름의 논리와 근거가 있는 건 아니다. 상관관계와 인과관계를 구분하지 못하고 원인과 결과의 오류가 잦다. 광양이 원적인 남자와 결혼한 나와 함양이 고향인 남자와 결혼한 동생을 보며 할머니는 "어려서 숟가락을 멀리 잡더니 멀리 시집을 가는구나"라고 말씀하셨다. 도대체 숟가락질 배우는 아이가 숟가락 끄트머리를 잡고 밥을 먹는 것과 아직 누군지도 모를 미래 배우자의 고향이 아이의 고향과 멀리 떨어져 있다는 게 무슨 논리적 관계가 있다는 것인가. 그래도 이 정도면 귀여운 수준이다. 일이 틀어지면 제일 만만한 지위에 있는 '여자'가 모든 걸 이유도 없이 뒤집어쓰는 일도 빈번해서 남편을 잃은 여자 혹은 자식을 잃은 여자의 슬픔을 위로하기는커녕 '서방 잡아먹은 년', '자식 잡아먹은 년'이라는 꼬리표를 붙이기까지 했다.

포도가 잘 자라고 쌀이 잘 자라는 시골 마을에서 자란 평범한 나의 할머니에게 무슨 비범한 능력이 있어서 전쟁을 일으키고 남편을 죽게 만들었을까, 또 전쟁에서 남편을 잃은 아내가 우리 할머니 하나뿐일까 싶지만, 할머니는 본인의 불행을 시대의 탓으로 돌리지 못하고 스스로를 '복 없는 년'으로 만들었다.

그래서 나의 할머니는 '사위하는 것'들이 참 많았다. 비슷한 연배의 어른 혹은 나의 부모 세대까지도 그런 풍습이 이어져

오긴 했지만 할머니는 참 유난했다. '다리 떨면 복 나간다', '밥 먹을 때 그릇에 밥풀 남기면 안 된다' 정도는 애교였다. 머리핀이든 끈이든 머리에 다는 모든 용품은 무조건 검은색이어야 했다. 회색도 안 되고 분홍색도 안 되고 노란색도 안 되고 조금이라도 희끄무레한 건 "누가 죽었냐!"며 호통치는 소리를 들어야 했다. 같은 상에서 밥을 먹을 때 어른보다 먼저 먹는 건 예의가 아니라서 안 되는 거지만, 먼저 수저를 내려놓는 건 먼저 죽는 걸 뜻한다며 하면 안 되는 일이었다. 그릇을 포개놓고 음식을 먹는 것도 부모가 동시에 돌아가신다며 해서는 안 되는 행동이었다. 또, 아기를 안으면서 '무겁다' 소리를 하면 큰일 나는 거였다. 무겁다는 말이 단지 아기가 잘 먹고 잘 자라 몸무게가 정상적으로 잘 자란다는 뜻일 텐데, 귀신인지 뭔지가 듣고 해코지해서 아기가 아프게 된다는 이유에서였다. 뭐 하다가 무심코 "이게 마지막이야"라는 말도 우리 집에선 『해리 포터』 시리즈에서 '볼드모트' 급으로 입 밖으로 내어선 안 되는 말이었다.

심지어 내가 수능 시험 보기 전날 할머니는 "네가 일어나서 방문 열고 나와라"라고 하셨다. 아침에 시계 알람을 맞춰놓아도 도로 자 버릇해서 할머니가 들어와 깨워주시곤 했는데, 수능 시험처럼 중요한 시험을 볼 때 할머니처럼 "재수 없는 사람"이 문을 열면 복이 나가니 스스로 일어나서 나오라는 얘기였다. 어느 집 담대한 어머니는 시험 못 보면 메뉴 탓을 하라며 일부러 미역국을 수능 도시락에 싸주셨다는데, 나의 할머니한테는 아니 될 말씀이었다. 계란 프라이며 계란찜도 계란을 '깨는' 행위가 들어간다며 안 해주셨다.

지금은 쓰면서도 어처구니가 없지만 오랫동안 그런 얘기를 들으면서 자라다 보면 은근히 나도 모르게 자기 암시에 걸리듯 속박이 된다. 고등학교 다닐 때 뭔지 기억도 안 나지만 친구들 행동을 보며 "그러면 복 나가"라고 나도 모르게 말이 튀어나와서 한 친구가 내게 "느네 집은 참 복이 넘쳐나겠다"라고 해서 웃기도 했다.

'세시 풍속'에 이르러서는 어떤 종교의 원리주의에 입각한 분파의 내부 생활 지침 같기도 했다. 정월 대보름을 예로 들어보자. 보통 정월 대보름 당일에 오곡밥을 먹는다고 알고 있지만 경기 남동부 지역 풍습으로는 보름 전날, 그러니까 음력으로 열나흗 날에는 오곡밥을 들기름으로 구운 김에 싸 먹고, 보름 당일에는 흰밥을 먹어야 했다. 묵나물 가짓수도 홀수로 맞추어 볶아내고, 아침에 아직 자고 있으면 할머니는 자는 식구들 입에다 피땅콩을 밀어 넣어 깨물게 했다. 처음 깨문 피땅콩은 버리고 그다음 것부터 제대로 먹는 거였다. 그날 약을 먹으면 1년 내내 약을 달고 살게 된다고 해서 먹지 않아야 했다. 더위 탄다며 누가 불러도 먼저 대답하지 말라고 진지하게 지시를 받았다. 그러면서 옛날에는 밥을 하루에 아홉 번 나누어 먹고, 1년 맞을 매를 다 맞는 셈이라며 매를 아홉 번 일부러 맞고 다녔다고 이 정도면 약소한 거라며 나를 기함하게 했다.

이런 식의 '사위'는 대개 '불안'과 이 불안을 해소하려는 인간의 의지에서 나오는 법이다. 도무지 이유를 알 수 없는, 대개는 아직 이유를 알지 못하는 것뿐인 나쁜 일들이 생기면 엉뚱한 이유를 찾고는 해결했다고 생각하는 거다. 그렇지 않으면 불안해서 살아갈 수 없을지도 모르니 어쩌면 나름의 긍정적인 효과도 있을지 모르겠다. 할머니의 '불안'을 어느 정도 잠재우고 이런 종류의 '사위함'을 누그러뜨릴 수 있었던 건 큰스님 공이 크다. 세상에 큰스님이 많지만 이 책에 등장하는 큰스님은 한 분이다. 그리고 한참 전에 돌아가셨으니 부담 없이 쓸 수 있을 것 같다.

경고! 여기서부터는 영혼이라든가 영적인 세계라든가 귀신이라든가 이런 부분에 대한 얘기가 계속 나온다. 이런 비과학적인 이야기를 좋아하지 않는 분은 건너뛰어도 좋다.

할머니는 본래 그다지 종교적인 사람이 아니었다. 믿어도 본인을 믿지 무언가 권위를 가진 절대자를 믿고 따르는 일이 할머니에게는 맞지 않았다. 심술궂다고 할까, 개구쟁이 기질도 다분해서 한번은 누가 할머니한테 막 교회에 가자고 했나 보다. 조용히 예배 보며 기도하는 와중에 할머니는 다분히 의도적으로 가져간 콩인지 팥인지를 한 움큼 냅다 집어던져 아수라장을 만들고서는 "목사 한 사람만 그대로 앉아서 기도하더라"라며 신도들 믿음을 비웃기도 했다. 조선 시대 숭유억불 정책은 의외로 효과적이어서, 양반입네 하는 집에선 오히려 가족들이 절에 다니는 걸 못마땅해했단다. 나의 친할머니야 원래 절에 안 다니셨던 분이고 젊어서부터 생남기도 드리며 불심이 깊었던 외할머니도 집안 눈치를 보며 절에 다녔다고 한다. 절 행사를 외할머니가 열심히 쫓아다니며 집안일에 어쩌다 구멍이 나면 그게 못마땅해서 양반 어쩌고 하며 구실을 대고 절에 다니는 걸 시가에서 싫어했다는 건 엄마의 해석이다.

내가 애를 둘 낳고 키우면서 주변도 돌아보며 드는 생각은 자식이라는 건 삼신할머니로 대표되는 하늘의 영역이라는 거다. 낳고 싶다고 낳는 게 아니고, 낳고 싶지 않다고 그렇게 되는 게 아니다. 아들 낳고 싶다고, 또는 딸 낳고 싶다고 원하는 성별대로 태어나지도 않는다. 낳는 쪽이든 낳지 않는 쪽이든 발달한 현대 의학의 도움은 충분히 받아야겠지만, 감히 사람이 이러쿵저러쿵 남에게 애를 낳으라 마라, 하나면 외롭다 둘째를 낳으라 하면서 참견하는 건 삼신할머니께 엄청나게 시건방진 일이 아닐 수 없다. 이걸 몰라서 그렇게 최근까지도 사람들은 아들 타령을 했을까.

외할머니는 외삼촌이 무려 넷째로 태어나기까지 집안에서 아들 못 낳은 죄인으로 기를 못 펴고 살았고, 지극한 기도가 삼신할머니를 감동시켜 외삼촌을 낳게 했다고 믿으셨다. 처음에 외할머니가 생남기도를 위해 다녔던 대구 절은 '만신 절'이었다. 우리가 보통 생각하는 절이라기보다, 단군 이래로 우리나라에 면면히 이어져 내려온 여러 신을 모시는 무속 신앙에 가까웠다. 깃발 꽂은 신당인가 싶었지만 그래도 엄연히 겉으로는 석가모니 부처님을 모신 절이었으며 지금처럼 여러 종단이 정립되기 전에는 그런 절도 많았다고 한다.

그러다 대구 살림을 다 정리하고 수원에 살며 서울로 왔다 갔다 하시면서는 우이동 도선사처럼 이름난 좋은 절들을 찾아다니며 기도를 다녔다. 그러다 수원 외할아버지가 차린 양계장 근처에 있는 절에서 큰스님을 뵙게 된다. 우리나라 불교계의 제일 큰 비중을 차지하는 조계종 종파에 속한 절은 아니었다. 그저 일찍이 혼자 도를 깨치고 법화경을 강설하면서 신도들의 어려움을 보살펴주던 큰스님이 세운 작은 절이었다. 외할머니가 그 절에 처음 가던 날 아침에 큰스님이 오늘 귀한 손님이 오실 거라고 했단다.

박경리 소설 『토지』에 보면 소작을 준 땅을 돌아보고 온 최참판 댁 김 서방이 사실은 콜레라였던 배앓이를 하자 김 서방댁이 '객구를 물리는' 장면이 나온다. 엄마가 말하기를 외할아버지가 가끔 배앓이를 하시면 외할머니도 그 책에 나오는 것처럼 칼을 던지고 물밥을 문밖에 뿌리며 '객구를 물렸다'고 한다. 진짜 밖에서 붙어 온 객귀가 있다고 해도 그 물밥을 먹고 떨어질까 싶지만 그렇게 하면 정말 배앓이가 낫기도 했단다.

외할머니가 객귀 물리는 과정을 사설로 읊으시던 걸 엄마가 마침 메모해놓아서 소개해볼까 한다. 여기서 객귀를 물려야 할 사람은 잠시 다니러 왔던 외할머니의 작은아버지이다.

"논둑에 가서 까만 콩, 숟가락, 칼, 바가지 퍼뜩 갖다주어라. 작은아버님, 문지방 비고(베고) 누우쇼. 콩 입에 넣고 물 떠 넣고 '객구 귀신아'(하고 세 번 부른다), 문 닫고 들어가쇼. 침 세 번 뱉으쇼. 객구 귀신아 들어봐라. 니는 안 나가면 객구 귀신도 못 한다."

결국 객귀를 쫓아내는 건 '너 지금 안 나가면 객귀도 못 한다'는 협박조의 말인가 싶은 사설을 읊고, 칼등으로 문지방을 세 번 치고 삽짝(싸리문) 밖에 칼을 내던진다. 첫 번째 던졌을 때는 칼날 부분이 안쪽으로 떨어져서 다시 던지니 그제야 원하는 방향으로 칼이 던져진다. 칼날 부분이 밖을 향하게 던져져야 객귀가 나가는 거란다. 다음으로 떨어진 그 자리에 칼을 꽂고 바가지를 엎어 놓고 들어오면 객귀를 물리는 의식이 끝난다. 이렇게 객귀를 물러드렸더니 외할머니의 작은아버지는 버스 타고 다음 날 길을 잘 떠나셨단다.

이렇게 객귀뿐이랴. 고방에 가면 신줏단지가 있고 부엌에 가면 조왕신을 모시고 문왕신이 있으니 문지방은 밟으면 안 되었다. 꼭 그런 풍속이 그 자체로 나쁘다기보다 안 하면 벌 받고 안 좋을 것 같은 속박이 되니 문제였다. 그런 걸 큰스님은 한칼에 다 쳐내셨다. 오히려 그런 걸 집에 계속 두면 잡귀가 몰려들기 쉽다며, 석가모니 부처님께 기도하고 불공을 드리면 되지 뭐 하러 집에다 그런 걸 두냐고 다 없애라고 하신 거다. 평생 해오던 걸 없애기도 쉽지 않았을 텐데, 뭔가 큰스님께서 외할머니한테 이런 거 없이도 가족들이 무탈하게 잘 살 거라는 믿음을 주신 것 같다. 외할머니가 못내 아쉬운 마음에 뭔가 하나를 안 없애고 남겨두고 있었는데, 큰스님이 영적인 눈으로 훑어보고 안 없앤 것까지 다 집어내서 없애라고 하시니 큰스님 눈은 못 속이는구나 하며 정말로 다 없애버렸다.

외할머니가 어떻게 큰스님께 귀한 손님이 되셨는지는 자세히 전해 들은 바가 없어서 잘 모르겠다. 다만 큰 불사를 하거나 신도 모임을 만들거나 하며 절 살림이 안정되고 확장되어나갈 때 종종 역할을 하신 것 같다. 내가 큰스님에 대해 이것저것 얘기를 하는 게 맞는지는 잘 모르겠다. 내가 모르는 부분도 많겠지만 기억나는 한도 내에서 또 우리 집에 대한 이해를 돕는 선에서 이야기를 풀어보자면 큰스님은 억울하게 비명에 간 영가를 천도하는 일을 소명으로 알고 사셨던 분이다. 전쟁을 겪으며 우리나라 어디든 제대로 거두지 못한 영혼이 없는 곳이 없었다. 수원 말고 강원도와 경북의 경계쯤에도 큰스님이 세운 절이 하나 더 있었는데 이런 영혼들을 위로하는 큰 탑을 세우는 불사도 있었다. 많은 신도가 그 탑에 가서 탑돌이를 하며 불공을 드렸다. 골프가 걷는 운동이라고 하는데 큰스님은 골프하는 신도들에게 그 작은 공을 치고 쫓아가면서 걸어갈 거면, 기왕 걷는 거 그만큼 탑을 돌면 그 공덕이 얼마나 크겠냐고 하셨다.

일반 신도들의 용맹정진을 강조하는 절이었다. 탑이 지어진 다음에는 사흘 동안 탑을 1,000바퀴 도는 천탑 기도도 있었다. 진짜로 한 바퀴 두 바퀴 돌 때마다 세어가며 탑을 1,000바퀴 도는 게 아니라 한 바퀴 도는 평균적인 시간을 계산해서 한 시간 돌고 조금 휴식하고 삼시 세끼 밥 먹는 시간 조금 주고 자는 건 탑을 돌면서 자다 깨다 하면서 사흘을 꼬박 탑을 도는 셈 기도였다. 몸은 힘들지만 간절한 소원이 있는 집에서는 할 만한 기도였다.

연세 많으신 비구니 스님 한 분이 앞에서 이끄는 탑돌이 기도도 있었는데, 한 시간에 한 바퀴를 돌면 빠른 속도라서 오히려 천탑 기도보다 더 힘들다고들 했다. 일반 신도들은 지루함에 지쳐 이제나저제나 끝나기를 기다리며 간신히 뒤따르지만, 제일 앞에 선 스님은 눈을 감고 합장하고 몇 분에 한 발짝씩 떼서 앞으로 가는데 한 바퀴 도는 한 시간 동안 깊은 삼매에 들어 무한한 법열法悅을 누리며 탑돌이를 인도하신다고 했다.

이렇게 고행하듯 기도를 올리면 불가에서는 '가피'라고 부르는 영험함으로 원하는 바를 성취한다고 한다. 하지만 그보다는 끊임없이 탑을 돌면서 내가 진짜 원하는 게 무엇인지 깊이 생각하고 마음을 정리하는 힘이 더 클 것 같다. 내가 원하는 게 꼭 나한테 이로우리라는 보장이 없는 법이니까. 내가 탑도 1,000바퀴를 돌았는데 나가서 못 할 일이 뭔가 싶은 용기와 기도 후에 느낄 수 있는 성취감이 따라오는 건 당연하다. 이런 기도의 중요성을 큰스님은 신도들에게 끊임없이 말씀하셨다.

신도들이 많아지며 큰스님을 친견 한 번 하는 게 큰 영광이 되어가면서 집안의 크고 작은 문제들을 호소하는 사람들도 많았지만, 그때마다 큰스님은 스스로 기도하지 않으면 아무것도 이루어지지 않는다면서 경책 한 줄이라도 읽고 있냐고 부드럽게 타이르셨다.

그런 큰스님이 우리 집과 인연을 맺게 된 이야기를 해보자. 내가 돌 즈음이었나 보다. 가족이 모두 경복궁으로 나들이를 갔다. 늘 엄마가 "네 생일까지는 더워"라고 했던 내 생일은 9월 끄트머리에 있다. 엄마는 나를 낳고 나니 다음 날부터 아침저녁으로 선선한 바람이 불었다고 한다. 돌 즈음이었으니 아직 낮에 더울 때였을 텐데 가져간 야쿠르트가 상했는지 그걸 먹고 내가 단단히 탈이 났다. 지금 같으면 아직 돌도 안 된 아기한테 달콤한 야쿠르트를 먹이는 걸 이상하게 생각할 테지만 그땐 그랬다. 어쨌거나 열이 펄펄 나고 설사를 하고 돌잔치를 하네 마네 하고 있는데 느닷없이 큰스님께서 "시문이가 다 죽어간다"며 오셔서 기도해주고 가셨단다. 그리고 야쿠르트 먹고 탈 난 꼬맹이는 건강을 회복해서 돌잔치도 무사히 치르고 돌잡이로 연필도 잡고 삶은 국수도 잡았다는 신앙 간증이다.

어느 4월 초파일이었다. 보통 절 마당에 바지랑대 같은 장대를 설치해놓고 빼곡하게 연등을 달곤 했는데, 그날은 달았던 등을 잠시 떼어내서 가족들이 그걸 들고 법당 안으로 들어가 앉아 계신 큰스님과 다른 스님들, 보살님들 앞을 지나가도록 했다. 엄마, 아빠, 나, 내 동생 넷이 다 등을 하나씩 들고 지나가는데 갑자기 스님 한 분이 내 동생이 들고 있는 연등을 보시며 화급히 "저거 잡아라" 하시는 거다. 나는 그 장면만 기억이 나고 그 이후로는 어떻게 된 건지 따로 이야기만 들었다. 해마다 초파일에 큰스님께서는 집안에 천도 안 된 영가가 있는지 특별히 연등을 통해 점검해보시곤 했다. 엄마도 돈이 없으니 식구마다 따로 등을 달아주지는 못했는데 그해에는 무슨 바람이 불었는지 식구대로 따로 등을 달았다. 대부분 무사히 통과하는 가운데 내 동생의 연등이 큰스님 레이더에 딱 걸렸다. 큰스님께서 '붉은 댕기를 한 할머니가 있다'며 집안에 붉을 주朱를 성으로 하는 분이 있냐고 물으셨다. 엄마가 알 리가 없어서 할머니께 여쭈어보니 아빠의 제일 큰아버지, 혼인해서 금슬이 퍽 좋았으나 3년 만에 상처하고 일본 가서 자리 잡고 고향과는 인연이 끊겼다는 큰아버지의 일찍 돌아가신 부인이 신안 주씨로 붉을 주朱를 썼다고 했다. 나중에 족보를 찾아보니 고작 열아홉에 돌아가신 분이었다. 후사도 없이 일찍 죽어 기억해주는 사람 하나 없으니 무척 한이 되셨나 보다. 본인도 떠도는 혼백으로 살기 괴로우니 물에 빠진 사람 지푸라기 잡듯 천도해줄 곳을 찾아 내 동생 연등에 앉아 계셨을까. 그렇게 주 씨 할머니를 천도해드리면서 큰스님께서 우리 집 내력을 다 아시게 되었다. 큰스님은 천도를 더 하라 말라 하지 않으셨고, 더불어 그때까지 딱히 지내지 않고 있던 제사들, 내 할아버지가 양자로 가면서 제사 지낼 사람이 없어진 할아버지의 친부모님이나 전쟁에서 비명에 돌아가신 내 할아버지의 제사는 굳이 챙기지 않아도 된다고 정리를 해주셨다.

　엄마 아빠가 결혼한 후에 외할머니는 안사돈을 무척 존경한다고, 진짜 양반이라고 여러 번 말씀하시며 높이 평가해주셨다. 할머니는 본인이 해온 고생을 이렇게 높이 평가해주며 직접적으로 이야기해주는 사람을 못 만나보셨을 거다. 그저 전쟁 과부로 고생하면서 사는 걸 당연하게 생각하거나, 또는 새로 딴 데 시집갔으면 안 해도 될 고생을 사서 한다는 시선에 더 익숙했는데, 안사돈이 그렇게 얘기해주니 사돈에 대한 호감도와 신뢰도가 높아졌고 동시에 할머니를 높이 쳐주는 사돈이 믿고 따르는 부처님을 자연스럽게 따르게 되었다.

　평생토록 이어진 할머니의 7시 기도도 외할머니 영향으로 시작되었다. 내가 기억하는 할머니는 말 그대로 하루도 빠짐없이, 돌아가시기 전 맑은 정신을 잃고 요양 병원에 입원하시게 된 그때까지 아침 7시와 저녁 7시에 『묘법연화경』의 「화성

유품」이나「관세음보살보문품」등 불경을 읽는 기도를 하셨다. 할머니가 평소에 자주 집을 비우고 여행을 다니는 편도 아니었지만, 그 시간에 집에 안 계셔도 시간 맞춰 경을 읽고 정히 경을 못 읽을 형편이면 시간에 맞춰 합장 기도라도 하셨다. 또 우리 집만의 용어로 설명하자면 '직수심이'로 기도를 하셨다. '직수심이'는 '곧이곧대로 정성과 온 힘을 다해'라는 뜻이다. 부사적으로 쓰이지만 뒤에 '로'라는 조사를 포함하니 명사인가 싶기도 하다. 원체 고지식하고 고집도 세고, 한번 믿기가 힘들지 믿기 시작하면 의심치 않고 행하는 스타일이었던 나의 할머니는 두말 않고 주 씨 할머니를 끌어내어 천도시킨 큰스님을 전적으로 믿고 또 기도의 힘을 믿었다.

그러면서 할머니의 '사위'가 기도의 힘으로 조금 희석되고 어느 정도는 신경 쓰지 않아도 되는 것으로 바뀌었다. 우리 집에선 가족 중 누군가가 삼재가 들었다고 부적 쓰는 일이 없었다. 아니, 언제가 삼재인지도 모르고 살았다. 열심히 기도하는 집에서는 삼재 같은 건 신경을 쓰지 않아도 된다고 큰스님께서 말씀하신 덕분이다. 사실은 석가모니 부처님께서 열반에 드시기 전에 '스스로를 등불로 삼고 진리를 등불로 삼으라'고 하신 말씀을 전해주신 것이기도 하다. 바뀌다 못해 이쪽 끝에서 저쪽 끝으로 넘어간 것도 있었다. 동짓날 팥죽을 내가 커서

사 먹을 때까지 집에서 먹어본 적이 없는데 할머니한테 우리 집은 팥죽 안 쒀 먹냐고 하니 "기도하면서 그런 거 안 해도 된다"라고 대답하셨다. '안 해도 된다'였지만 듣기엔 '그런 거 하면 안 된다'로 들렸다. 아니 난 벽사의 의미로서가 아니라 그냥 팥죽의 맛이 궁금했던 건데.

호박 풀떼기와 돈까스와
배추전과 보리 된장국

팥죽 이야기가 나온 김에 호박 풀떼기부터 시작해서 음식 얘기를 한번 잔뜩 풀어보겠다. 언젠가 요새 애들은 영어 유치원 핼러윈 파티에서나 볼 법한 큰 늙은 호박이 어디서 왔는지 집에 있었다. 근사한 식재료를 보았다는 생각에 빨리 잡자고 엄마를 졸랐다. 우리 집에선 수박을 사 와 처음 자를 때도 소 잡고 닭 잡듯이 '잡는다'라고 했다. 크고 둥글어 먹을 수 있게 손질하는 데 품이 많이 들어가니 그렇게 표현했던 것 같다. 얼마나 기다린 건지 큰 늙은 호박은 어느 주말 마침내 부엌칼에 잡혀 찹쌀가루와 삶은 팥이 들어가는 호박 풀떼기가 되었다. 원래는 맛있는 음식이었어야 했는데, '그 당시' 엄마의 요리 솜씨가 썩 좋지는 못하다는 사실을 간과했다. 게다가 내가 국민학교 저학년이었는지 미취학 유아였는지 시기는 확실하지 않지만, 그 정도 되는 어린애 입맛에 사실 늙은 호박으로 만든 음식이 맛있기가 더 어렵겠다 싶다.

찹쌀가루와 팥의 계량이 잘못된 게 틀림없었다. 호박 풀떼기라고 하는데 색깔은 허여멀건 팥죽색인 데다 '훌훌하게' 흘러 떨어지는 죽을 기대했건만 도배할 때 쓰는 밀가루 풀보다 더 끈적한 점도는 적응이 되질 않았다. '훌훌하게'인지 '호롤하게'인지는 국어사전에도 등재되지 않아 모르겠지만 호로록 마실 수 있는 정도를 엄마는 '훌훌하게'라고 표현하곤 했다. 음식 이름이 '풀떼기'이니 원래 그 정도가 정상인지도 모르겠다. 식감도 맛도 이상해서 도저히 못 먹을 만큼 맛이 없다는 거지 음식 만드는 데 공이 안 들어갔다는 건 아니어서 엄마는 나와 내 동생한테 한 그릇씩 다 비우라고 강력하게 요구했다. 동생은 진즉에 두 손 들고 나 몰라라 식탁을 떠났는데 나는 엄마의 기대에 부응해야 하는 장녀의 비장한 사명감으로 나중엔 거의 알약 먹듯이 물과 함께 한 숟갈씩 꿀떡 삼켰으니 가히 호박 풀떼기의 악몽이었다. 훗날 박경리의 『토지』를 읽으며 "냠냠해서 호박 풀떼기를 쑤었다"는 김 서방댁이나 몰래 입덧하다가 달게 받아먹던 귀녀에게 내가 전혀 공감하지 못했던 것도 당연하다.

다시 호박 음식에 맛을 들인 건 프랜차이즈 죽집이 생겨나며 옆 사람 호박죽을 한 국자 얻어먹어보기도 하고, 국내 외식 산업이 활발해지며 여기저기 생긴 패밀리 레스토랑에서 생크림이 들어가 진하고 달콤한 단호박 수프를 먹어보면서였다. 이렇게 맛있는 음식 재료를 그렇게 맛없게 만들어 질리도록 강요하다니 엄마는 호박에게 미안해해야 한다. 이렇게 아이의 입맛이란 커가며 여러 음식을 접하면서 수십 번 바뀌기 마련인 걸 겪어본 내가 제일 잘 알고 있어서 내 아이들한테는 먹을 걸 권할지언정 강요하지는 않는다. 먹을 게 지천으로 널린 세상에 한두 종류쯤 끝내 싫어한들 또 어떠하리.

호박 풀떼기는 우리 집 역사에 길이 남을 유명한 실패작이라 가족 모두 기억하고 있지만, 엄마의 '그 당시' 음식 솜씨에 대해서 하나 더 기록할 게 있다. 어느 날 저녁, 엄마가 뭔가 동그랑땡과 비슷한 모양을 한 부침개 종류의 음식을 해선 먹어보라고 했다. 영 내키지 않아서 도리질하고 있으니 "이게 돈까스야. 먹어봐" 하는 거다. 표준국어대사전 표기법은 '돈가스'가 맞지만, 엄마가 '돈까스'라고 하셨으니 돈까스라고 하겠다. 호박 풀떼기보다는 좀 더 이전의 일이었던 것 같은데 나는 그때까지 돈까스를 들어만 봤지 먹어본 적이 없었다. 돈까스라는 말에 혹해서 냉큼 한 입 먹었다가 도로 뱉었다. 정확히 맛이 어땠는지 기억나지는 않지만, 돼지고기 누린내가 확 끼쳤던 것 같다. 그래서 그때부터 난 돈까스란 내 입맛에 맞지 않는 음식이라고 입력해놓고 있었다.

그러다가 무슨 일인지 동생과 나는 엄마랑 외출했다가 밥 때가 되어 식당에 가게 되었다. 무슨 날도 아닌데 외식이라니, 엄마로서는 큰맘 먹고 데려가셨던 것 같다. 식당이 몇 군데 있어서 고를 수 있었으니 어디 백화점이나 쇼핑몰의 식당가였지 않았나 싶다. 식당 앞에서 엄마가 "돈까스 먹을래?"라고 물어보셔서 나는 그 정체불명의 음식을 떠올리며 완강하게 거부했다. 얼마나 버텼는지 모르겠지만 엄마는 고집스럽게 우리 자매를 데리고 경양식집으로 가서 돈까스를 주문했다. 이젠 지난 세대 사람들의 추억으로만 남아 있는 "밥으로 하시겠습니까, 빵으로 하시겠습니까?"라고 물어보는 집이었다. 수프도 골라서 주문하는 곳이라 "'숩'은 어떻게 하시겠습니까?"라는 웨이터의 질문에 엄마는 야채수프를, 우리 몫으로는 크림수프를 주문했다. 진짜로 '숩'이라고 발음했는데, 글자라면 아무거나 다 읽는 활자 중독 어린이였던 나는 어딘가에서 영어 단어 'soup'를 '숩'이라고 발음하며 세련되었다고 생각하는 세태에 대해 비판하는 글도 그즈음 읽었던 기억이 난다. '쑤-프'라고 못 읽을망정 '수프'라고 'ㅜ' 모음을 강조해야 하는데 '습'이라고 흘려 발음하면 누가 알아듣겠냐는 내용의 글이었다.

어쨌거나 세상에, 그 식당에서 처음으로 맛본 제대로 된 '돈까스'는 정말로 황홀한 맛이었다. 스낵 종류의 과자 말고도 이렇게 바삭한 식감을 가진 음식이 존재한다니. '입안에 퍼지는 고소함의 원천은 무엇일까, 세상에 이런 맛이 존재한다니' 하고 감탄할 뿐이었다.

차마 엄마한테 "지난번에 돈까스라고 먹어보라고 한 거랑 이건 완전 다른 음식이잖아요"라고 할 수는 없었지만, 그 이후로 나는 돈까스에 대한 오해를 풀고 사랑하게 되었다. 지금은 내 딸이 돈까스를 좋아하여 딸 핑계로 돈까스도 냉동실에 쟁여놓고 동네 돈까스 전문점에서 자주 사 먹을 수도 있다. 그날 식당 앞에서 돈까스 안 먹겠다는 내 의견을 무시하고 경양식 집을 고집한 엄마는 현명했다. 어린애들이 뭔가를 좋아하거나 싫어할 때는 대상에 대한 이해가 매우 부족한 상태일 수도 있다는 걸 부모들이 꼭 알아야 한다.

'홀홀하게'라는 표현이 나온 김에 배추전과 무전 이야기도 해야겠다. 경상도에서도 북부 지방과 강원도 일부 지역에서만 해 먹던 향토 음식인 배추전은 무전과 함께 겨울에 제맛인 음식이다. 겨울이 되면 시금치도 그렇지만 배추와 무가 연하

고 달아진다. 추워진 날씨에 세포 조직을 보호하기 위해 당 성
분이 높아지는 거라고 하는데 무슨 성분인지까지는 기억이 나
지 않는다. 배추는 낱장을 뜯어내 흙을 잘 씻어내고, 무는 껍
질을 벗겨 3~5밀리미터 두께의 둥근 모양대로 썰어낸다. 배
추는 날것인 채로 부쳐내지만 무는 김을 살짝 올려 찐 후에 부
친다. 이 부침개는 두 손을 다 버릴 각오를 해야 한다. 밀가루
를 물에 '홀홀하게' 풀어 간을 하는데 소금도 좋지만 액젓이나
국간장도 괜찮다. 요새 알게 된 팁인데 '들기름'을 한 숟갈 정
도 넣으면 더 고소해지고 향도 좋다. 할머니가 '번철'이라고 부
르셨던 프라이팬에 기름을 넉넉히 두르고 배추 잎사귀 또는
살짝 찐 무에 '홀홀한' 밀가루 물을 묻혀서 지진다. 양손으로
배추 잎사귀를 푹 적셔서 팬으로 옮기니 한번 부치고 나면 부
엌이 밀가루 물과 기름 따위가 튀어 난장판이 되기 쉽다. 뻣뻣
한 배추의 줄기 부분은 부치기 전에 손으로 뚝뚝 대충 꺾어놓
거나 부치면서 뒤집개로 눌러준다. 배추 잎사귀가 작으면 서
너 장을 대충 겹쳐서 크게 부쳐도 좋다. 중간중간 빈 곳은 숟가
락으로 반죽이라고 하기도 뭐한 밀가루 물을 떠서 메워준다.
살짝 찐 무를 부칠 때도 같은 방식으로 한다. 추운 겨울 한 광
주리 부쳐놓으면 뜨거울 때 먹어도 좋고 광주리째로 밖에 놓
아두었다가 차갑게 식은 걸 먹어도 참 시원하고 맛있다. 엄마

한테 배추전 부치는 법을 전화로 배울 때 —엄마가 늘 모든 음식에 실패하셨던 건 아니다— 밀가루 반죽은 '홀홀하게' 해야 한다고 강조하셨다.

큰애 임신하고 한여름을 지나갈 때였는데 이 배추전이 갑자기 정말로 사무치게 먹고 싶은 거다. 하필 그해는 잎채소며 열매채소며 종류를 불문하고 가격이 폭등하여 애호박 하나에 3,000원 넘게 받기도 하고 물건이 귀했던 2009년이었다. 우리 집에서는 노각 무침을 '오이 상치'라고 불렀는데, 살짝 절여 물기를 꼭 짜고 고추장과 참기름으로만 무친 '오이 상치'가 문득 생각나서 시장에 가 "늙은 오이 있어요?"라고 물으니 "젊은 오이도 없어"라는 대답이 돌아올 만큼 푸성귀가 비싸고 귀했다. 하필 그럴 때 간사한 입에 배추전이 생각나다니. 마트에 가니 아쉬운 대로 여름 겉절이용인 알배기 배추가 내 주먹만 한 게 있어서 한 5,000원 정도 주고 사 왔다. 저녁에 밥상을 차리면서 절반 정도는 내가 그냥 부치면서 다 주워 먹은 것 같다. 그렇게 배추전 먹고 낳은 아들은 아이답지 않게 담백하고 시원한 맛을 어려서부터 좋아했다.

부추 사러 갔다가 사 온 보리 싹으로 끓인 된장국 이야기도 하자. 이건 나의 둘째가 태어난 지 얼마 안 되었을 때이다. 맛 좋고 몸에도 좋은 건 나눠 먹어야지 '초벌 부추는 사위도 안 준다'는 말은 누가 만들었을까. 백령도산 까나리 액젓으로 심심하게 간을 해서 고춧가루와 참기름을 조금 넣고 마무리한 부추 무침을 가족들이 다 잘 먹으니, 긴 겨울이 끝나고 노곤노곤한 초봄에 원기를 북돋워준다는 초벌 부추를 사러 동네 시장에 나간 날이었다. 내가 콩과 보리를 구분 못 할 만큼의 바보는 아니지만, 좌판에 벌려놓은 채소 무더기는 뭐냐고 물어보면 초보 티를 내는 것 같아 시장에서는 뭔지 물어보기가 영 쭈뼛거려진다. 어쨌거나 나는 부추를 사러 나왔고 부추처럼 보이는 게 있어서 "부추 새로 나온 건가요?" 하고 물으니 "보리 싹이여. 싸게 줄게. 가져가" 한다. 뭐 아마 잔디라고 해도 기세에 눌려 그러려니 했을 것 같다. 3,000원어치라는데 왜 이렇게 많은지 한 보따리이다.

신생아를 키우는 시기는 시간을 통으로 내리쓰기가 어려울 때다. 둘째 낳고 휴직한 뒤 짬짬이 20~30분 시간이 날 때를 어떻게 활용할까 고민하던 때 리디북스에서 40년간 대여를 해준다며 『토지』 전권이 나와 있는 걸 냉큼 사버렸다. 다시 보니 중간에 한 권이 빠진 세트였지만 빠진 건 집에 종이책으로 있으니 상관없다. 고등학생 때 엄마가 들였던 『토지』 전질은 미국 이민을 가며 들고 가서서 중고로 한두 권씩 1부 중간 정도까지만 모아놓은 시점이었다. 소장도 아니고 대여이긴 하지만 40년 지나면 어지간히 마르고 닳도록 읽고 아마도 눈 아파서 더 못 볼 거고, 애들은 필요하면 각자 사서 보라고 하자며 냉큼 사들여서는 밤이며 낮이며 수유를 하는 동안 1권부터 다시 보기 시작했다. 『토지』는 교도소에 수감되면 읽는 책이라는데 신생아 키우는 육아휴직이나 교도소 수감 생활이나 한데 매여 갇혀 있기로는 매한가지로다.

그러다 2부에 들어가 만주에서 주갑이 아재가 혜관 스님에게 "파릇파릇하게 돋아나는 것, 연하디연한 것을 뜨물 붓고 된장을 연허게 풀어서 끓인 국 냄새"를 봄 냄새라고 하는 대목을 읽고 무슨 맛일까 궁금해하다가 며칠 안 되어 시장에서 초벌 부추를 찾다가 보리 싹을 만났으니 이것도 인연인가 보다 하고 부추 대신 보리 싹을 한 보따리 사 오게 된 것이다.

책에 나온 대로 쌀 씻으며 진하게 뜨물을 내어 마른 멸치로 육수를 내고 된장 연하게 풀어 다른 것 없이 보리 싹만 씻어서 대충 칼로 끊어 넣고 두부 반 모 썰어 함께 끓여보았는데, 과연 주갑이 아재가 봄을 보리 된장국으로 기억하는 것도 무리가 아니다 싶었다. 향도 향이려니와 야들야들 연한 보리 싹이 잇새에 끼이는 것도 없이 뽀드득하면서도 부드럽게 씹히는 식감이 참 좋았다. 그 맛이 기억에 남아 이듬해 봄에 시장에 나가 다시 보리 싹을 찾았는데 영 찾을 수가 없었고 그때 못 샀던 부추만 팔더라는 이야기이다.

『토지』에 나오는 보리 된장국 이야기를 했으니『삼대』에 나오는 요릿집 어묵 이야기도 내친김에 하자. 중학교 1학년 여름방학 때 이 지루한 걸 어떻게 다 읽고 독후감까지 쓰라는 말이냐 생각했던 염상섭의『삼대』는 지금 다시 읽으라면 읽힐지도 모르겠지만, 같이 숙제였지만 술술 읽히던 이광수의『무정』과는 달리 무슨 내용인지 파악하기 어렵고 집중도 잘되지 않았다. 로맨스가 있고 없고의 차이였을까? 그런데도 주인공의 친구 병화가 "오뎅을 반이나 덥뻑 떼 물어서 우물우물" 하던 대목은 머리에 지금까지 남아 있으니, 배고픈 등장인물이 게걸스럽게 먹던 장면이라 그런지 너무도 맛있게 느껴졌다. 아파트 단지 상가에 꼬치 어묵을 종류별로 끓여놓고 파는 가게가 있는데, 선결제를 해놓으면 차감해가며 군것질할 수 있어 상가 안의 학원을 오가는 아이들에게 인기인 곳이다. 가래떡을 잘게 다져 넣고 만든 것, 치즈가 군데군데 박혀 있는 것, 매운 고추가 더러 들어 있는 것, 부산 스타일이라고 하는 가래떡만 15센티가량 —길이가 점점 줄어드는 기분이다— 꼬치에 꽂아놓은 물떡 등 종류도 다양하다. 가끔 아들과 함께 서서 한 꼬치씩 들고 어묵을 베어 물 때면『삼대』에서 어묵 먹는 대목이 떠오르곤 한다. 개화기의 급변하는 모습을 삼대에 걸쳐 나타낸 수작이라는 설명은 참고서에서 대신 해주었으니 먹기만 하면 되는 나는 고마울 따름이다.

한때 우리 문학 작품에 나오는 여러 음식을 모아서 식당을 차려보면 어떨까 궁리해본 적이 있다. 음식이 들어간 책 구절을 소개하며 팔아보면 소설책을 좋아하는 사람들이 주 고객이 될 것 같았다. 그렇게 궁리만 하다가 말았다. 박완서의 『미망』을 보자. 거기에 나오는 잔치 음식들은 애당초 인간문화재급 주방장이 있어야 만들어낼 수 있는 수준이다. 물론 잔치 음식보다는 입덧으로 고생하던 머릿방 아씨가 도망치듯 친정에 와서 게걸스럽게 먹던 호박 넣고 끓인 김치찌개가 더 맛있어 보이긴 했다.

박경리의 『토지』에도 김 서방댁이 만든 호박 풀떼기며 겨울날 간식거리로 나오는 삶은 배추 뿌리며 고향에 대한 향수를 표현하는 보리 된장국이며 음식들이 참 많이 나온다. 『토지』에 나오는 음식은 잘 정리되어 무려 논문으로도 나와 있으니 참고하시라.● 그렇지만 여기 나오는 음식들을 보자. 호박 풀떼기는 책에 나오는 대로 같이 먹을 '서리 맞은 시금치'가 겨울에만 나오는 재료라 계절 한정 메뉴가 될 것 같았다. 문학의 분

● 김미혜·정혜경, 「소설 『토지』에 나타난 경상남도 향토 음식문화」, 『한국식생활문화학회지』 26(6): 583~598, 2011.

위기를 내려면 김 서방댁의 수다도 있어야 할 텐데 누가 옆에서 계속 수다를 떨어주랴. 부치면서 다 집어 먹지만 않으면 배추전 정도는 할 수 있겠지만 삶아내서 콩가루에 찍어 입가에 묻혀가며 먹는 '배추 뿌리'는 지금 마트에서 흔하게 보는 배추가 아니라 개량 전의 조선 배추라고 하니 구하기가 어렵다. 우리나라에 나오는 보리 싹은 전부 동결 건조되어 홈쇼핑에서 건강식품으로 팔고 있으니 봄 냄새 물씬 풍기는 보리 싹 된장국을 팔기도 힘들 것 같다.

염상섭의 『삼대』에 나오는 어묵은 이미 프랜차이즈 음식점이 선점하여 장사가 잘되고 있으니 선수를 놓쳤다. 다른 소설에 나오는 음식도 소환해보자면 김영하의 『살인자의 기억법』에 나오는 두부구이 백반은 아무리 맛있는 초당두부를 강릉에서 공수해 오고 국산 들깨를 저온에서 볶아서 짜낸 신선한 들기름으로 고소하게 부쳐낸다 해도 '치매에 걸린 연쇄살인범의 두부구이'라는 메뉴가 영 입맛을 돋울 것 같지가 않은 데다 얄팍한 상술이라는 비난만 살 것 같다. 그래서 누가 시킨 적도 없지만 문학 작품에 등장하는 음식으로 식당을 열어보려는 계획은 자체 철수하게 되었다.

남의 집
할머니들의 음식

나의 외할머니는 평소에 "각각 몫이 있는데 뭐 하는 김에 뭐 하지 말라"고 하셨는데 난 뭐 이야기하는 김에 생각나는 다른 이야기를 하는 기분이다. 이번에는 먹거리를 얘기하는 김에 우리 집에서 해 먹었던 거 말고 다른 집 할머니들께서 해주신 음식들도 얘기해보겠다. 어릴 때 살던 그 한 동짜리 아파트는 복도식 아파트였다. 실평수 개념이 희박할 때 지은 거라 복도가 아이들이 세발자전거를 타도 될 정도로 넓었다. 복도 중간중간 우수관은 비가 오면 물 떨어지는 소리로 요란했다. 가끔씩 한 층에 사는 사람끼리 날을 정해 한꺼번에 나와 복도 물청소를 하기도 했는데 그래서 그 삭막하다는 아파트치고는 옆집과

교류가 활발했다.

우리 집이 가장 끄트머리인 10호집이고 8호집, 9호집이 우리 집과 가족 구성이 비슷해서 혼자 되신 할머니 밑에 아들 내외, 그 밑에 손주들이 있고 내 할머니가 가장 젊은 가운데 할머니들의 나이순에 따라 아들 내외 나이나 손주들 나이도 대충 정해졌다. 8호집 할머니는 지금 기준으로도 연세가 참 많으셔서 내가 어릴 때 돌아가시고 남은 식구들이 이사 나간 기억만 어렴풋하게 있고, 우리와 친하게 지냈던 9호집은 이북에서 내려온 실향민 가족이었다. 6·25 이전까지는 서양 선교사들 영향으로 이북이 이남보다 문화나 의식이 더 개화하고 신문물의 하나인 기독교 영향도 많이 받은 곳이었다. 옆집 9호집 할머니도 평양에서 여학교도 다니고 아침마다 돋보기 쓰고 세로쓰기에 한자도 마구잡이로 섞여 있던 그 시절 신문도 다 읽으시던 분이었다. 일요일이면 멋지게 차려입고 대형교회에 예배 보러도 다니고 신도들의 심방에 시끌벅적할 때도 있었다. 평양 할머니의 며느리는 마산 사람인데 각자의 사투리를 굳이 고칠 필요가 없는 고로 그 집은 평양 사투리와 경상도 사투리가 공존하면서 아이들만 표준어를 쓰는 집이었다.

그런 평양 할머니께서 가끔 만들어 우리 집까지 노느매기 해준 음식이 물만두이다. 어쩜 집에서 빚었는데 피가 그렇게 말랑말랑하고 맛있었는지 모른다. 설에 우리 집에서 빚던 맛없는 김치 왕만두하고는 비교가 되지 않았다. 어릴 때 맛있게 먹은 맛이라 기억 속에서 미화되어 그런 건지 커서도 그런 만두를 만드는 곳을 찾을 수가 없었는데, 최근에 고향만두에서 나온 물만두를 먹어보며 제일 비슷한 느낌을 받았다. 고향만두의 고향이 평양일까? 오해는 마시라. 나는 비비고며 오뚜기며 동원만두에, 군만두라는 표준어로는 정확하게 표현하기 어려운 동네 분식집 야끼만두까지 대부분의 만두를 다 좋아한다. 단지 회사마다 맛에 미묘한 차이가 있는데 고향만두의 물만두가 그 할머니 만두와 가장 비슷했다는 말이다.

날이 쌀쌀해질 때는 가끔 얼큰한 닭칼국수가 우리 집으로 한 그릇 올 때도 있었다. 손이 많이 가는 음식임이 틀림없다. 닭을 푹 삶아서 뼈를 다 발라내고 살코기만 다시 양념해서 집에서 반죽을 밀어 썬 칼국수 면을 넣고 끓였다. 이북 음식은 고춧가루를 많이 안 넣는다고 알려져 있는데 과하지 않게 고춧가루가 들어가고 닭으로 끓였는데도 비리지 않았다.

우리 집도 국수를 많이 해 먹었지만 소면을 삶아서 멸치 국물에 말아서 먹는 국수를 많이 먹었다. 일요일 점심은 거의 매주 국수를 삶아 먹고 일요일 저녁은 남은 찬밥을 모아 있는 재료를 넣고 볶아 먹곤 했다. 지금은 풀무원이나 다른 회사에서도 생칼국수가 나오지만 송학식품에서 칼국수가 나오자 우리 집은 얼마나 반색을 했는지 모른다. 칼국수를 밀가루 상태에서부터 반죽을 알맞게 해서 안반에 올려 밀대를 굴려 잘 펴고 착착 접어 일정하게 썰어내는 과정을 공산품 칼국수 덕분에 생략할 수가 있어 그때부터는 칼국수도 종종 해 먹었다. 언젠가 한번은 한국에 들어오신 외할머니가 우리 집에서 굳이 밀가루를 반죽하고 밀고 썰어서 칼국수를 해주신 적이 있었다. 그게 공산품 칼국수보다 더 맛있었는지 아빠는 그 이후에 '슥슥 밀어서 착착 접어서 싹싹 써는' 칼국수를 해달라고 엄마를 졸라서 괜히 지청구를 듣기도 했다.

칼국수는 공산품의 수준이 굉장히 높지만 비슷한 밀가루 음식인 수제비는 아직 공산품이 수제품을 따라오려면 한참 멀었다. 수제비는 훌훌 떠서 먹기 쉽고 마치 쌀이 모자라서 분식을 장려하던 가난했던 시절의 음식이라는 이미지가 남아 있지만, 적당히 질척한 반죽의 농도를 맞추기도 어렵고 손에 계속 들러붙는 반죽을 얇게 떠서 끓는 물 위에서 뜨거움을 감수하고 계속 넣어야 하기 때문에 맛있게 잘 만들기에는 칼국수보다 훨씬 어려운 음식이다. 엄마는 어렸을 적 시골집에서 수제비를 '손으로 발로 뜨던' 얘기도 해주신 적 있다. 물론 반죽은 손으로 떠야겠지만 수제비를 떠 넣는 동안 물이 일정하게 끓어야 하는데, 가스 불도 없던 시골집 아궁이에서 불의 세기를 일정하게 유지하느라고 아궁이 앞에 짚을 쌓아두고 손으로는 반죽을 뜯고 발로는 짚을 아궁이로 쓱쓱 밀어 넣으면서 수제비를 끓였다고 한다. 손발이 동시에 부산하게 움직여야 완성되는 음식이라 '손으로 발로 뜨는' 수제비라고 했다. 어디선가 얄브스름하고 쫄깃한 맛있는 수제비를 만나거들랑 만드신 분의 솜씨를 호들갑스럽게 칭찬해드려도 과하지 않으리라.

남의 집 음식은 아니지만 생각난 김에 또 다른 밀가루 음식인 '라면' 얘기도 빠뜨릴 수가 없겠다. 라면을 내가 언제 처음 먹었는지는 기억나지 않지만 40대 중반이 되어도 질리지 않는 음식이다. 어릴 때는 당연히 할머니나 엄마가 끓여주는 라면을 먹었지만 글씨를 읽게 되면서 라면 봉지 뒷면에 적힌 조리법과 할머니가 끓여주는 방식이 사뭇 다름을 느끼고 라면 조리 독립을 꽤 이른 나이에 했다.

할머니는 얘기할 때 직접적으로 하고 싶은 말을 하는 게 아니라 뭔가에 빗대든지 해서 간접적으로 말하는 습관이 있었다. 어두운 데 앉아 계시길래 "불 켤까요?" 하면 "바늘귀 꿰냐?('바늘귀를 꿸 만큼의 광량이 필요하지는 않다. 전기 요금이 아깝지도 않냐?'라는 뜻)"라고 하시고 내가 어려서 이불에 지도를 그리면 "아이구, 한강에 배 띄워라('배를 띄워도 될 만큼 많은 양의 소변이 요에 배출되었구나'라는 뜻)"라고 말씀하셨다. 그런 식으로 표현하자면 할머니 라면이 곧 '한강에 배 띄울' 라면이겠다. 할머니는 라면도 칼국수 끓이듯이 흥덩흥덩하게 물을 넣는 데다 소면이나 칼국수 삶듯이 면발이 푹푹 퍼지도록 삶아 끓였다. 집에 계량컵이 없어서 어느 정도가 550밀리리터인지는 몰랐지만 물을 얼마큼 넣어야 적당히 짭짤하게 딱 한 그릇 분량이 나오는지 알 수 있었는데 할머니가 생각하는 물 양의 대략 60% 정도였던 것 같다. 내가 식품 회사의 박사급 연구원들이 애써 만들어놓은 표준 조리법보다도 살짝 덜 익혀서 라면을 꼬들꼬들하게 먹는 걸 보면서 할머니는 "귓구녕에 물도 안 들어간 걸 먹냐('혹시 라면 면발에 사람처럼 귀가 있다면 귓구멍에 물도 채 들어가지 않을 만큼의 물만 넣고 네가 끓인 것이다'라는 뜻)"고 타박했다. 덜 익은 걸 먹어서 배탈이 날까 걱정하신 거였겠지만, 정말 한 번도 안 빼놓고 내가 라면 끓일 때마다 "귓구녕에 물도 안 들어간 걸 먹냐. 밥 말아 먹어라" 하고 타령을 하셨다.

한번은 엄마가 감기에 심하게 걸렸을 때였다. 국민학교 고학년이었던 나는 저녁으로 라면을 먹겠다고 하고 냄비에 물을 받아 끓이는데 할머니가 부엌으로 나와서 엄마 아픈데 국물 좀 같이 먹게 물을 넉넉히 넣고 끓이라는 거다. 나는 할머니의 그 지시 사항이 전혀 이해가 가지 않아 이행할 수가 없었다. 가끔 나의 남편이 내가 예상치 못한 상황을 접하면 버벅거리며 오류가 난 기계처럼 행동한다면서 나더러 사실은 휴머노이드 로봇 아니냐고 놀리곤 하는데, 그때 할머니 지시를 들은 내가 꼭 그랬다. 라면 한 개에 들어가는 물의 양은 정해져 있는데 어떻게 거기에 물을 더 넣고 국물 양을 늘려서 끓인담. 아마도 할머니는 감기 걸린 엄마에게 얼큰하고 시원한 고춧가루 들어간 콩나물국 같은 국물을 주고 싶었는데 내가 마침 라면을 끓인다니까 거기에 물만 더 부으면 되겠다고 생각했던 것 같다. 아니 그러면 차라리 라면을 두 개 끓이라고 하시든가, 물만 더 부으면 간이 안 맞지 않는가. 나는 라면을 끓이면서도 도무지 어쩌라는 건지 이해가 가지 않아서 오류가 난 로봇처럼 주춤대며 초기 입력된 조리법에 따라 물을 맞추고 한 개 끓여서 먹었다. 그러자 할머니는 나보고 '인심 사납다, 인정머리가 없다'며 마구 타박했다. 라면의 정체성과 조리법의 근본에 대한 이해가 서로 달라서 생긴 일이었다. 한참 지속된 할머니의 타박을 들으면서도 사실 접수 안 된 지시 사항에 머리가 버벅거려 정신적인 타격도 별로 없었다. 지금 같으면 라면을 두 개 끓이든지, 물을 할머니 말씀대로 '한강에 배 띄워라' 싶게 넣고 고춧가루와 소금으로 간을 더 하든지 해서 명령어를 수정했을 것이다. 이건 기계 학습은 아니고 '나이 학습'이라고 부르면 되겠다.

내가 결혼 전에 살던 반지하 월세방 옆집 할머니의 토란탕으로 이번 챕터를 마무리하겠다. 엄마 아빠는 나와 내 동생이 대학 졸업할 즈음에, 아무리 봐도 큰딸이 대통령 할 것 같지 않다고 판단하셨는지 이미 성인이 되어 데려갈 수 없게 된 두 딸은 한국에 두고 막내 남동생을 데리고 미국 이민을 떠났다. 큰이모의 마지막 이민 초청이었다. 비행기만 열 몇 시간 타면 볼 수 있는 좋은 세상이긴 하지만 결혼도 안 한 두 딸은 그냥 두고 홀쩍 떠나시다니, 딸들의 독립심을 과대평가하신 건지 뭔지 모르겠다.

나는 회사 근처에 반지하 월세방을 얻고 할머니는 동생과 함께 안양에서 집을 얻어 지냈다. 내가 구한 집은 2층짜리 주택에 반지하 방이 네 개 딸려 있었는데 저마다 사연을 가진 1인 가구가 살았다. 처음에 옆집 살던 사람이 이사 나가고 할머니 한 분이 들어왔는데 아마도 딸이 근처에 모셔놓고 자주 드나들기 위해 구한 집 같았다. 춥다는 기억이 먼저 나는 걸 보니 추석이 아니고 설 명절이었나 보다. 여기저기서 들어온 작은 선물 중에 유과가 있어서 사실은 별생각 없이 좀 덜어서 맛이나 보시라고 옆집에 갖다 드렸다. 아마 나의 친할머니 또래이거나 조금 더 많으셨을 것 같은데 일요일이면 양장을 깔끔하게 입고 성당에 가시던 차분한 분위기의 할머니셨다. 그 조금 덜어간 유과에 그렇게 할머니는 좋아하셨다.

새벽같이 출근하고 해가 지기 전에는 퇴근 못 하던 때라 몇 번 뵙지도 못했는데 아직 햇볕이 뜨겁던 어느 가을날 주말에 옆집 할머니께서 커다란 그릇 하나를 들고 오시며 먹어보라고 하셨다. 그래서 나는 그때 쇠고기를 넣고 끓인 토란탕이란 걸 처음 먹어보았다. 친할머니가 토란을 별로 안 좋아하시는 데다 아빠가 고깃국을 입에도 안 대서 집에서는 토란탕을 다 크도록 안 먹어봤다. 처음에는 허옇고 엄지손가락만 하게 둥근 덩어리가 떡인 줄 알았다. 떡국을 끓여다 주셨나 했는데 먹어보니 보드랍게 입안에서 풀어지는 뿌리채소가 토란이라는 사실을 그제야 알았다. 실제로 본 적도 먹어본 적도 없는데 어떻게 또 직감적으로 그냥 토란인 걸 알았다. 간도 잘 맞고 잘 풀어진 들깨 가루가 고소해서 앉은자리에서 한 대접을 다 비웠다. 이름난 보양식을 먹은 것처럼 속이 편하면서도 훈훈했다. 이름도 성도 모르는 반지하 월세방 옆집 할머니 덕분에 난 토란탕 맛을 알게 되어 이제 가을마다 재료를 사다 구수하게 끓여 먹는다. 나중에 내가 결혼해서 이사 나간다고 하니 "첫아들 놓고 잘 살게" 하시면서 특히 '첫아들 놓고'를 주문 외우듯 여러 번 덕담으로 말씀하셨는데, 첫아들 못 낳아서 슬픈 사연이 있으셨을까 싶다.

할머니들은 어쩜 이렇게 음식을 잘하실까. 마치 세미콜론 출판사의 '땡' 시리즈처럼 음식 얘기만 주야장천 했으나 사실은 음식을 소재로 한 할머니들의 이야기라고 주장해본다.

우리 집의
자본주의 부적응기

1991년 여름, 우리 집 장이 뒤집어졌다. 그리고 우리 집은 경제적으로 망했다. 할머니의 장은 우리 집의 자랑거리였다. 좁은 아파트 베란다에서 콩을 삶아 메주를 만들어 매달고 장을 담그고 갈라서 만든 조선간장과 된장이 늘 항아리에 있었다. 커다란 들통과 손잡이가 길어서 마치 곤장같이 생긴 주걱도 고추장을 만들기 위해 상비된 도구였다. 장을 달일 때면 그 쿰쿰하고 고릿한 냄새가 온 복도에 진동했지만, 으레 장을 만드는 과정에서 나는 냄새려니 해서 뭐라 하는 사람도 없었다. 오히려 장을 안 담그고 사서 먹는 게 아직은 흉이던 시절이다. 그런데 그렇게 정성껏 담그던 장이 뒤집어진 거다. 엄마는 그게 불길한 일이 일어날 징조였던 것처럼 얘기했지만 집이 한순간에 어디 망하던가. 망할 징조가 진작부터 보이다 결국 망하는 걸 막지 못하는 과정으로 진행되었을 거다. 그 와중에 장을 담그던 할머니의 시끄러운 마음이 장 담그기에 집중하지 못하도록 방해를 해서 장이 제대로 되지 않고 맛이 변했음이 맞을 것 같다.

엄마의 자존심이 자식들에게 집이 망한 원인이나 망해가는 과정을 알지 못하게 했다. 그래서 그때의 나는 국민학교 6학년이나 됐음에도 어쩌다 그리됐는지 잘 알지 못했다. 그냥 어느 날 우리 집이 이사를 가게 되었고 학교랑 가까운 주택이라고만 얘기를 들어서 그런가 보다 했다. 가세가 기울어 아파트가 경매로 넘어가고 2층짜리 구옥의 1층에 세 들어 살게 된 걸 그냥 살다가 마주할 수 있는 평범한 이사라고만 생각했다.

집터는 제법 넓었다. 로드뷰라는 훌륭한 서비스를 활용해 가끔 예전에 살던 곳을 검색해보는데 지금은 다 허물고 신축 빌라가 들어서 있다. 우리 가족이 이사 간 집은 설계를 희한하게 해놔서 대문으로 들어가면 우리가 살던 1층이 있고, 마당 한쪽 계단을 통해 2층으로 올라갈 수 있는데 1층과 직접 연결되지는 않았다. 아마 처음부터 세를 줄 걸 생각하고 지은 것 같았다. 2층에도 따로 세를 들어 사는 사람이 있었다. 그리고 같은 건물 1층인데 우리 집과 구획을 지어 길가로 따로 출구를 낸 쪽으로는 방이 서너 칸 되는 것 같은 여인숙이 있고, 여인숙 옆으로는 작은 슈퍼마켓이라고 하기도 뭐한 구멍가게까지 있었다. 요새 사람들은 여인숙이라는 단어를 들어본 적이 없을 것 같다. 여관보다 규모가 작고 묵는 방도 작은 곳이다. 숙박업소이긴 하지만 한 달 치 돈을 내고 저렴하게 쪽방을 이용해 '달방'이라는 말이 생겨난 곳이니 고시원의 초기 형태라고 봐도 될 것 같다.

그 동네 하나 있는 아파트에 살다가 여인숙과 붙어 있는 집으로 이사하는 엄마 아빠의 마음이 어땠을까 싶지만 난 별로 우울함을 느끼지 못했다. 마당도 있고 학교랑 더 가까워졌고 살림이 기운 걸 눈치채지 못하고 나름 잘 적응해서 살았다. 짜장면을 시킬 때도 번지수를 얘기하는 것보다 '○○ 여인숙 안집요' 하면 단번에 알아들었지만 우리가 여인숙에 사는 것도 아니고, 우리 집이 그 여인숙 주인도 아니고 별로 크게 신경 쓰지 않았다. 우리는 그 집에 1991년 초겨울에 이사 가서 내가 재수하던 1998년까지 살았다.

살던 집이 경매로 넘어가서 이사 간 집이지만 할머니는 전에 살던 아파트보다 그 구옥을 더 좋아했다. 아파트에 살 때는 아빠 일이 잘 풀리지 않았는데, 여기로 이사 오니 참 잘되었다면서 그 아파트는 재수 없는 집이 되었고 여기는 터가 좋은 집이 되었다. 할머니 말마따나 아마 아빠 평생에 돈을 제일 많이 벌 때가 여기 살 때였던 것 같다.

우리가 살기 전에 그 집에 세 들어 살던 사람이 무당이었던 것 말고는 여섯 식구가 살기에 아무 문제가 없었다. 아니, 이사를 가려면 모시던 귀신들을 다 데리고 가야 할 것 아닌가. 우리 전에 살던 무당이 칠칠치 못해서 귀신 두엇을 놓치고 간 건지, 아니면 무당이 살면서 터가 세어져서 잡귀들이 들어서기에 좋은 집이 되었는지는 잘 모르겠다. 게다가 나와 내 동생의 방이었던 그 방이 무당이 점사를 보던 신당 자리였다고 한다. 이런 얘기는 다 우리와 같은 건물에서 구멍가게를 하던 할머니가 해준 얘기다. 가겟집 할머니는 그 자리에서 장사를 오래해서 동네일을 모르는 게 없었다.

방의 나무 창틀에는 자잘한 못이 빙 둘러서 박혀 있었다. 무언가가 걸려 있지 않은 못은 되도록 빼내고 벽지를 보수해서 막는 게 좋다고 한다. 믿거나 말거나지만 의외로 벽에 박힌 못이 귀신들이 좋아하는 장소라서 그렇단다. 우리가 그런 걸 알 턱이 있나. 심지어 할머니는 못이 왜 이렇게 많이 박혀 있는지 궁금해하지도 않고 방바닥에 보일러가 제일 잘 들어온다며 심드렁하게 내 방 창틀 못을 메주를 걸어 띄우는 용도로 썼다. 그렇지만 그 방을 쓰는 나는 가위에 잘 눌렸다. 나보다 가위에 더 잘 눌리는 동생은 일찌감치 큰방 할머니 옆에 가서 자고 공부할 때만 그 방을 썼다. 갑자기 글의 장르가 바뀌는 것 같지만 말을 하다가 마는 건 예의가 아닌 것 같아 써보겠다. 사춘기 즈음에 영감이 제일 발달한다고 하는데 그 때문이었을까. 한번은 자려고 누웠는데 옆에서 여자가 음성을 변조한 듯한 목소리로 알아듣지 못할 말을 속닥속닥하는 소리가 들렸다. 나도 절에 열심히 다니는 엄마 밑에서 들은 가락이 있어서 속으로 '나무 관세음보살, 나무 관세음보살' 하고 되뇌었다. 그랬는데 나의 영혼이 가진 기운이 대응하기에는 역부족이었을까. 옆에서 속 닥이던 목소리가 '키키키 나무 관세음보살이란다'라고 비웃기까지 했다. 그 소리에 심장이 떨어질 것처럼 놀라서 일어나 할머니께로 도망갔고, 그 후로는 계속 할머니 옆에서 잤다.

그때는 그러고 말았는데 얼마 되지 않아서 추석 때인지 설인지 기도 회향을 한다고 엄마가 절에 갈 때 나도 따라갔다. 큰스님께서 저쪽에서 내려오시기에 합장반배로 인사하는데 나를 보는 큰스님 표정이 심상치 않았다. 옆에 있던 엄마 말로는 그렇게 무서운 표정을 한 큰스님을 본 적이 없다고 한다. 내 귀에서 나의 믿음을 비웃던 고얀 영가가 겁도 없이 절까지 따라왔던 걸까. 큰스님은 레이저 같은 안광으로 나를 보시는 건지

내 근처 어디를 보시는 건지 한참을 뚫어지게 보셨다. 그러고 나서 갈 데를 잘 찾아 갔는지 그 후로는 그 방에서 극단적으로 가위에 눌리는 일은 없었다.

기가 세서 어지간해서 가위 따위 눌리는 일 없는 할머니는 그 집을 좋아했고 아빠도 굳이 아빠 사업이 잘 풀리게 도와주는 이 집을 마다할 필요가 없어서 우리는 그 집에 참 오래도 살았다. 지금 돌이켜 그 집이 어땠나 생각해보니 천장이고 바닥이고 나무가 심하게 낡았고 툭하면 물이 샜다. 물이 샌다고 집주인한테 얘기하면 업자를 부르는 것도 아니고 본인이 와서 대충 고치고 나서는 도배지만 바르고 땡이었다. 어디 가서 사기당하기 딱 좋은 순한 나의 부모님은 뭐라고 대차게 항의도 안 하고 그냥 그렇게 살았다.

큰 욕심 안 내고 그냥저냥 계속 살 수도 있었을 것 같은데 문제는 언젠가부터 '쥐'가 출몰하기 시작했다는 거다. 맛있는 음식을 좋아한다는 것 말고는 인간과 같은 점을 찾기 어려운 이 동물이 우리 집에 처음 출현했을 때 이를 발견한 내 동생은 저승사자라도 본 것처럼 비명을 질렀다. 관용적인 표현이지만 실제로 저승사자를 볼 때가 되면 비명을 지를 기운이 있을지는 잘 모르겠다. 오래된 주택이고 내부가 목조인 데다 여기저기가 썩어 있어 쥐가 들어올 틈을 찾기 쉬웠다. 이 고얀 놈들은 모처럼 발견한 맛있는 동네 빵집에서 롤빵 12개짜리를 사와서 딱 한 개 먹고 내일 먹어야지 하고 남겨둔 걸 밤새 홀라당 훔쳐다 먹기도 했다.

왜 우리가 이사 간 처음부터 등장하지 않았을까 궁금했는데 역시 가겟집 할머니가 궁금증을 풀어주셨다. 우리 전에 살던 무당이 고양이를 여럿 길렀다고 했다. 실내에서 기른 것 같지는 않고 보일러실을 겸하고 있는 지하실을 집으로 삼아 왔다 갔다 했다고 하니 딱히 길렀다기보다 길냥이들한테 그냥 먹이를 준 게 아닐까 싶기도 하다. 그 고양이들은 우리가 이사 들어간 뒤로 진짜 동네 길고양이가 되어버렸는데, 그 아이들이 집 밖으로 영역을 넓혀가면서 그 틈을 타고 쥐들이 침범하기 시작했다.

한번은 슈퍼마켓을 한다는 동생 친구네에서 고양이 두 마리를 쥐 쫓는 용도로 '빌려 오기'도 했다. 너무 놀라지 마시라. 1990년대 초중반에는 '반려동물'이라는 단어조차 생소할 때였고, 그것도 개나 조금 기를까, 고양이를 집에서 지금과 같은 형태로 기르는 사람은 많지 않았다. 아마도 1990년대 중반을 기점으로 가정집을 자기 영역으로 해서 사는 반려동물로서 고양이를 키우는 문화가 널리 퍼져나갔던 것 같다. 동생이 빌려온 고양이의 이름은 아롱이와 다롱이였다. 고양이다운 우아

한 몸짓을 보여주는 그 아이들은 우리 집에서 밥을 먹고는 처음에 설사를 많이 했다. '먹는 밥이 달라져서 그런가' 하고 동물에 대한 지식이 전무했던 우리 가족들은 대수롭지 않게 생각했다. 똘똘해서 할머니가 빨래 널러 나가시면 따라 나가서 재롱을 떨기도 해서 고양이든 개든 털 달린 네발 동물은 모두 질색했던 할머니에게도 은근히 예쁨을 받았다. 안타깝게도 문제는 나였다. 내가 중학생 때였는데 걔네들이 옆에 오는 것도 무서워서 피해 다녔다. 내가 너무 무서워하기도 하고 남의 집 고양이였기도 해서 우리 집에 있는 동안 쥐 한 마리 잡는 꼴은 못 보고 그냥 도로 돌려보냈다. 아마 우리 집에 있는 동안 설사를 한 게 과식을 해서 그런 거였나 보다. 집으로 돌아간 아롱이, 다롱이는 얼마 못 가 죽었다고 한다. 동생 말로는 굶어 죽었다고 했다. 쥐를 잡으라고 먹이를 제대로 주지 않았던 탓이다. 그래서 그냥 우리가 계속 기를 걸 하고 가족들이 다 안타까워했다. 훗날 조금 제대로 생긴 이층집으로 이사 가서 알록달록한 삼색 고양이 두 마리를 '입양'했는데 우리 집을 다녀갔던 두 고양이의 이름을 따서 아롱이, 다롱이라고 지었다.

잠깐 있던 고양이마저 없어지자 우리 집에 드나드는 쥐가 점점 많아졌고, 마침내 엄마 아빠는 이사하기로 한다. 이사를 결심하게 된 결정적인 원인이 쥐였다는 건 사실 한참 후에 알게 되었다. 이번에도 나는 왜, 어떻게 이사를 가게 되었는지 당시엔 들은 바가 별로 없다. 비평준화 지역인 안양에서 좋은 고등학교를 가기 위해 밤늦게까지 독서실에서 공부하다 집에 오고 아침엔 새벽같이 등교하기를 반복했고, 고등학교를 어쩌다 서울로 진학하고서는 집에 머무르는 시간이 더 없기도 했다. 글 쓰면서 돌이켜 생각하니 진짜 그 기간에는 집에 대한 기억, 특히 할머니와의 기억이 거의 없다. 늘 밤에 할머니 주무실 때 집에 왔으니까.

내가 아침에 일찍 나가기 시작하면서 할머니 일어나시는 시간은 더 빨라졌다. 공부든 일이든 하러 밖에 나가는 사람한테 새로 한 밥과 국을 해 먹여야 한다는 건 할머니의 가장 굳센 신념이자 종교였기 때문이다. 더러는 빵도 사 먹고 그럴 법도 한데 무조건 밥과 국이었다. 난 그게 호강인 줄도 모르고 맨날 늦었다며 툴툴거리면서 먹는 둥 마는 둥 할 때도 있었다. 밥을 안 먹고 나가면 할머니는 종일 "배고파서 어쩌냐, 밥을 안 먹고 가서 어쩌냐" 하시면서 속을 끓였다. 하루에 밥을 아침만 먹는 것도 아닌데, 간식 사 먹을 돈이 없는 것도 아니었는데 그렇게 아침을 안 먹고 가면 슬퍼하셨다. 어쩌다 하루는 할머니가 늦잠을 주무셔서 나도 간신히 세수만 하고 교복을 후딱 갈아입고 나가는데 빈속으로 나가는 나를 보는 할머니 표정이 울상이었다. 할머니께 "할머니, 학교 앞에 학생들 사다 먹으라고 김밥을 아침부터 팔아요. 꼬마 김밥인데 1,000원에 몇 개 하고 맛도 괜찮아요. 그거 사 먹을 테니까 걱정 마세요!" 하고 아주 구체적으로 묘사하며 안심시켜드리고 나왔다.

언젠가는 엄마가 회사에 좀 지각을 할 것처럼 늦은 날이 있었나 보다. 할머니는 으레 7시면 아침 기도를 하셨으니까 엄마가 먹게끔 차려놓고 할머니는 기도를 하러 들어갔다. 그런데 도저히 엄마가 먹을 시간은 안 되고, 안 먹고 가면 할머니가 너무 걱정하시니 꾀를 내어 딱 한 숟가락 먹고 흔적을 남긴 뒤 나머지는 밥통에 도로 부어놓고 출근을 했단다. 가끔은 아침에 목숨을 건 듯한 할머니가 답답할 때도 있었지만 "할머니가 차려준 아침을 못 먹고 나가면 그날은 종일 점심이고 저녁이고 먹는 순간을 놓치더라고. 먹을 복이 없는 날인 거지"라며 우리끼리 얘기했다.

할머니는 별다른 취미랄 것도 없고 술도 안 드시고 같이 놀러 다닐 친구도 없는 분이셨다. 친구가 있었어도 멀쩡하게 살던 아파트를 경매로 내어주고 이사 나올 만큼 집에 빚이 많을 때 어디 놀러 다니실 분도 아니었다. 그런 할머니의 유일한 취미가 화투였다. 화투로 노름했다는 얘기가 아니라 화투장을 갖고 그날의 운수를 점쳐보거나 카드 게임인 프리셀과 비슷한 혼자 하는 게임을 하셨다. 나는 아직도 화투장 그림과 숫자를 연결하지 못하는데 할머니는 머리로 암산을 하면서 뭔가를 막 하셨다. 난 이름도 잘 모르는 화투장 놀이가 치매 예방에 도움이 된다고 누가 또 얘기를 해서 할머니는 틈날 때 마다 텔레비전을 켜놓고 라디오처럼 들으며 눈과 손으로는 화투장을 갖고 뭔가를 했다. 나는 할머니 옆에서 열심히 지켜봤지만, 죽 늘어놓은 화투장 행렬에서 세 장을 양 끝에서 집어내는 규칙을 끝까지 찾아내지 못했다. 내 고등학교 합격 소식이 전해지던 날 할머니는 "아이고, 기쁠 희가 떨어지더니 잘됐구나" 했다. 어떤 게 '기쁠 희'를 뜻하는지 나는 아직도 잘 모르겠지만 합격자 발표가 나는 날 할머니 운수점 치는 화투 패가 그렇게 떨어졌다고 한다.

다 무너져가는 오래된 집에서 한참을 살았지만 우리 집은 부자가 될 수 있었을지도 모른다. 내가 태어나고 얼마 안 돼 돌아가신 아빠의 큰어머니 집이 있었던 것이다. 이 할머니가 전쟁 때 터 잡은 안산에서 홀로 평생 사시다 돌아가시면서 그 집이 아빠에게 상속되었다. 아무도 살지 않는 집을 관리하기도 어렵고 시골 농막 같은 곳을 세 주기도 어려워서 곧 집을 팔아 아빠는 엄마에게 그 돈을 처음에 고스란히 갖다주었다고 한다. 그런데 마침 아빠가 국제상사 다닐 때 회사에서 조합을 만들어 사원 아파트를 무려 '대치동'에 지어 분양한다길래 안산 집 판 돈을 다시 엄마가 아빠에게 분양 대금이라고 준 것이다. 요새처럼 분양 절차를 인터넷으로 쉽게 찾아볼 수 없어서 관심을 갖고 잘 아는 사람들만 이득을 챙기기도 했다. 사람들이 전반적으로 순박하고 치부致富하는 요령이 없기도 했다.

아무리 그래도 그렇지, 엄마는 그렇게 아파트 분양받으라고 아빠한테 돈을 주고는 그냥 '더뎌지나 보다' 하고 마냥 기다렸단다. 광화문 교보빌딩에 국제상사가 있었는데, 엄마가 보험 일 때문에 아빠 직장 동료를 교보빌딩에 가서 만나 이야기를 하다가 문득 "그 아파트는 어떻게 되는 거예요, 뭐가 그렇게 오래 걸린대요?" 하니 당황한 기색이 역력한 이분이 언제 적 이야기를 하는 거냐면서 말을 제대로 못 하더란다. 그제야 뭔가 잘못됐구나 싶어 눈치를 챈 엄마가 알아보니 이미 그 돈은 아빠 주머니에서 흐지부지 다 녹은 지 오래였다는 거다. 엄마는 아빠가 친구들과 술 먹는 큰 사업을 하신 거라며 해탈한 표정을 지으셨다. 재산이 적으나 많으나 부모 죽고 나면 쌈박질이나 일으키는데 내 형제들이 서로 싸울까 봐 아빠가 미리 없앤 거라나 뭐라나. 그 돈을 차라리 나의 친할머니한테 드렸으면 최소한 원금은 지켰을 거라고 이 이야기를 듣는 자리에서 모든 가족들이 성토했다.

그리하여 지금은 번듯하게 재건축까지 된 대치동 아파트를 분양받을 기회가 있었음에도 날렸다는 이야기이다. 그뿐이랴. 훗날 IMF 터지고 다들 힘든 시기에도 경매에 일찍 눈을 떠서 부자가 된 엄마 친구가 있었다. 그 친구는 엄마한테 경매 관련된 책도 사주고 이게 잘 알아보면 할 만하다며 소개해주었다. 그렇지만 이 얘기를 들은 아빠는 우리 집이 경매로 넘어가고 이사 나오면서 얼마나 마음이 아팠는데, 경매로 남의 마음 아프게 하면서 돈을 벌 수 있냐고 탐탁지 않아 했다. 이를 전해 듣는 엄마 친구의 표정이 뭐라 형용할 수 없었다고 한다. 이 집은 하늘에서 튼튼한 동아줄을 내려준대도 호랑이 굶어 죽을까 걱정하는 집이라고 생각했을까.

40년 넘게 관찰한 결론은 나의 부모님은 자본주의에 적응하지 못한 분들이라는 거다. 특히 우리나라에서 종교에 가까운 부동산 만능주의에 편승하지 못한 분들이다. 우리 집은 내가 고등학교 졸업할 때까지 거의 7년을 그 여인숙 안집에서 살다가 안양에서 '구도로'라고 부르는 1호선 철길을 따라 나 있는 길가 양옥으로 이사했다. 1호선 종점이 아직 수원일 때였고 그 집은 안양역과 명학역 중간쯤에 있었다. 제법 크기가 넉넉하고 반듯한 구조의 2층 양옥이었다. 그래봤자 어디 서울 재벌들 산다는 으리으리한 단독주택이나 요새 짓는 깔끔한 전원주택은 아니고, 고길동이 객식구 둘리와 살던 쌍문동 집 같은 그런 양옥이었다. 아, 그때 그 양옥집으로 독채 전세를 내서 이사 가지 말고 어떻게든 아파트를 사서 들어갔어야 했는데…….

우리가 그 구도로 옆 2층 양옥집으로 이사 간 건 1998년, IMF 직후였다. 어디든 곡소리가 이어졌다. 엄마도 보험 설계사로 시작했다가 다시 시험을 봐서 관리직으로 입사해 영업소장을 거쳐 과장까지 승진했을 때였다. IMF에다가 그 보험사가 속한 그룹 자체가 어려워지며 제일 먼저 여성들을 해고했다. 부부 직원이 있으면 아내 쪽이 해고 1순위였고 부부 직원이 아니더라도 그동안 회사를 먹여 살려온 아줌마 직원들로부터 사표를 받았다. 계속 다니고 싶은 여성 직원은 본인이 가장이라든가 하는 소명을 따로 해야 했다. 왜 부부 직원이 정리 1순위인지 나는 지금도 이해할 수가 없다. 각각 따로 자기 몫만큼 일을 하는데 한집에 두 사람 몫의 회삿돈이 들어가니 하나는 나가라는 논리를 아직도 이해할 수가 없다. 신기하게도 사람들은 대부분 그 논리를 받아들여 순순히 사표를 쓰고 얼마간의 퇴직금을 받고 나왔다. 한 가족임을 유난히 강조했던 그 회사에서, 내 동생 같은 또는 내 조카 같은 젊은 남자 후배 직원들의 가장 직위를 유지해주기 위해서 엄마나 엄마 동료들은 기꺼이 직장을 양보했다. 정말로 가족 같고 친척 같아서 그들을 위하는 마음에 그랬다고 한다.

그렇게 함께 일하던 동료들이 줄줄이 실업자가 되었지만 엄마는 몇 달간 탈 수 있는 실업 급여와 재고용을 위한 교육 정도에 만족해했다. 엄마는 고용노동부에서 지원하는 중식 조리 수업도 듣고 제빵 수업도 들었다. 아빠가 직장이 있다는 사실에 그저 만족할 만큼 나라 전체가 경황이 없을 때이기도 했다.

2023년 기준으로만 생각하면 바보같이 당하기만 한 스토리일지도 모르겠다. 회사에서 나가라고 한다고 곱게 나가고, 나갈 사람과 남을 사람을 가르는 기준이 뭔가 명확하지 않고 부당하게 느껴져도 그냥 순응했다. 그러면서도 길거리에 나앉지 않은 걸 감사해하고, 심지어 금 모으기 운동하는데 우리 집은 일찌감치 다 팔아버려서 그 와중에 보탤 게 없어서 아쉬워하고 그랬다. 이제 와서 뭘 어떻게 보상해달라는 것도 아니고 칭찬해달라는 건 더더욱 아니다. 그런 희생과 양보와 손해를 감수한 그 시절 경제 인구의 노력이 있기에 지금이 있다는 걸 한 번쯤은 알아줬으면 좋겠다는 거다. 그리고 한 번이면 충분하지 두 번 세 번 사람들에게 이런 걸 요구한다면 사회적 계약의 한쪽 당사자인 나라 입장에선 참 체면이 안 서는 일이다.

사람들도 한 번이니까 그렇게 했지, 게다가 눈곱만큼의 손해도 하늘이 무너지는 것처럼 여기는 요새 같으면 그러기 쉽지 않다. 나라 망하지 않게 앞으로 관리 잘해야 한다는 말이다.

미국 식구들의
한국 아지트

우리 집은 미국에 사는 외가 식구들의 한국 아지트였다. 외갓집 식구들이 하나둘씩 출국하며 미국행 이민을 끝마치는 동안 할머니와 아빠, 외가 식구들이 한집에서 잠시 같이 살기도 했었고, 먼 데서 친척이 오면 따로 숙소를 예약한다는 개념조차 없어서 당연히 집에 모시는 거였다. 아파트 살 때도 그랬고 우리 집이 망해서 여인숙 안집에 살 때도, 그러다 2층 양옥집을 독채로 얻어 살 때도 일단 외가 식구들은 우리 집을 베이스캠프 삼아 짐을 풀고 볼일을 보러 다녔다.

그래 봤자 몇 년에 한 번이었지만 나는 외가 식구들이 온다고 하면 며칠 전부터 마음이 들떴다. 어려서는 늘 무서웠던 친할머니보다 둥글둥글하고 너그러운 외할머니가 더 좋았고 외할머니가 오시면 뭔가 화기애애하게 집안 분위기도 더 좋았다. 무엇보다도 커다란 이민 가방에 갖고 오신 선물을 기다렸던 것도 사실이다.

나의 막내 이모는 예쁜 카드라든가 미니어처 찻잔 세트같이 자잘하고 앙증맞은 걸 좋아해서 내 돌 때 입었던 공주님 드레스라든가, 그때 국내에선 찾아볼 수 없었던 희한한 디자인의 홀마크 크리스마스카드라든가 그런 걸 바다를 건너 소포와 우편으로 보내왔다. 막내 이모가 보내는 편지와 카드에는 가끔 외가 식구들 사진이 몇 장씩 들어 있기도 했고, 우리 몫으로는 카드지만 한국에 있는 언니인 나의 엄마한테는 긴 편지를 단정한 글씨로 몇 장씩 써서 보내기도 했다. 엄마는 나와 동생한테 답장도 좀 쓰고 크리스마스카드도 좀 쓰라고 종용했지만, 막상 우리가 열심히 편지를 쓰면 결국 엄마 핸드백 안에서 굴러다니다 우체국도 못 가보기 일쑤였기에 보통은 받기만 했다.

미국 이민을 개척한 집답게 최신 문물에도 밝아서 우리 집에는 내가 아주 어릴 때 최소한의 기능을 가진 카세트테이프 녹음 재생기가 있었다. 라디오 기능도 없이 딱 카세트테이프를 재생하고 녹음하는 기능만 있었다. 외할머니는 편지 대신에 테이프에 하실 말씀을 녹음해서 보내시기도 했다. 엄마는 공테이프에 나랑 동생이 인사도 하고 노래도 부르고 재롱을 좀 떠는 걸 녹음해서 보내고 싶어 했는데, 내가 다 크도록 그 테이프를 돌려 들으며 우리 어릴 때 목소리를 감상했으니 결국 그 테이프는 미국에 가지 못했던 거다. 테이프에 녹음을 시작하고 내가 녹음 재생기를 향해 "할머니!" 하고 크게 부르자 엄마가 "할머니라고 부르면 할머니가 거기서 대답을 하니?"라며 핀잔주는 말도 다 녹음되었던 게 기억난다.

내 큰애가 일곱 살 때인가 여덟 살 때인가 치과 치료 예약을 해놨는데 가기 며칠 전부터 마취 주사가 아플 거라며 징징거리고 엄살을 떨었다. 듣다못해 "그럼 바늘이 살을 뚫고 들어가는데 아프지, 안 아프겠니?" 하고 쏘아붙이자 "엄마, 나는 지금 위로가 필요한 거라고!" 해서 급히 반성을 한 일이 있었는데, 아이에게 쏘아붙일 때 나는 테이프에 녹음하는데 나한테 핀잔주던 엄마의 목소리가 떠올랐다. 엄마는 인정하기 싫겠지만 참 배운 대로, 키워진 대로 사는 거다.

아무튼 그래서 외할머니가 한국에 오실 때는 막내 이모가 선택한 아기자기한 옷가지와 장난감이 가득했다. 미국에서 들어오는 사람이 으레 갖고 오던 가루 커피나 초콜릿이나 화장품 종류도 기본으로 들어 있었다. 큰이모나 둘째 이모는 고급스러운 상표의 옷을 보내기도 했고 외삼촌은 〈인어공주〉나

〈라이온 킹〉 같은 디즈니 비디오테이프를 많이 보내주셨다. 분명히 큰이모는 내 몫으로 보냈는데 가격이 있는 예쁜 시계 같은 건 엄마가 쓰기도 했다. 내가 처음이자 마지막으로 가져 본 큰 레고 세트도 외삼촌이 외할머니 짐 가방 편에 싸서 보낸 거였다.

한번은 영어를 공부하는 학습용 놀잇감이 온 적이 있었다. 내가 아주 어릴 때이니 외할머니 짐 가방에 실려 온 게 아니라 소포로 왔나 보다. 지금 생각하니 미국 애들이 파닉스 뗄 때 쓰던 교구인 듯했다. 둥글고 두툼한 쟁반 모양의 교구 테두리를 둘러 영어 A부터 Z까지 알파벳이 각자의 음가가 들어간 대표 단어와 그림과 연결되어 있었다. 교구 중간에 붙어 있는 돌아가는 화살표로 알파벳 하나를 선택하고 역시 부착된 실을 죽 잡아당기면 녹음된 목소리가 단어를 읽어주었다. 이를테면 화살표로 A를 선택하고 실을 잡아당기면 "애-뽀울(apple)" 하는 식이었다. 내가 정말 천재적인 언어 재능을 타고나서 이 교구를 통해 알파벳이 영어 음을 나타내는 문자인 줄 일찍이 깨닫고, 또 각각의 알파벳이 연결된 음가도 같이 깨달았으면 좋았겠지만 이를 깨치게 된 건 한참이 지난 무려 중학교 입학을 앞둔 겨울 방학이었다.

엄마는 나름 큰돈 주고 나중에 사주었던 '정철 어린이 영어

카세트테이프'와 함께 이 정도만 해주면 알아서 영어의 문리를 깨치지 않을까 기대했을지도 모르겠지만 나한테 알파벳은 그냥 그림이었다. 낫 놓고 기역 자를 알아도 그 기역 자의 음가를 모른 거다. 그 장난감 갖고 논 게 학교 입학도 하기 전인데, 소리가 나오는 장난감이 무척 신기해서 마흔이 훌쩍 넘은 지금도 그 실을 잡아당기면서 열심히 놀았던 기억이 생생하다. 그러다가 할머니 등에 업혀 동네 마실을 다니면서 ―그렇다. 난 할머니 등에 매일 업혀 다녔다― 길거리에 어느 간판엔가 'A'라는 알파벳을 발견하고 "할머니, 저거 에이야 에이"라고 하는 바람에 주변에 있던 동네 사람들을 놀라게 했으며 다 내가 천재인 줄 알았다는 이야기이다.

나와 내 동생이 부른 노래를 녹음한 테이프는 미국에 못 갔지만 내가 유치원에서 샀던 등긁이는 어떻게 잘 도착했나 보다. 내가 다녔던 유치원에서는 여름이면 여름 캠프를 열었다. 캠프에 가기 전에는 종이로 돈과 지갑을 미리 만들어놓고 가서는 자잘한 물건들을 사는 시장 놀이를 했다. 시장 놀이라고 해봤자 관광지 기념품 품질 정도의 물건을 사는 정도였을 텐데, 거기에서 난 기특하게도 할머니들께 드릴 효자손을 하나인지 두 개인지 샀다. 꼭 외할머니께 드리려고 산 건 아니었어도 미국에까지 전달이 되었나 보다. 외할머니는 그 효자손이 그렇게 가려운 데가 적당히 잘 긁힌다며 내 이름까지 붙여서 부르면서 좋아하셨다. 매일 쓰는 건데 맨날 어디로 사라지는 물건 1위는 텔레비전 리모컨인가 싶지만 외할머니한테는 그 효자손이 1위였던가 보다. 무슨 문장이든 노랫가락으로 만들기 좋아하는 외할머니는 효자손을 찾으면서 내 이름을 불렀다. "시문아, 시문아, 네가 입이 없어 불러도 답을 못 하는구나"라는 식이었다.

여름 캠프를 열었던 유치원은 6·25 전쟁을 혹독하게 겪으며 가족을 잠시 잃고 고아원 생활까지 했던 원장님이 세운 곳이었다. 베이비 붐 세대는 많이 태어났지만 많이 죽기도 했고 내가 어릴 때는 위탁 가정 같은 건 존재하지도 않아서 부모 잃고 오갈 데 없는 아이들은 고아원으로 갔다. 지금은 보육원이라든가 '사랑의 집' 같은 이름이 붙지만 그때는 다 고아원이라고 불렀다. 내가 다녔던 이 유치원 원장님은 같은 동네에 있는 고아원 아이들이 정서적인 불안을 겪는 걸 보고 이대로는 안 되겠다 싶어서 본인이 경영하는 유치원에 프로그램을 만들어 그 고아원 아이들이 정기적으로 오도록 했다. 이건 내가 훗날에 유치원 원장님 이름을 검색해서 알아낸 정보이고 내가 유치원 다닐 때도 평소에 보지 못한 아이들이 간혹 와서 다른 교실에 있다가 가곤 했던 기억이 있다.

나와 불과 세 살 차이밖에 안 나는 나의 남편은 지방이지만 그래도 나름 잘산다는 소도시에서 살았는데도 유치원에 안 다니고 대신 학교를 1년 일찍 들어갔다. 유치원이 학교 입학 전 필수 코스가 되는 건 조금 더 시간이 흐른 뒤다. 그런 시절이었으니 부모들은 자기 아이가 다니는 유치원에 고아원 아이들이 드나드는 게 마땅치 않았을 거다. 그런 부모들에게 저 아이들을 제대로 양육하고 가르치지 않으면 이 사회가 엉망이 된다면서 설득하셨다고 한다. 학부모들에게는 그런 실용적인 사유를 들어서 설득해야 한다고 생각하셨겠지만 아마도 그 아이들에게 조금 더 나은 교육을 제공해주고 싶은 순수한 마음이 더 컸을 것 같다. 그런 원장 선생님의 교육 방침이 마음에 들어서 그 유치원에 보내는 부모들도 있었다. 요새는 부디 사람들이 착한 척이라도 좀 해줬으면 할 때가 많다. 그때는 최소한 겉으로 보이는 것만이라도 배척과 혐오가 자랑은 아닌 시절이었다. 원장 선생님도 살아 계신다면 여든이 훌쩍 넘은 연세일 텐데 오래도록 건강하셨으면 좋겠다.

다시 우리 집 얘기로 돌아오자. 길가 이층집에 살던 때였나 보다. 1층 제일 큰 방이 우리 3남매와 친할머니가 자는 방이었는데 외할머니가 한국에 오셔서 그 방에 같이 지내셨다. 그날은 외할머니의 외사촌 할머니까지 시골에서 올라오셔서 방이 사람과 짐으로 복작복작했다. 난 그때 대학에 다니고 있었지만, 아직 수험생인 동생과 더 어린 막내까지 학교 가는 시간이 다 달랐고, 거기에 엄마 아빠 몫까지 아침마다 할머니는 아침 식사를 다섯 번씩 차려내셨다. 늘 새벽 4시 반이면 일어나 새 밥을 지어 새 반찬과 새 국으로 상을 차리던 터라 일찍 잠드셨는데 그날은 시차 적응을 다 못한 외할머니와 외사촌 할머니가 친할머니 주무시는 옆에서 떡을 드시며 두런두런 밀린 이야기를 계속하셨다. 밤이 늦어서 할머니 주무시는 것만 생각한 나는 "할머니 주무셔야 해서 불 끌게요" 하고 정말 꺼버렸다. 변명하자면 떡을 거의 다 드신 줄 알았다. 내가 뭘 잘못한 줄도 모르고 다음 날이 되었는데 엄마한테 외할머니께서 "하이고, 손이랑 입이랑 가까워서 다행이다"라고 말씀하시는 걸 듣고서야 아차 싶었다. 그거 드시는 거 얼마나 걸린다고 조금만 더 기다릴걸. 외할머니 돌아가신 지가 벌써 몇 년이 다 되어가는데 아직도 그날이 생각난다. 그래도 외할머니는 3남매 손주들이 친할머니를 잘 챙기고 위한다며 우리를 예뻐하셨는데, 다시 그날로 돌아간다면 불 끄는 대신 "물 한 잔 갖다 드릴까요?" 말하고 싶다.

2장

짝을 찾아 혼인을 하고
이어지는 자손들 이야기

삭령 최씨 집안과
전주 이씨 집안의 만남

요새야 만혼을 넘어 비혼이 기본값이 되었지만 100년 전만 해도 조혼이 성행했다. 당시를 배경으로 한 현진건의 소설「불」은 호모 사피엔스의 번식 행동에 대한 기본적인 이해도 없이 혼인해 고통스러워하는 청소년이 주인공이다. 여성과 어린이의 인권을 위해 일하는 국제구호기구의 홍보물에서 곧잘 보게 되는 '조혼을 멈출 수 있게 도와주세요'라는 구호와 배경 사진은 1900년대 초중반 우리나라의 모습이었다. 아들 가진 집과 딸 가진 집의 이해관계가 맞아떨어져서이기도 하지만 근로정신대 징집을 피하기 위해서이기도 했다. 징집당하는 처지에서 일본군 위안부와 근로정신대의 차이를 알 수는 없었다. 일단 결혼해 유부녀가 되면 징집 대상에서 제외되니 누구한테라도 시집보내는 게 수였다. 하지만 나의 친할머니의 아버지는 막내딸 혼사를 성사시키려는 기미를 보이기는커녕 주위에서 뭐라고 하면 오히려 역정을 내셨다. "어디 제대로 된 놈이 남아 있냐"며 호통을 치시기도 하고, 어느 친척 집에 다녀오시더니 "밥상 들고 문지방을 넘어 들어오는데 넘어질까 조마조마하더라"라고 말씀하시기도 했다.

여섯 남매 중에 딸은 할머니까지 둘이었고, 삭령 최씨 일가에선 딸이 드물었다. 그런 딸들인데 "최씨 여자들이 박복하고 팔자가 세다"고 할머니는 말씀하시곤 했다. 나중에 나의 외가 친척 한 분이 "연안 이씨 여자들이 팔자가 세다"고 하시는 걸 듣고선 여자들이 박복하지 않고 팔자 안 센 가문은 어디인가 싶었다. 할머니 밑으로 남동생이 있긴 했지만 매사에 늘 엄한 진외증조부한테 나의 할머니는 야단치기도 아까운 사랑스러운 막내딸이었다. 사지 멀쩡한 남자는 전쟁터로 징용터로 마구잡이로 잡혀가던 때라서 이 증조부 눈에 차는 괜찮은 사윗감을 근처에서 찾기가 어려웠던 게 할머니 만혼의 첫 번째 이유였다.

먹을 게 귀해 발육이 더디던 그 옛날 시집간 열댓 살이라고 해봤자 키가 얼마나 되었을까. 직책이 며느리이니 손님이 오면 손님상을 부엌에서 방으로 내어 가야 하는데, 옛날 집 문지방은 또 왜 그렇게 높은지, 그 몸집 작은 며느리가 상을 들고 바들바들 떨면서 문지방을 넘어오는 모습은 보는 사람이 다 아슬아슬했을 터. 할아버지는 으레 세월이 그렇고 풍속이 그러하니 당연하게 생각지 않고 사랑하는 딸이 일찍 시집가서 무거운 상을 들고 다니며 고생하는 것이 싫으셨고, 이것이 두 번째 이유였다.

한편으로는 할머니 위로 세 오라버니가 크게 다치지 않고 무사히 고향으로 돌아온 게 고마울 만큼 고생하며 징용에 응했으니 딸까지 내보내라고 하지는 않겠지 싶은 생각도 있으셨을 것 같다. 그 세 오라버니 중 한 분은 일정 때 한 번, 해방되고 미군정 시기인지 정부 수립하고 나서인지 한 번, 6·25 동란 중에 또 한 번, 무려 도합 세 번을 군대에 다녀와 두고두고 마을에서 회자되곤 했다.

태평양 전쟁이란 할아버지 생각처럼 만만치 않아서 국사 교과서에 '일제의 수탈이 극에 달한 때'라는 표현이 가리키는 상황이 되었다. 놋수저, 놋그릇은 물론 제기까지 몽땅 털어 가는 등 쓸 만한 물자는 다 걷어 가고, 사람에 대한 수탈도 심해져 나의 친할머니에게도 근로정신대 소집 통지서가 들어왔다. 아직까지 남아 있던 동네 처녀들은 징집이 되어 소학교에 모여 각반 차고 제식훈련도 받고, 일본말로 숫자도 배우고, 달음박질 같은 훈련도 하고 나름 교육을 받으며 준비가 진행됐는데 정말 기적처럼 떠날 날짜 일주일 전인가 사흘 전에 해방이 되었다고 한다.

나의 할머니 말씀으로는 유순하고 조용한 분이었다는 진외증조할머니는, 불뚝거리는 성품에 고집은 세어 남의 말 안 듣기로 첫째가는 남편과 살며 그 속이 얼마나 조마조마했을까. 차라리 시집이나 일찍 보냈으면 어디 있는지 알 수나 있지, 근로정신대 나간다며 날짜를 받아놓고 어디로 도망도 못 시키고 무슨 기도를 어떻게 하셨을까 싶다. 곧 해방된다는 귀띔이라도 증조부 혼자 어디서 몰래 듣지 않으셨을까 상상만 해본다.

할머니 고향은 포도가 많이 나고 서해 바닷바람을 맞은 쌀이 맛있으며 가수 조용필의 고향이 지척이라는 송산면 칠곡리이다. 송산이라는 이름은 다 커서 포도를 얻어 오며 알게 되었고 어릴 때는 그냥 '사강'이라고 불렀다. 정확히 할머니가 태어난 동네는 칠곡이고 어른이 된 할머니의 형제들이 다시 자리 잡은 곳이 근처 사강이라고 한다. 동네가 작지는 않지만 일본이 일으킨 전쟁을 같이 치르느라 어지간히 총각이 귀했던 것 같다. 해방이 되고도 5년이나 지났을 때, 스물셋 '노처녀'가 된 할머니는 지금 차로 가려고 해도 40분이 걸리는 산본리 전주 이씨 나의 친할아버지와 비로소 혼사를 치른다.

그 당시 선은 혼인 당사자 간 보는 게 아니라 '혼주'가 보러 다녔기에 증조할아버지가 직접 여기저기 징용과 징병에서 돌아온 총각들이 있는 집을 다니며 선을 보셨다. 한번은 지금 안양 인덕원 근처 박 서방네 선을 보러 갔는데 손님 대접을 한다며 점심에 조밥이 나왔다고 한다. 조 농사를 크게 짓는 집이었다고 한다. 박 서방네에서 차려준 조밥 자시면서도 "우리 딸이 조밥 싫어하는데……" 하시며 뒤도 안 돌아보고 오셔서 고른 다음 집이 나의 친할아버지 이 서방네였다.

조선 시대에 연산군이 생모의 비극적인 죽음을 전해 듣고 미쳐 날뛰었다는 이야기는 유명하다. 그러다 아버지 성종의 후궁 중에서 생모 윤 씨를 모함했다는 두 사람을 데려다 놓고 얼굴이 보이지 않게 덮은 후, 그중 한 명의 아들들을 데려다 매우 치라고 명했더니 한 사람은 어머니인 줄 알고 울며 차마 매질을 하지 못하고, 한 사람은 어두워 알아보지 못해서 혹은 아둔하여 시키는 대로 어머니를 때렸다는 이야기가 전해진다. 나의 조상은 안타깝게도 어머니를 알아보지 못하고 매질을 했던 왕자 쪽이다. 지금 생각해보니 진짜 아둔하여 어머니를 못 알아본 것인가. 아니면 일단 살고 보자는 생각으로 모른 척했는지 의심스럽기도 하다.

알고 했는지 모르고 했는지 여하간 어미에게 태질을 하고
도 그 왕자는 왕이 된 동생의 손에 죽임을 당하는 걸 피하지 못
했지만, 그 자손들은 끈질기게 대를 이어왔다. 나의 아빠로부
터 위로 5대조 정도는 여기저기 양자를 많이 가 족보가 복잡해
서 누가 어디로 양자를 왔다는 건지 들어도 곧 잊곤 한다. 우리
끼리 얘기할 때 분명 윗대에 크게 잘못한 조상이 있을 거라고
했다. 아들을 낳아 대를 이어가며 선영 봉사를 하는 게 인생의
유일하고도 최대의 목표인 시대였고 손이 끊어져 방계에서 큰
집으로 양자를 들여오기를 몇 차례 거듭하는 건 누군가 조상
이 잘못해서 벌을 받아 그런 거라는 논리였다.

손 귀한 집에 시집 보내기가 부담스럽긴 했겠지만, 산본리
에서 남의 땅은 안 밟고도 살 수 있었다는 부잣집이고 겉으로
보기엔 3남 1녀 4남매 중 막내아들이니, 할아버지로서는 막내
딸을 위해 최선을 다해 고르고 고른 혼처였으리라. 그렇게 시
작은 순탄한 듯 보였다.

최 씨 할아버지가
고르고 고른 사위

전주 이씨를 물려준 나의 할아버지 집에서 시대적 고민을 치열하게 한 흔적을 찾아보기는 어렵다. 너른 땅을 소작 주고 거둬들인 쌀로 장리도 놓고 재산을 차곡차곡 불려 자식들 공부시키는 그런 집이었던 것 같다. 그 시절 크게 농사짓는 땅 부잣집이 주위 사람들한테 인정 베풀고 나쁜 짓 안 하며 부를 쌓을 수 있었을까. 무슨 일이 있었는지 어른들로부터 구체적으로 들은 바는 없다. 그렇지만 할아버지 형제 중에 유일하게 우리나라 사람의 기대 수명까지 사신 누나, 즉 고모할머니 성품이 퍽 인색했다는 이야기를 듣기도 했고, 나의 증조부가 할머니에게 "장리쌀 들어오면 네 몫도 주마"라고 하셨다는 이야기를 들으면 동네에서 고리대금업도 하신 것 같다. 조상까지 갈 것도 없이 나의 증조부, 고조부 등 할아버지들이 일제 강점기 동안 얼마나 인정머리 없이 살았을까 짐작이 간다. 그래서 지금부터 우리 집이 그에 대한 인과응보로 어떻게 급격히 망해갔는지 한번 알아보자.

증조할아버지의 맏형님이 되는 할아버지에게는 후사가 없었다고 한다. 그래서 동생인 나의 증조할아버지에게 세 아들 중 하나를 양자로 보내달라고 요청했다. 그때는 문중 안에서 대를 잇기 위해 아들 여럿 있는 형제나 친척 간에 양자를 보내는 일이 종종 있었다. 그렇다고 실제로 부모가 바뀌는 건 아니지만 양부모가 노인이 되면 봉양을 하고, 돌아가신 다음에는 제사를 지내고, 족보에 그 집 양자로 대를 이어갔다고 한다. 지금은 이게 뭐 하는 짓인지 아마 이해하기 어렵겠지만 유교식 종법 질서라는 건 이런 의미가 있었다. 제일 큰집, 즉 가장 '근본이 되는' 집에 같은 성씨를 가진 아들을 보내서 '대를 이어가며 제사를 모시는' 일이 그렇게 중요했다.

대를 잇는 게 중요하긴 해도 본인 의사가 또 중요했는지 의사를 타진해오자 증조할아버지의 아들 셋 중에 위 두 아들은 하고 싶지 않다고 했고, 나의 할아버지만 "그럼 내가 가지 뭐" 하고 흔쾌히 받아들였다고 한다. 이렇게 하여 나의 친할아버

지는 내 고조할아버지 다섯째 아들의 셋째 아들로 태어났음에
도 고조할아버지 첫째 아들의 독자로 입적해 대를 이어가게
된다.

　나의 할아버지가 입양을 가고 할아버지의 두 형들 중 맏형
은 왜정 때 일찍이 일본으로 건너가 자리를 잡았다. 일본에 가
기 전에는 시흥군 내에서 나름 행세한다는 신안 주씨 집 미인
과 혼인하여 한 3년간 금실 좋게 사셨단다. 그런데 병이 들었
는지 후사도 없이 고작 열아홉 고운 나이에 돌아가시고 말았
다. 앞서 이야기한 빨간 댕기를 드리운 채 내 동생의 초파일 연
등에 앉아 있었다는 그분이 맞는다. 이 할머니 돌아가시고 상
심이 컸던 큰할아버지는 고향을 떠나 일본으로 건너가 비단
공장인지 뭔지 사업을 해서 정착했는데, 도쿄도 아니고 오사
카도 아니고 오사카 근처 도쿠시마라는 곳이었다고 한다. 한
번은 나의 증조부가 도쿠시마 큰할아버지 댁에 방문했는데 후
처가 된 일본 여자가 기모노를 곱게 입고 다소곳이 일본식으
로 무릎을 꿇고 절을 해서 퍽 예의가 바르다며 증조부가 나름
마음에 들어 하셨단다. 하지만 서신도 오가기 쉽지 않던 시절,
큰할아버지가 의도했든 의도하지 않았든 산본리 고향과는 점
점 마음의 거리가 멀어지면서 종국에는 연락이 끊어져버렸다.

　내 할아버지의 둘째 형은 연희전문학교에 다니며 신학문

을 한 굉장한 미남이었다고 한다. 신학문에만 눈을 뜬 게 아니라 신여성에도 눈을 떠 서울 여자와 살림을 따로 차렸는데, 양가 부모의 반대가 극심했다. 고향의 부모는 먼저 생긴 서울 며느리는 안중에도 없었고, 산본리 인근 해주 정씨 집안에서 둘째 며느리를 맞이해 와 억지로 초례를 치르게 하는 바람에 애정도 없이 몇 해는 같이 살았단다. 하지만 둘째 큰할아버지는 본인의 선택을 인정하지 않는 완고한 고향 부모와 척을 지고 서울에서 연애하고 선택한 신여성과 함께 그만 스스로 목숨을 끊었다고 한다. 둘째 할아버지가 연애를 넘어 살림을 차렸던 분은 서울의 조 대감집 따님이었고, 둘 사이에 아들도 하나 있는데 일찍 죽었다느니 승려가 되어 절로 들어갔다느니 아무도 정확히 아는 사람이 없다. 자식이 있는데 부모가 한꺼번에 세상을 뜨기는 아무래도 힘들지 않았을까. 영유아 사망률이 높을 때니 일찍 죽었으리라 짐작해본다.

아무리 세태가 남자만 위하던 때라고 해도 특별한 귀책사유도 없이 며느리를 소박데기로 만들기 부담스러웠을 어른들 처지도 이해는 갔다. 사실 둘째 아들이 서울에서 연애해서 만난 처자와 결혼하겠다고 했을 때 바로 받아들였으면 해주 정씨 할머니도 이 집으로 시집오지 않으셨을 것 아닌가. 모두가 혼란스러운 시기였다. 어쨌거나 남겨진 둘째 할아버지의 처,

해주 정씨 큰할머니는 친정으로 돌아가지 않고 산본리 시집에서 시부모와 계속 살며 전쟁을 겪고, 이후로도 혼자 사시다가 내가 태어나던 1979년에 돌아가셨다. 어쨌거나 나의 증조부는 아들을 셋이나 두고 모두 성례를 시켰으나 혼사의 목적이기도 한 당신의 대를 이을 아들을 남기지 못했다.

제일 큰할아버지가 결국 집과의 인연을 완전히 끊게 된 계기도 동생의 죽음이었다. 세상은 변하는데 이를 받아들이지 않는 부모가 결국 동생을 죽음에 이르게 했다고 생각한 것이다. 살았는지 죽었는지 생사조차 모르고 살다가 내가 대학 다닐 무렵에 큰할아버지가 일본에서 돌아가시고 나서 그분의 아들이 유산을 정리하면서 비로소 연락이 닿았다. 큰할아버지는 일본에서 일본 여자를 만나 결혼하고 자녀를 낳아 키웠는데 혼인신고를 하면 자녀가 귀화하지 않은 아버지를 따라 조선 국적을 갖게 되고 일본 땅에서 사는 데 여러 가지 불이익을 받게 되니 사실혼 상태로만 평생을 사신 거라 짐작해본다. 아버지 사촌이 태어난 시기가 일제 강점기임을 감안하면 재일 조선인의 자녀가 되는 것보다 법적으로 미혼모이지만 일본 국적을 가진 일본 여자의 자녀가 되는 편이 살아가기에 더 나았을 것이다.

그렇지만 큰할아버지가 돌아가시고 나서 유산이 사실혼 상태에서 낳은 자녀에게 가지 않고 어이없게도 법적으로 동생의 자식인 나의 아버지에게 왔고, 일본 변호사를 통해 이를 포기해달라는 요청이 와서 비로소 연락이 닿았다. 아마 처음에는 본적지에 가족이 남았는지를 확인하기 위해 연락이 왔고, 그후 이를 포기해달라는 요청이 온 것으로 기억한다. 행정구역도 새로 정비되고 6·25 동란에 집터조차 사라진 지 오래인 본적지 주소로 보내진 편지가 여러 번 이사를 거친 우리 집까지 도착한 게 신기했다. 재일 조선인에 대한 차별이 복합적으로 얽힌 일본 제도도 어지간하고, 척진 부모도 다 돌아가셨을 텐데 무슨 원한이 그렇게 큰지 돌아가실 때까지 한국에는 편지 한 통 안 보낸 큰할아버지도 참 어지간하다.

그래서 아빠는 일본에서 온 유산을 포기하러 가면서 ―순순히 포기하시다니!― 처음이자 마지막으로 이미 노인이 된 사촌을 도쿄에서 만났다. 그때 찍은 사진을 보면 사촌 간에 은근히 닮은 데가 많아 참 유전자가 무섭구나 싶었다. 과학적으로는 영혼이 없다고 하지만, 나는 평생 의지할 피붙이 없는 유복자 외아들로 살면서 외롭게 자란 아빠가 그래도 사촌들을 한번 만나볼 수 있게 된 건 조상들이 편지가 이리저리 잘 전달될 수 있게 도와주신 덕분이라고 생각한다.

남의 정신에
살지 말라는 말씀

전쟁 후에 우리나라가 좋게 말하면 역동적이고, 사실은 얼마나 미래가 불안하고 확신할 수 없는 시대였던가. 그럴수록 점쟁이나 무당을 찾아가서 앞날을 물어보는 일도 많은데, 할머니는 생전 "그것들이 뭘 아냐"면서 뭐 물으러 다니는 것도 마땅찮아 하셨단다. 그래서 제임스 웹 망원경이 큰곰자리 별빛을 포착해 지구로 보내주는 21세기에 사는 할머니 손녀들은 오히려 어디 가서 사주도 풀어보고 관상도 보고 타로점도 보는데, 할머니는 외아들인 아빠를 장가보내면서 그 흔한 궁합 한 번 안 보셨다는 이야기이다.

하다못해 내가 어릴 때 어디 놀러 가더라도 친구 누가 가자고 해서 간다고 하면 할머니는 "남의 정신에 살지 말라"며 호통을 치셨다. 누가 시켜서, 누가 좋대서 줏대 없이 따라가는 건 할머니 사전에 있을 수 없는 일이었다. 할머니 인생에서 크고 작은 결정은 다 남의 정신이 아닌 할머니 정신으로 이뤄졌다. 할머니가 해야 하거나 하고 싶거나 옳다고 생각하는 일을 해오셨고, 점쟁이 말에 흔들릴 분이 아니었다. 엄마가 할머니 맘에 들었으니 어디 물어보지도 않고 흔쾌히 며느리 삼자고 하신 걸지도 모르겠다. 아빠가 좋아서 결혼하는 사람이라면 굳이 마음에 안 들어도 반대하실 분이 아니기도 했다.

국제상사에 막 입사한 아빠의 직장 동료 한 분이 중매를 섰다고 한다. 이른바 '삼한갑족'이라며 조선 시대 홍문관, 대제학 몇 명을 배출했다는 등 자부심이 대단한 연안 이씨 집안과 사돈을 맺은 것이다. 중신을 선 분은 아빠한테는 직장 동료가 되고 엄마한테는 먼 친척이 된다. 도시락을 집에 와서 제때 좀 꺼내놓으라고 했다는 엄마의 작은엄마의 친정 조카뻘이다. 지방에서 공부하겠다고 올라온 집안 내 이 집 저 집 자식들이 모여 살던 홍은동에 그 조카뻘 아저씨도 있었고, 엄마와 함께 얼마간 머물며 알게 된 인연이 엄마 아빠를 이어준 것이다.

가끔 엄마한테 집안을 좀 보고 결혼시키시지 외할아버지 외할머니는 어찌 이렇게 가난한 집에 딸을 시집보냈냐고 농담 섞어서 얘기하기도 했다. 그러면 엄마는 "그러게나 말이다"
하면서도, 개명한 1970년대 말이었음에도 양반 가문에 대해
자부심이 넘쳐흐르던 엄마 집안에서는 신랑감 직장 멀쩡하고
집안도 어디서 사 온 족보가 아닌 양반 내력만 확실하면 가난
한 게 흠이 되지는 않았다고 하셨다. 외할머니는 나중에 "선보
는 자리에 할머니 차림이 수수해서 딸 시집을 보냈지, 화장하
고 사치스럽게 차리고 나왔으면 결혼 안 시켰다"라고 하신 적
도 있다. 시쳇말로 정말 '헐'이다. 집에 제사가 많으면 고된 일
이 많아서이기도 하지만, 제사를 1년에 여러 번 지낼 만큼 가
부장적이고 고루한 사고방식을 고수할 가능성이 매우 커서 딸
을 시집보내기 저어한다. 그러나 외할머니의 걱정은 그저 홀
시어머니에 외아들이라 시집살이가 매섭지 않을까 하는 게 다
였다. 외려 1년에 세 번 있는 우리 집 제사가 다 여름 제사라며
혼수품에 아빠 여름 두루마기까지 챙겨 보냈다니 말 다 했다.
비슷한 연배의 엄마 사촌도 엄마랑 같은 해에 홀시어머니 외
아들에게 시집을 갔는데, 한 해에 집안에서 딸 둘이 홀시어머
니 외아들에게 시집을 가니 윗대에 묫자리를 잘못 쓴 거 아니
냐는 얘기 정도는 나왔다고 한다.

　참, 이 얘기를 빠뜨릴 뻔했다. 아빠가 처음에 엄마를 소개받
고 데이트랄까 몇 번 만나는 동안이었다. 늘 아빠 퇴근하고 만

나니 멀끔한 양복 차림으로만 보다가 주말에 한번 편한 옷차림으로 만날 일이 있었는데, 아빠 입성이 영 궁기에 찌들어 있어 엄마가 결혼을 망설인 적이 있었다고 한다. 엄마가 마음이 몹시 복잡했는데 꿈에 어떤 사람이 나와서 아빠랑 엄마의 손을 꼭 포개서 붙들어주더란다. 그래서 결혼하라는 뜻인가 보다 하고 다시 엄마는 마음을 돌려 결혼을 결심하셨다는데, 나중에 결혼해서 옛날 사진을 정리하다가 일찍 돌아가신 할아버지 사진을 보니 엄마 꿈에 나와서 아빠랑 손을 붙들어 잡아주었던 분이라는 거다. 아빠한테는 엄마가 꼭 필요한 사람이었나 보다.

양반 얘기 나온 김에 옛날 동화책 줄거리를 하나 소개하면서 엄마 흉을 좀 보자. 내가 어릴 때 다녔던 국민학교에는 아동문학가 박명희 선생님이 계셨다. 요새는 그냥 동화작가라고 하지만 그때는 아동문학가라는 말을 더 많이 썼다. 순환 근무로 내가 3학년 때쯤 전근을 가시긴 했지만, 학교에 아동문학가 선생님이 계신다는 건 어린이를 위한 콘텐츠가 빈곤하던 그 시절에 큰 혜택이었다. 그 선생님은 교사이면서 글을 쓰는 다른 분들과 단편집을 함께 내기도 하고 장편 소설을 써서 내기도 하서서 그때마다 학교에서 희망자를 모집해 책을 구입할 수 있었다. 지금 같으면 아무리 좋은 의도라고 해도 여러 규제에 걸릴 것 같은 문화였으나 그때는 그래도 양질의 책을 구할 수 있는 괜찮은 통로였다. 글 쓰는 선생님이 계신 덕분에 학교 문예반도 제법 활성화되어 요새 방과 후 특별활동처럼 학생들이 학교 끝나고 남아서 백일장 준비를 하곤 했다. 나도 그중 한 명이었으나 딱히 어디 가서 상을 받아본 기억은 없다.

그 선생님 작품 중에 나중에는 교과서에도 실렸다는 「마음을 재는 자」라는 단편이 있다. 내용을 요약하자면, 어떤 마을에 본인 마음의 크기를 잴 수 있는 공간이 있어서 마을 사람들은 혼자 조용히 정기적으로 가서 마음을 재곤 했다. 0센티미터에서 시작해 10센티미터가 최고인데 사람들은 남의 마음의 크기에는 관심이 없고 자기 마음이 줄어들면 반성하고 커지면 기뻐할 뿐이었다. 그러다가 외부에서 이사 온 사람이 분란의 씨앗이 된다. 이사 와서 처음 마음의 크기를 재러 가보니 0에서 바늘이 흔들림조차 없었다. 평소 자신을 과대평가하던 그 사람은 도저히 그 결과를 믿을 수가 없었는데, 잠시 후에 이웃 할아버지가 마음을 재러 온 걸 몰래 숨어서 본다. 그 사람은 할아버지가 그다지 대단한 사람이라고 생각을 안 했는데, 마음 크기가 10센티라는 걸 보고 매우 놀라면서 질투에 사로잡혀 동네에 "그 할아버지 마음이 0센티래요" 하고 거짓된 소문을 내고 다닌다. 아, 인간이란 이렇게 나약하고 사악해서 평화가 깨지기란 얼마나 쉬운지 그 외부인 탓에 사람들은 이제 자기 마음의 크기에는 관심이 없고 남의 마음 크기에 더 관심을 갖게 된다. 더 나아가 본인 마음을 재는 일을 더 이상 하지 않고 다른 자를 만들어 재고 비교하기 시작했다. 돈이 많은 사람은 돈으로 자를 만들고 학식이 높은 사람은 그걸로 자를 제각기 다 만들어서 어느샌가 마음을 재는 사람은 아예 없어지고 결국 마음을 재는 자도 고장이 나버렸다는 슬픈 이야기이다.

기왕 자본주의 사회에서 살아가는 거 우리 집에도 남들처럼 돈으로 만든 자가 있으면 좋으련만 우리 집에는 그런 거 말고 어이없게도 양반 족보를 재는 자가 있었다. 박완서의 『그 많던 싱아는 누가 다 먹었을까』에서 양반이 뭐냐고 묻는 어린 박완서의 질문에 그 집 할머니가 "개 팔아 두 냥 반"이라고 대답했다고 하여 무릎을 탁 쳤다. 개 팔아 두 냥 반인 거 말고 양반 족보가 무슨 의미가 있을까마는 그다지 풍족하지 못한 인생에서 돈이 모든 일의 척도가 된 풍속이 엄마는 마땅찮았다. 엄마가 부자로 살았어도 그랬을지는 잘 모르겠다. 엄마도 일하면서 1년에 세 번 기제사에 명절 차례상 차리고 치우고 여간 힘들지 않았을 텐데, 내가 대학 졸업할 때쯤 국사책에도 나오는 아주 유명한 유학자 집안의 종부 자리가 선(?)으로 들어오자 매우 반기는 눈치였다. '선'에 물음표가 붙은 까닭은 내 사주를 먼저 물어보고 궁합을 따져보고 잘 안 맞는다고 해서 아예 만남도 성사되지 않았기 때문이다. 공부가 늦어지는 바람에 혼기를 놓쳐 나보다 예닐곱 살은 더 많다는데 이름도 모르니 나로선 다행이다 싶었지만, 엄마는 번드르르한 이름난 가문의 종갓집 며느리 자리를 놓친 걸 진심으로 아쉬워했다. 그때 내 사주를 그 총각과 맞춰본 술사는 "이 아가씨는 공부를 많이 해야 하겠네요"라고 했다. 발에 채는 석사 학위 정도가 공부를 많이 한 건지 잘 모르겠고, 단지 퇴짜를 놔주셔서 감사하다는 말씀을 드리고 싶다.

1978년 12월 21일이 아빠 엄마의 결혼기념일이다. 지금은 서울 시내 고급 호텔에서 휘황찬란하게 결혼식을 하지만, 1981년부터 꽤 오랫동안 교통 체증을 방지하고 과소비를 막겠다는 이유로 호텔에서는 아예 결혼식 자체가 금지된 적도 있다. 할머니께서 엄마 아빠 결혼하고 나서 바로 호텔 결혼식을 못 하게 됐으니 미리 하길 잘했다고 여러 번 얘기하셨다. 초특급은 아니지만 그래도 번듯한 서울 소재 호텔에서 부모님은 예식을 올리고 제주도로 신혼여행도 갔다. 제주도 신혼여행이 드물지는 않던 때였지만 나름 호화로운 시작이었다.

있는 돈 없는 돈 모아서 엄마 몫으로 비로드(벨벳)며 광목이며 한복감도 꽤 많이 들어왔고, 엄마 혼수로는 발재봉틀이

나 어둠의 경로로 구한 일제 노리다케 그릇 세트도 있었다. 그릇 테두리에 은박이 반짝거리는 예쁜 꽃무늬 그릇 세트는 내가 물려받으려고 눈독을 들이는 중이다. 엄마가 받은 예단 피륙 중에서 밝고 붉은 기가 많은 버건디의 비로드 한복감은 어쩌다 내가 갖고 있다. 저걸 도무지 어떻게 무엇으로 만들어야 할지 모르겠다. 당시 제주도 신혼여행지에서는 택시를 한 대 대절해서 기사가 가이드 겸 사진사로서 따라다니는 게 법칙과 같았다. 앨범에서 본 겨울 제주도의 엄마 아빠는 마냥 행복해 보였다.

설문대 할망 전설이 내려오는 제주의 기운을 받아 태어난 딸들이 무척이나 생활력이 강하다는 이야기가 있다. 물일이며 집안일이며 밭일까지 억척스럽게 해내야 했던 제주도 여자들에 대한 설명이겠지만, 1970년대 말부터 꽤 오랫동안 해외 신혼여행이 보편화되기 전까지 신혼여행을 제주도로 많이들 갔다. 그래서인지 나를 포함해 그때 허니문 베이비로 태어난 우리나라 딸들이 설문대 할망의 축복으로 생활력이 강하다나 어쨌다나.

21세기, 전주 이씨 딸과
남원 양씨 아들의 혼인

회사 입사 동기로 만나지 않았다면 살면서 옷깃이라도 스칠 일이 있을까 싶을 정도로 나와 남편은 살아온 궤적이 전혀 겹치지 않는다. 심지어 남편은 나하고 나이는 세 살 차이가 나지만 유치원을 다니는 대신 국민학교를 1년 일찍 입학해서 학교는 네 해 간격을 두고 다녔고, 내가 일 년 재수한 탓에 학번은 다섯 해가 벌어졌다. 서로 다닌 대학이 서울의 같은 구區에 속해 있긴 했지만, 남편은 학교에서 별난 기독교 동아리 활동을 하는 바람에 휴학 한 번 없이 대학을 다니고는 졸업 후에 학사 장교로 군 복무를 했다. 내가 대학에 입학했을 때 이미 남편은 경기도 양주에서 장갑차를 몰고 다녔다는 거다.

장하준 케임브리지대학교 교수가 그의 책 『그들이 말하지 않는 23가지』에서 "한국의 남서 지역과 남동 지역 사람들은 반목이 너무 심해서 타지역 출신과는 자녀의 결혼도 허락하지 않을 정도이다"라고 쓴 걸 읽었을 때 나는 장하준 교수가 본인의 주장을 뒷받침하기 위해 고국의 상황을 약간 과장한 게 아닐까 싶었다. 그러다 되짚어 생각해보니 우리 부부가 결혼할 때도 뭔가 감정적인 상황이 원만하지만은 않았던 기억이 났다.

"1월 23일, 시간은 좋을 대로 해라."
"네?"
"동생은 한 달 후에, 시간은 12시로 해라."
"네????"

엄마 기준으로 결혼 적령기가 살짝 지났을 때 딸들이 각자 사귀는 남자가 있다고 하니 큰스님께 인륜지대사를 놓고 상의하러 간 것뿐이었다. 내심 큰스님께서 딸들의 짝으로 마땅치 않다고 말씀해주시기를 어느 정도 기대한 것도 같다. 자본주의 부적응자 부모님을 둔 덕분에 결혼 정보 업체에서 자가 테스트를 해보면 거의 밑바닥 등급이 나오는 딸들이 뭐 대단하다고 결혼 정보 업체 기준으로 상위 등급에 속하는 사윗감을 엄마는 기대했던 것 같다. 나의 엄마가 '양반을 재는 자'를 갖고 있었다는 사실을 잊지 말자. 남편 주장으로는 자기네 남원 양씨 집안이 세종 때 대제학을 지낸 양성지 대감의 후손이라고는 하지만, 엄마는 광산 김씨나 남양 홍씨, 못해도 파평 윤씨 정도는 되어야 걸맞다고 생각했나 보다.

게다가 고향도 한반도 남동쪽 엄마 고향과는 대척점에 있는 남서쪽에서도 저 아래 바닷가 마을이라니, 남편의 원적지 광양은 하동이랑 거의 한동네라고 내가 얘기해도 안 먹히는 눈치였다. 거기에 딸은 엄마 마음은 안중에도 없이 아주 당연히 그 총각하고 결혼하는 것처럼 생각하고 있으니 '이런 고얀 것들'이라는 생각도 했을 것이다. 그런데 엄마가 큰스님께 딸이 사귀는 사람이 있다고 얘기를 꺼내자마자 신랑감이 어떻다 저떻다 말씀해주신 게 아니라 대뜸 결혼식 날짜를 말씀하셔서 엄마는 울지도 못하고 웃지도 못하고 이 복잡한 마음을 어찌해야 하나 싶었던 거다.

문제는 큰스님께서 내 결혼식 날짜로 점지해주신 날이 딱 설 연휴 직전의 금요일이었다는 거다. 엄마는 내심 이 여러 사람 마음 복잡하게 만드는 날짜가 안 된다고 하면 그냥 인연이 아닌가 보다 하면서 집어치우라고 할 생각도 없지는 않았던 것 같다. 그날은 살아 계셨으면 시아버지가 되셨을 남편 아버지의 소상小喪이 막 지난 때이기도 했다. 그러니 딱 초상 치르고 만으로 1년 넘기고 음력으로 그해를 넘기지 않은 때였다. 그 이상의 무슨 의미가 있었는지 범인凡人으로서는 잘 모르겠다.

외가 친척 할머니 한 분이 남편이 군인인 탓에 여기저기 지역을 옮겨 다니며 사셨는데 광주광역시에 살 때가 사람들 인심도 제일 좋고 친절하더라며 전라도 사람과 사돈 맺는 경상도 출신 엄마를 격려하고 안심시켰다는 얘기를 나중에 들으면서는 내가 무슨 지역감정 해소의 최전선에 선 전사가 된 기분까지 들었다. 남편은 집에다 나의 고향이 경기도 안양인 것까지만 얘기하고 처외가가 경북 군위가 될 거라는 건 얘기하지 않았단다. 그것뿐인가. 한참 뒤에 결혼식 끝나고 신혼여행 다녀와서 광양 큰댁에 인사를 갔을 때 큰어머니께서 조심스러운 표정으로 본관이 어디냐고 물으셨다. 전주라고 하니 뭔가 안도하신 표정이었다. 그러면서 당신도 전주 이가라고 하셨다. 옆에 있던 큰아버지께서 연안 이씨 아니길 다행이라고 하셨다. 연안 이씨한테 돈을 떼어먹힌 일이 있었던 건지 뭔가 가문의 원수 같은 느낌이라 연안 이씨하고는 사돈을 안 맺는다고 하셨다. 새 조카며느리가 전주 이가라 다행이라고 하셨지만 그 조카며느리 외가가 연안 이씨인 건 아직도 모르신다. 개명한 21세기에 이 무슨 난리인가!

내 남편은 키도 크고 머리도 크고 얼굴도 커서 제법 놀림을 받으면서 자란 것 같은데 난 전혀 그 얼굴이 커 보이지 않았다. 나중에 내가 근시가 심해 안경을 쓰고 있어서 모든 게 다 조금씩 작아 보여 그렇다는 걸 알았다. 공부를 안 했으면 씨름 선수를 해도 백두 장사를 했을 만한 내 덩치 역시 근시가 심해 안경을 쓴 남편에게는 그다지 커 보이지 않는다니 무슨 인연인지 서로의 눈에 뭔가 쒼 건 맞는 것 같다.

기생 한복이며 춤바람 난 아주머니들 댄스용 한복을 솜씨 좋게 짓던 할머니의 손녀답게 내가 한복을 무척 좋아했다는 건 앞에서 한 번 이야기했다. 그러니 녹의홍상 새색시 한복을 지어 입는 게 남들이 보통 힘을 준다는 예물이나 신혼여행보다도 은근히 설레는 일이었다. 녹의홍상이라고 새색시 한복을 통칭하지만 명도와 채도와 질감까지 고려하면 얼마나 다양하고 아름다운 조합이 나올 수 있는지 모른다. 그러니 엄마가 나더러 "넌 한복 입으려고 결혼하냐?"며 핀잔을 줄 만큼 마음에 드는 한복집을 찾아 몇 군데나 돌아다녔는지 모른다. 이른바 예식장과 '스드메(스튜디오 촬영, 드레스, 메이크업)'라고 불리는 3종 세트의 업체를 예비부부에게 연결해주고 구전을 받

는 웨딩 업체에서 기본으로 소개해주는 한복집 몇 군데 말고
도 한참을 더 돌아다녔다. 그러다가 나를 담당한 플래너가 자
기네 통해서 할인해주는 곳은 아닌데 좋은 한복을 만드는 데
가 있다며 연락처를 알려주어 찾아가보았다. 그 웨딩 플래너
는 무척 친절했지만 뭔 한복에 이렇게 까다롭게 구냐며 한숨
을 쉬셨을지도 모르겠다.

처음엔 가격이 부담될 것 같아 그냥 구경이나 하자며 간 거
였다. 세상에, 거기가 바로 영화 〈스캔들〉에서 의상을 담당했
던 '담연'이었던 것이다. 특히 영화 거의 마지막 장면에서 배우
전도연이 강물에 빠질 때 입은 말린 대추색 치마는 색이 얼마
나 곱고 부드럽고 우아한지 보면서 감탄했는데, 그 한복을 만
든 곳에 가다니. 아마 결혼 준비하면서 제일 설렜던 것 같다.
저녁 무렵에 약속을 잡고 들른 담연에서 나는 이혜순 선생님
과 오랜 한복 '오타쿠'로서 한참 수다를 떨었다. 나에게 소색과
흰색의 차이에 대해 알려주신 분도 이혜순 선생님이다. 원래
결혼식을 준비하다 보면 큰돈이 오가는 데 무감각해지는 법이
다. 자동차로 치면 수동 변속 모닝을 보러 갔다가 제네시스 풀
옵션 계약을 하고 나오는 격이랄까. 한참을 한복에 대해 얘기
하다가 나는 여기서 한복을 안 지으면 평생을 후회할 것 같아
우리 부부의 한복을 맞췄다. 양가 어머니들 한복만 가격대가

조금 낮은 다른 곳에서 맞췄다.

여기에서 멈춘 게 아니라 본식에 입을 한복 드레스까지 맞췄다. 어차피 할 드레스이고 평생 소장할 수 있다는 점이 나의 '오타쿠' 기질을 충분히 자극했다. 드레스라고 해서 한복 격식에서 크게 벗어나지 않았으면 한다는 이혜순 선생님과 나의 뜻이 맞아 흰 운문사를 한 겹만 써서 살그머니 비치는 맞깃 저고리와 연한 살구색 운문사를 겉감으로 한 풍성한 거들치마를 웨딩드레스로 만들어 입었다. 사실은 남편에게도 한복을 입혀서 본식을 진행하고 싶었는데 턱시도를 포기하지 못해 웨딩 촬영 때만 멋진 철릭을 입혔다.

아름다운 한복이 현대에 와서 정치적인 주장이 강한 어떤 집단의 상징적인 복식인 것처럼 여겨지는 게 참으로 안타깝다. 요새 젊은 친구들이 그런 것과 상관없이 발랄한 색감의 허리 치마와 철릭 원피스와 반소매 저고리로, 또는 누빔 배자나 곤룡포 티셔츠로 멋을 내며 유쾌하게 입고 다니는 모습을 보며 생활한복이 사상의 프레임에서 벗어난 것 같아 나 혼자 즐거워하곤 한다.

누군가 결혼하고 나면 신부 드레스가 어땠는지 아무도 기억하지 못한다. 기억에 남는다고 하면 음식이 어땠고 주차가 어땠는지 정도이다. 그렇지만 나는 결혼하고 10년이 지나고 나서도 뜬금없이 "근데 왜 드레스를 한복으로 했어요?"라는 질문을 받는다. 튜브톱 드레스가 유행할 때였는데 친할머니도 '깨벗은 드레스'가 아니라서 마음에 들어 하셨다. 영유아기 이후로 한 번도 날씬해본 적이 없는 백두 장사급 체형의 나로서는 살을 덜 빼도 되어 다행이기도 했다.

제사보다는
제삿밥

집에 제사가 1년에 세 번이었다. 이때 쓸 제주祭酒를 할머니는 직접 담갔다. 만들어서 거르기까지 100일이 걸린다고 백일주라고 불렀는데 굳이 종류를 따지자면 막걸리 종류인 듯하다. 아빠 어릴 적 제사가 있어 할머니가 동네 술도가에 술을 받으러 갔더니 주인이 술을 내어주면서 손가락으로 찍어 맛을 보더란다. 별말 없이 그 술을 받아 온 할머니는 그대로 쏟아 버리고 제사에는 그냥 깨끗한 물로 술을 대신했고 그다음부터 제사에 올리는 술은 직접 담그셨다. 먹을 쌀도 드물던 시절에 쌀로 술을 담그는 건 엄격하게 법으로 금지되었다. 1934년 시작된 술의 자가 제조 금지가 풀린 게 1995년인데, 그 전에도 할머니는 몰래 딱 제주로 쓸 만큼만 술을 담그셨다.

조선 시대 영조 대에도 술을 사사로이 만드는 일을 금했다고 한다. 흉년이 들어 그냥 밥해 먹을 쌀도 없는데 술을 빚을 수는 없다는 명분이었다. 기록에 따르면 그러다 영조 33년에 유세교라는 사람이 술을 빚다가 걸렸다. 유세교는 자기가 술이 아니라 식초를 만들었다고 주장했고, 영조 임금은 양반이 아닌 평민에게 가혹하게 법을 적용할 생각이 없어서 맛을 보고는 '이건 식초가 맞는다'며 훈방 조치를 했다고 한다. 학교에서 영조의 이 일화가 국사 시간인지 국어 시간인지에 참고 자료로 나왔는데 선생님도 반 친구들도 어떻게 유세교가 술을 식초라고 주장할 수 있었는지 아무도 이해를 못 했다.

할머니가 술을 빚는 과정을 어깨너머로 지켜본 내가 부연하자면 잘 씹히지도 않는 찹쌀 고두밥을 지어 누룩과 섞어서 발효시키고 100일이 지나서 걸러내면 밑으로 술이 내려오고 위에는 지게미가 남는다. 이 과정에서 발효를 잘못하면 술이 아니라 식초가 된다. 알코올이 본디 산소 없이 발효하여 만든 부산물인데 뚜껑을 잘 안 닫거나 해서 산소가 공급되면 효모가 알코올을 다시 아세트산으로 만들어 식초가 되는 것이다. 가끔 술이 잘 안 되거나 하면 할머니가 "아이고 시큼하니 초 할애비가 됐다"고 하시기도 했다. 술이 잘못되어서가 아니라 처음부터 식초를 만들려고 했어도 같은 과정을 거쳐야 했고 식초는 술과 달리 양념으로 쓰이니 유세교가 식초라고 주장할 법도 했다. 식초 만들다 잘못돼 술이 될 수도 있었겠다.

술을 거른 다음에도 한참을 가라앉혀 위에 맑은 술만 제사에 쓰곤 했는데 아빠는 엄마한테 할머니 백일주 좀 배워놓으라고 마실 때마다 얘기했다. 아스파탐같이 단맛을 내는 감미료가 전혀 들어가지 않아서 냄새나 맛이 구수했다. 굳이 비슷한 걸 찾자면 효모를 갈아서 만들었다는 내 어린 시절의 영양제 '원기소'와 맛이 비슷하다. 어쨌든 아빠가 있는 술 드시는 것도 못마땅했던 엄마가 직접 배워서까지 술을 빚어 대령할 리가 없다. 지나고 보니 나라도 배워둘 걸 하는 후회가 든다. 인터넷에 검색해보면 막걸리 정도는 담그는 방법이 여럿 소개되어 있지만 뭔가 할머니만의 노하우가 사장된 게 아쉽다.

나의 친할머니가 아직 근력이 좋았을 때는 인절미도 집에서 만들어 제사상에 올렸다. 찹쌀을 쪄서 절구로 오래 치고 판판한 쟁반에 반죽을 쏟아 볶은 콩가루를 펼쳐놓고 꾹꾹 눌러 접시로 잘라서 만든 인절미였다. 떡집에서 맞춘 것처럼 매끈하지는 않아서 찹쌀 알갱이가 그대로 보이기도 했지만 마늘을 찧던 절구에서 찧은 거라 약간 마늘 향도 나면서 고소하고 맛이 괜찮았다. 이렇게 떡에 대해 맛있고 아름다운 기억만 남아 있으면 참 좋으련만.

이쯤에서 전주 이가네 차례 지내는 풍습을 간략하게 설명해야 할 것 같다. 다 같은 줄 알았는데 집집마다 조금씩 다르니 같은 전주 이가네에서도 파별로 또 다르지 않을까 싶지만, 우리 집에서는 설 차례상에는 제사 때 쓰는 메 대신에 떡국을 올리고 추석 차례상에는 송편을 올렸다. 나에게는 고조할머니·할아버지, 중조할머니·할아버지, 그리고 할아버지까지 모두 다섯 분의 신위를 모시고 차례를 지내니까 설에는 떡국 다섯 그릇이 순서대로 나오고, 추석에는 송편 다섯 그릇이 순서대로 올라갔다. 다른 집 보니까 다섯 분 차례를 모시면 큰 상에 한꺼번에 올리기도 하던데, 우리 집은 고조할머니·할아버지 신위에 떡국이나 송편 올리고 한 번 지내고 물리고, 중조할머니·할아버지 신위에 올리고 지내고 또 물리고, 할아버지까지 총 세 번에 걸쳐 차례의 전체 순서가 반복되었다.

차례상에 올라갔다가 온 불어터진 떡국이었지만 버리는 건 당연히 말도 안 되고 그걸 다 먹는 것도 일이었다. 게다가 차례상에 올리는 음식은 그릇의 가장자리가 보이지 않도록 그득그득 담는 거라고 해서 양도 많아 설 차례를 지내고 가족들이 음복하는 상은 불어서 흐물흐물한 떡국이었다. 흐물흐물한 떡국과 식은 피자를 좋아하는 희한한 나의 입맛은 여기에서 출발하지 않았나 싶다.

쌀이 지금처럼 흔하지 않아서 가래떡 빼는 건 설 명절에만 하는 거였다. 내가 조금 커서는 햅쌀 나오고 날이 추워지면 묵은쌀을 꺼내 떡을 빼 오기도 했다. 집에서 함지박이나 '다라이'라고 불렀지만 사실은 커다란 스테인리스 볼에 떡쌀을 담아 밤새 불려서 큰 소쿠리를 체 삼아 물을 뺀 다음, 아까 그 '다라이'에 다시 담아 동네 방앗간에 가져간다. 들고 가는 짐이 많을 때 쓰이는 '이고 지고'라는 관용적인 표현이 있지만 '이고'에 해당하는 '임을 이는' 모습을 요새는 보기 힘들다. 아직 '카트'라는 신문물이 나오기 한참 전이라서 할머니는 불린 쌀이 담긴 '다라이'를 머리에 이고 방앗간에 가셨다. 그냥 이면 정수리가 아프니 마른행주나 수건으로 똬리를 틀어 '다라이' 밑을 받쳤다. 어려서 뭣 때문인지 마음이 틀어져서 입을 삐죽 내밀고 있으면 엄마는 '똬리 걸라'고 하셨다. 아무리 삐죽 내밀었더라도 사람 입에다 똬리를 어떻게 건담.

설 가까이 떡을 빼러 가면 방앗간이 사랑방이 되었다. 집집마다 비슷한 크기의 '다라이'를 가져와서 그 '다라이'로 순서를 만들었다. 혹여나 다른 집하고 쌀이 바뀌거나 방앗간에서 쌀을 덜어내고 다른 안 좋은 쌀로 채울까 봐 방앗간에서 한참 동안을 기다리는 게 일이었다. 방앗간 주인도 으레 그러려니 해서 크게 기분 나쁜 기색도 없이 떡 하는 기계가 다 보이는 가게 한편을 동네 할머니들에게 대기 장소로 제공했다.

누구 건지 구분을 해야 하니 딱 '다라이' 하나 분량 만큼만 쌀을 빻고 김을 올렸다. 같은 기계에서 빻는데도 두세 번 반복해 빻아지는 동안 쌀가루의 모습이 바뀌었다. 방앗간 사장님은 간을 했는지 물어보고 안 했다고 하면 손바닥을 계량컵 삼아 소금을 적당히 넣어서 쌀을 빻아주었다. 집에서 간을 해 갔는데 모르고 소금을 더 넣어서 떡이 짜게 되었다거나 또는 반대로 간 해달라는 얘기를 빼먹어서 떡이 맹탕이 되었다는 얘기도 종종 들었다. 이렇게 잘 빻은 쌀가루가 적당히 뭉치도록 물을 주고 네모지고 평평하며 높이가 낮은 시루에 차곡차곡 담아 김을 올려 푹 찐다. 떡집의 떡 맛은 쌀이 좋아야 하는 것도 있지만 소금 간을 잘했는지, 쪄낼 때 김을 마침맞게 잘 올렸는지가 좌우한다. 이렇게 시루에 쪄낸 떡이 백설기다. 이렇게만 해서 먹어도 난 참 좋다. 그렇지만 가래떡까지 빼야 하니 조금 더 가보자.

잘 쪄진 떡은 이제 반죽기에 들어간다. 덜덜덜덜 소리가 나면서 쫀득하게 반죽이 된 떡 덩이가 밑으로 죽 빠지게 기계가 설계되어 있는데 떡이 빠져나오는 구멍의 굵기나 틀의 모양에 따라 가래떡이 되기도 하고 떡볶이 떡 또는 절편이 되기도 한다. 그래서 떡을 '뺀다'고 했나 보다. 떡을 빼면서 밑에 받아놓은 찬물에 바로 담그고 적당한 길이가 되었을 때 가위로 잘라내면 흔히 파는 가래떡이 된다. 여기까지 할머니를 따라 방앗간에 가서 봤던 떡 빼는 모습을 열심히 기억을 떠올려가며 썼는데, 유튜브에 가보니 어떤 떡볶이 프랜차이즈 업체에서 과정을 전부 동영상으로 찍어 올려놓은 걸 보고 조금 허탈해졌다. 허허.

아직 끝나지 않았다. 뜨끈뜨끈한 가래떡을 잘 싸서 다시 잘이고 집으로 가져오면 떡가래를 서로 붙지 않게 띄워놓고 말린다. 층층이 가래떡을 쌓아 올리는데 한 층 쌓으면 그다음 층은 격자로 엇갈리게 쌓았다. 떡이 덜 마르면 칼에 들러붙고 너무 마르면 칼이 들어가지를 않아서 적당히 꼬독꼬독 마른 정도를 찾는 게 고수의 노하우였다. 그게 늦은 밤이 되었든 새벽이 되었든 할머니는 적당히 마른 가래떡을 또각또각 칼로 썰어냈다. 칼로 썰면 '싹둑싹둑'이나 '써억써억' 같은 소리가 날 것 같지만 적당히 마른 가래떡 써는 소리는 '또각또각'이나 '꺽뚝꺽뚝'에 가깝다. 우리가 아는 떡국 떡의 모양이 나오도록 비스듬하고 적당한 두께로 잘 썰어내야 떡국을 끓였을 때 쫀득하면서도 보들보들한 식감이 나왔다. 아예 바짝 말려서 방앗간 기계로 썰어 오기 시작한 건 할머니 근력이 많이 쇠한 다음이었다.

 화려하게 예쁘고 맛도 좋은 떡을 떡집에 가면 언제든지 비싸지 않게 한 팩씩 사다 먹을 수 있는 세상이 되었지만, 내가 어릴 때 떡은 잔칫날, 제삿날, 생일에 먹는 거였다. 벽사의 의미가 담긴 수수팥단자는 우리 3남매가 만으로 열 살이 될 때까지 생일마다 해주셨다. 수수 가루로 경단을 빚어 물에 튀해서 팥고물에 굴려 먹는 수수팥단자를 어릴 때는 왜 생일에 이렇게 맛없는 걸 먹어야 하냐며 불만이었다. 끓는 기름에 재료를 넣고 익히는 건 튀기는 거지만 팔팔 끓는 물에 재료를 넣고 익히는 걸 할머니는 '튀한다'고 했다. 꼭 음식 재료가 아니더라도 아기 젖병을 열탕에 소독하는 것도 '튀한다'고 했다. 어른이 되어서는 오히려 그 은근한 단맛과 툭툭 끊기는 수수떡의 식감이 가끔 생각나면서 할머니의 정성도 새삼 그리워지곤 한다. 게다가 수수팥단자는 잘 상해서 맘먹고 따로 주문해 맞추지 않으면 한 팩씩 사기도 어려워서 먹기 어려운 떡이 되었다.

 찹쌀 반죽을 손바닥만 하게 펼쳐 기름에 지져서 안에 팥이나 수수 고물을 넣어 만든 찹쌀부꾸미도 있었다. 지금이야 수수든 팥이든 완두 앙금이든 없어서 못 먹지만, 그때는 애들한테 수수 고물이 인기가 없으니 할머니는 찹쌀 반죽만 기름에 지져내서 설탕을 뿌려 간식으로 자주 싸주셨다. 한 예능 프로그램의 영향으로 0교시가 폐지되기 한참 전에 고등학교를 다닌 터라 아침 7시에 시작하는 0교시 보충수업부터 밤 10시에 끝나는 야간 자율 학습이 기본 세팅이었다. 이것저것 간식이 필수였던 때, 쫀득한 찹쌀인 데다 설탕까지 끈적해서 층층이 쌓아 올린 부꾸미 아닌 부꾸미는 떼어내서 먹기가 힘들었지만, 대부분이 서울에서 나고 자란 반 친구들 입맛에도 맞았는지 인기가 좋았다.

우리 집에서 떡의 맛과 상관없이 존재감과 부담감이 절정을 이룬 떡은 바로 추석의 송편이다. 한 접시씩 사다 차례상에 올리면 참 좋았겠지만, 한번 할머니가 시장에서 송편을 샀는데 떡이 말라 터지고 심지어 쉬었더라며 파는 송편은 몹쓸 거라고 추석 때마다 말씀하셨다. 그래서 우리 집 송편은 반드시 집에서 빚어야 했다. 설 차례상에 떡국 다섯 그릇처럼 추석 차례상에는 송편이 그릇 가득하게 다섯 대접이 나와야 했으니, 내가 어릴 때는 최소 한 말씩 빻아다 익반죽해서 송편을 빚어야 했다. 마치 오페라나 발레극에서 청중의 이목을 집중시키기 위해 웅장하고 장엄한 서곡이 제일 처음에 흘러나오듯 송편은 추석 일거리를 웅장하게 여는 서곡과도 같은 존재였다. 최소한 다섯 그릇을 가득 채울 송편을 빚어야 해서 쌀을 한 말씩 빻아 왔던 거다. 나는 송편이라면 빚고 빚고 또 빚다가 질려버려서 누가 맛있다며 거저 준다고 해도 입에 안 댄다.

송편의 소는 보통 볶아서 설탕 섞은 콩가루, 검정콩, 볶은 참깨, 이렇게 세 종류로 준비가 되었는데, 콩 송편이 맛이 없다며 투덜대는 사람은 송편을 안 빚어본 사람이다. 깨 송편은 속을 많이 넣고 크게 만들면 입에서 찌걱거려 식감이 별로 좋지 않다. 만들면서 송편 옆구리가 터졌을 때 수습도 쉽지 않아서 작고 단단하게 오래 만져가며 성형을 해야 하니 고수의 송편이고 만드는 속도도 더디다. 콩을 넣어야 큼직하게 반죽을 떼어서 대충 꾹꾹 눌러 완성할 수 있어 진도가 빨리 나간다. 언제부턴가 아빠도 추석 특집 송편 제작 가내수공업에 동참했는데 콩도 많이 넣고 큼직하게 대충 만들어 할머니는 '보리 송편' 같다고 하시면서도 어쨌거나 만들어야 할 떡 반죽이 빨리 줄어드니 뭐라고는 안 하셨다.

이런 얘기를 하면 엄마는 나더러 배부른 소리 한다고 했다. 설과 추석 당일 앞뒤로 하루씩 쉬도록 사흘짜리 공휴일로 지정된 건 그렇게 오래된 일이 아니다. 음력설은 내 기억에도 어릴 때는 '민속의 날'이었고 공식적인 설 연휴는 신정이었다. 나의 외가는 진작부터 개화가 되어 아주 예전부터 양력설에 차례를 지냈는데 친가는 꿋꿋하게 연휴도 안 주는 음력설, '민속의 날'에 차례를 지냈다. 이 글을 쓰며 기록을 찾아보니 심지어 민속의 날이라고 이름을 붙여 하루 휴일이 된 것도 1985년이라 을미개혁부터 그때까지는 휴일도 아니었다. 1989년이 되어서야 음력설과 추석은 3일짜리 연휴가 되었다는 사실. 쉬는 걸 죄악시하는 이 나라에서는 1990년부터 설과 추석이 연휴니까 그때까지 이틀 쉬던 신정 연휴를 하루짜리 공휴일로 바꾸었다. 내가 어려서부터 엄마는 직장에 다녔으니, 명절 장은 할머니가 다 보더라도 엄마한테 들러붙는 나랑 두 살 터울 내 동생을 떼어내가며 퇴근 후 그 송편을 다 빚었다고 나보고 앞뒤로 하루씩 쉬게 해주는 명절에 배부른 소리 한다는 거다. 송편을 아예 안 빚는 건 선택 사항에 없는 건가요.

지겹게 송편 만드는 얘기를 하면 행여나 질세라 6·25 때 가족이 북에서 내려온 집의 친구들은 설에 지겹게 만두 만드는 얘기를 했다. 마트에서 만든 만두피는 영 몹쓸 거라며 만두피 반죽까지 집에서 하는 얘기, 설에 만든 만두 보관용 김치 냉장고가 따로 있다는 얘기 등을 들었다. 신문물을 받아들인 어느 집에서는 파스타 기계를 집에 들여놓고 라자냐 모드로 넓적하고 길게 반죽을 빼서는 만두피를 찍어낸다고 했다. 대략 위도 38도선, 행정구역으로 치면 경기 북부 정도가 설 만두 빚기가 필수인 지역의 경계선인 듯하다. 다행히 우리 집은 맛으로 먹는 거면 몰라도 차례상에 올라가는 떡국에 만두가 들어가지 않았고, 직접 만드는 만두가 너무 맛이 없어서 내가 어릴 때 조금 만들다가 시판 만두로 대체했다. 만두를 맛있게 만드는 식품 회사 만세!

몇 달 새로 돌아가신
외할머니와 외할아버지

유인孺人은 선산 김씨로 경북 구미군 해평면에서 출생하여 열
다섯 되던 해 경북 군위군 연안 이씨 집에 시집와 1남 4녀를 소
생으로 두었으며, 임진년 정월 여드레 되는 날 아침 일찍 석 달
여 투병 생활을 하셨던 예천 소재 요양 병원에서 향년 92세를
일기로 유명을 달리하셨다.

이 책의 초고에 붙은 제목은 행장이었다. 외할머니가 돌아
가신 직후 개인 블로그에 이때의 기록을 남기고자 했다. 잠 안
오는 밤에 이것저것 검색을 하다 문득 조선 시대에 돌아가신
분의 간략한 전기문을 적는 한문학 장르가 '행장行狀'이라는

걸 알게 되었다. 특히 율곡 이이가 사임당 신 씨에 대해 기록한 『선비행장先妣行狀』이 그 분야에서 유명하다는 것까지 알게 되어 훗날 할머니들에 대한 이야기를 쓸 때 오래된 한문학 장르 명칭을 갖다 써야겠다 싶었다. 할머니들에 대한 기록이니 '선조비先祖妣 행장'이라고 지어야 하나 싶다가 정말 아무도 안 사 읽을 것 같은 느낌이 들어 그냥 '행장'이라고 이름했다. 불교계에서 돌아가신 스님의 연대기를 간략하게 정리해 행장 이라고 부른다는 건 최근에야 알았다. 건국대학교 사학과 신 병주 교수님께서 흥행에 성공한 사극 영화의 공통점을 하나 찾자면 제목이 두 글자라고 말씀하신 걸 들은 적도 있다. 〈광 해〉, 〈명량〉처럼 말이다. 가족들에 대한 칭찬이건 흉이건 가 리지 않고 넣어 부끄럽긴 하지만 초고를 쓸 적엔 두 글자 제목 이니 흥행도 했으면 좋겠다 싶었다.

외할아버지는 외할머니가 돌아가시기 전날 어쩐지 잠을 이 루지 못하고 밤새 뒤척이셨다고 한다. 안동 양로원에 두 분이 같이 계시다 외할머니는 노환이 깊어지며 가까운 예천 요양 병원에 입원하고 안동에 남아 계시던 외할아버지는 대구 사는 할아버지의 막냇동생이 자주 올라와 함께 예천으로 문병 다니 던 때였다. 외할머니 돌아가시던 날 아침, 외할아버지는 대구 막내 할아버지와 통화하며 병원에 가봐야 하는 건가 의논했는데 막내 할아버지는 "어제도 다녀왔으니 오늘은 쉬고 내일 갑시다"라고 이야기하셨고, 얼마 안 있어 병원에서 상태가 많이 안 좋으시다는 연락이 왔다고 한다. 사람이 죽기 전에 마지막으로 쉬는 숨은 들숨일까 날숨일까. 할아버지가 양로원 사무국장과 동행하여 병원으로 향하던 중에 할머니는 숨을 놓으셨다. 쿨한 우리 할머니 성격에 떠나는 모습을 할아버지에게 보이기 싫으셨나 보다. 미국으로 소식이 전해지고 울음으로 입이 막혀 전화기를 못 잡는 엄마 대신 아빠한테 연락을 받았다. 월요일 아침, 일찌감치 출근해서 인스턴트커피 한 잔에 신문 한 꼭지 읽으며 여유 있게 한 주를 시작하려던 참이었다. 오래 앓으신 탓에 밤늦게 혹은 새벽같이 오는 전화에는 신경이 예민해 있던 차, 마음의 준비는 하고 있었다고 생각했는데 막상 닥치니 손발에 힘이 빠졌다.

설 쇠기 한 주 전 카시트에 아들을 태우고 남편을 운전기사 삼아 외할머니 계신 요양 병원에 다녀왔었다. 그때 내가 30대 중반이었음에도 그 나이가 되도록 노환은커녕 위중한 병으로 투병 중인 분조차 주위에서 본 적이 없던 터라, 요양 병원에 입원한 어르신들이 무력하게 누워 있는 모습은 생경하기 짝이 없었다. 특히 곡기를 거의 끊고 계셔서 내가 알던 모습의 반쪽도 아니고 말 그대로 물리적으로 3분의 1정도밖에 안 되도록 작아진 힘없는 외할머니의 모습을 보며 병문안하는 내내 울컥하는 바람에 울지 않도록 입술을 깨물어야 했다. 아기를 낳고 키우면서야 비로소 갓 태어난 아기는 누가 도와주지 않으면 움직이기는커녕 먹을 수도 없고 배변도 치울 수 없기에 곁에 누가 잠시도 없으면 생명이 위태롭다는 사실을 깨달았는데, 사람이 죽을 때가 되면 또다시 그 상태로 돌아간다는 걸 알게 된 거다. 애가 어리다는 핑계로 안동에 발걸음 한 게 근 3년 만이었다. 외할아버지, 외할머니께서 내 아들 돌이라며 금 두 돈짜리 목걸이를 만들어놓으셨는데 이제나저제나 언제 오나 기다리다가 일도 바쁘고 젖먹이 데리고 먼 길을 어떻게 오겠냐 싶어 잠시 한국에 방문 중이었던 엄마 편에 들려 보내셨던 일이 생각났다.

좀 더 일찍 왔으면 병원 쇠 침대가 아니라 양로원 방에서 증손주 노래하고 재롱떠는 모습을 보셨을 텐데. 다행히 평소 낯을 많이 가리던 내 아들이 요양 병원에 같이 갔던 그날은 낯도 안 가리고 할머니께 먼저 가서 손잡아 드리고 악수하고 물끄러미 쳐다보며 서 있었다. 어리고 맑은 영혼만이 줄 수 있는 위로를 증조할머니께 많이 드리고 왔으리라 믿는다.

먹는 족족 토해내는 통에 누워 있을 기력밖에 없는 할머니께 할아버지는 이렇게 저렇게 말을 많이 걸어주셨다. 한마디

입 여는 것도 힘겨워하시던 할머니께서 "애들 점심도 안 먹고 왔데이" 하는 할아버지 말씀에는 "얼른 가서 밥 사주소" 하시며 남아 있던 기운을 짜내어 고개를 일으키셨다.

우리가 요양 병원에 외할머니 뵈러 갔던 날은 북극에서 내려왔다는 찬바람 때문에 혹한이 며칠 계속되다가 반짝 하루 풀린 날이었다. 날이 추워 며칠째 집에 갇혀만 지내던 내 아들은 남편이 병원 밖에 데리고 가서 모처럼 바깥 공기 쐬며 산책을 하고, 난 할머니 손을 잡고 하염없이 앉아 있었는데 "여기 계속 앉아 있어도 할머니 말 한마디도 안 한데이"라며 할아버지께서 가자고 하셨다. "할머니 또 올게요" 하고 눈물이 그렁그렁한 할머니 얼굴을 보며 나도 그렁그렁해져서 무거운 발걸음을 옮겼는데, 그다음에는 영정 사진 속 할머니를 뵙게 된 거다.

1남 4녀 상주들은 모두 미국에 있었다. 제일 일찍 도착할 수 있다는 외삼촌이 수요일에나 도착한다고 하여 긴긴 오일장이 될 터였다. 부음을 전해 듣고 휴가 결재 올리고 집에 가서 간단히 짐을 꾸려 남편과 길을 나섰다. 세 살 아들한테는 생전 처음으로 부모 모두와 떨어져 자는 날이 될 터였다. 뭔가 엄마가 아침에 출근하는 분위기하고는 다르다 싶었는지 울먹울먹했다.

스마트폰 길 찾기 앱 따위는 없던 때이다. 얼마 전 새로 장만한 내비게이션 덕분에 헤매지 않고 시골 장례식장에 일찍 도착할 수 있었다. 연초에 간신히 두 주 말미를 내어 한국에 들어와 그 기간 내내 외할머니 병간호를 했던 엄마에게 "니 내비게이션 좀 어떻게 해라. 어떻게 치악휴게소도 안 나오냐"라는 지청구를 듣고 지도 업데이트를 하다가 이를 감당치 못하고 수명을 다한 내비게이션을 버리고 새로 개비한 내비게이션이었다. 남편과 함께 단둘이 장거리 여행은 결혼하고 처음이었다. 영동고속도로에서 중앙고속도로로 이어지고 이내 국도로 접어드는 겨울 길은 어찌나 아름답고 호젓하던지, 외할머니께 받은 선물이라고 해도 과언이 아니었다.

안동, 예천 쪽에는 눈이 잘 안 온다는데 그때는 하얀 눈이 소복하게 내려 어디를 봐도 참 경치가 예뻤다. 시골 도로변에 난데없이 나타나는 장례식장 위치가 그냥 지나치기 쉬웠지만 밤늦게 빈소를 찾아 도착하는 문상객들의 길을 쌓인 눈이 밝혀주었다. 외할머니께서 생전에 "안동 양반들 도포 자락 젖을까 봐 눈이 잘 안 온단다" 하셨는데, 외할머니 가시는 길 찾아 뵈러 오는 손님들이 양반 도포 자락을 이겼다.

빈소에 도착하니 꽃 장식도 아직 없고 아무도 없는 텅 빈 방이 우리를 맞았다. 조금 지나서야 대구에서 부랴부랴 올라와 사망 신고를 비롯해 화장을 위한 행정 처리를 하려고 동사무소에 다녀오신 대구 막내 할아버지께서 들어오셨다. 아침 상황이 어땠는지, 지난 설 동안 외할머니 병세가 어떻게 나빠지셨는지 줄담배를 태우며 설명해주셨다. 사진 속 할머니가 더 여위어 보였다. 촛불을 켜고 향을 피워 할머니 가시는 길을 밝혀드렸다.

그 이후론 시간이 정신없이 흘러갔다. 빈소가 제대로 차려지고 성복제를 지내고 원래 성복제 지내기 전에는 문상을 안 받는 거라며 21세기 간소화된 장례 풍습을 비판하는 흔한 이야기도 여지없이 누군가가 얘기했다. 팀으로 움직이는 상조회사도 없이 시골 장례식장을 다니며 일하는 주방 담당 아주머니 한 분이 긴 오일장 동안 문상객들을 깔끔하게 맞아주시고 저녁에 퇴근할 때마다 나에게 음식을 주문하는 요령이나 손님상에 내는 방법도 인계해주었다. 문상객들 상에 올리는 과일 차리는 방법이며, 쌈장에는 생수를, 고추장에는 사이다를 약간 섞어 농도를 조절하라는 팁도 전수받았다. 흔히 빈소에 찾아가서 보게 되는 과일이나 떡이나 반찬 차림은 최소한의 음식으로 최대한의 손님을 맞을 수 있도록 장례 도우미 아주머니들이 만들어놓은 프로토콜에 따른 것이다. 이 글을 읽고 누군가의 빈소에 간다면 받은 음식은 될 수 있으면 남김없이 다 먹도록 하자. 혹시 문상객들 배탈 날까 싶어 남은 음식은 당연하게도 모두 버리기 마련이며, 남은 음식이 없을수록 치우는 게 편해 상주들 도와주는 거다. 성복제를 지낼 때는 경북 스타일대로 돔베고기나 배추전이 나왔는데 칼로 반듯하게 다듬어 솜씨 있게 제기에 올려 와 배우고 싶다는 마음이 들 정도였다. 굉장히 작은 규모로 지역 농협에서 운영하는 장례식장이었지만 여러 가지로 신경 써서 정갈하게 준비하는구나 싶었다.

전부 일가친척인 조문객들은 근지 있는 집 자손들답게 함부로 울지 않았다. 제사 의례와 시간에 맞춰 진행하는 어른이 곡 하라고 하면 "아이고오…… 아이고오……" 하면서 섧게 곡을 했다. 곡은 어른들이 잘했고, 한 세대 아래인 엄마 형제들만 해도 어색해했다. 곡을 하는 분들의 진심은 의심치 않았지만, 돌아가신 분을 그리워하며 우는 것도 격식과 절차에 따라 하나 싶어, 나는 한구석에서 속으로 쓴웃음을 지었다.

내가 해드릴 수 있는 건 무얼까 찾다가 매일 자정 외할머니의 명복을 빌며 『법화경』을 읽어드렸다. 외할머니가 돌아가신 게 정월 여드레이니 곧 정월 대보름이었다. 더 먼저 돌아가신 큰스님께서 삼재 같은 거 신경 쓰지 말고 기도나 하라고 하셨지만, 어리석은 중생의 불안을 잠재우기에는 역부족이었나보다. 그래도 큰스님 계신 절은 신도들의 불안을 이해해서 정월 대보름에 삼재 법회를 개최하는 것으로 불안을 달랬다. 그리고 큰스님은 이 삼재를 대비한 법회를 양로원이 있는 절에서 열도록 해서 신도들이 노인들 모신 곳에 한 번이라도 더 가게 하셨다. 외할머니가 돌아가신 때는 공교롭게도 한창 절이 대보름 법회에 신도들 맞을 준비로 무척 바쁠 때였다. 늘 살뜰하게 보살펴주시는 사무국장님도 저녁에는 계시지 못했고, 평생 절에 의지해 사신 외할머니를 위해 스님들도 계속 왔다 갔다 하시긴 했지만, 돌아가신 첫날과 둘째 날 밤 자정에는 내가 『법화경』을 읽어드렸다.

오후에 다녀가신 스님께서 "경이 잘 읽히니 좋은 데 가셨나 보다"라고 하셨다. 듣기 좋으라고 하신 말씀인 줄 알았는데, 자정에 내가 바통을 받아 그 밤에 경을 읽는데 한 번도 졸지도 않고 더듬거리지도 않고 내 생전 지루하기만 했던 경이 이렇게 잘 읽히기는 처음이었다. 스님께서 경이 안 나갈 때는 정말 안 나간다며 외할머니가 좋은 곳으로 가셨다고 거듭 말씀해주셨다. 암요, 우리 외할머니 좋은 곳으로 가셔야죠.

받아놓은 휴가가 끝이 나고, 외삼촌을 시작으로 상주들이 도착하면서 발인까지는 못 보고 나는 집으로 돌아왔다. 고작 이틀 동안 못 봤을 뿐인데 아들은 엄마를 무척 반가워했다. 나도 언젠가는 나를 반가워하는 이 아이를 떠나겠지 싶은 멜랑

콜리한 마음이 앞섰다. 빈소를 떠나올 때, 의자에 처연히 앉아 계시다 내가 간다니 못내 아쉬워하던 외할아버지 표정이 잊히지를 않는다.

외손주, 친손주 다 해서 외할머니 손주는 모두 열한 명이다. 그 열한 명이나 되는 손주들 중에 외할머니 빈소에 바로 올 수 있던 건 나 하나였다. 내가 가고 나서 일본에 사는 이종사촌 오빠가 왔다. 외할머니가 사실 제일 그리워했을 외할머니의 친손주들, 내 외사촌들은 연초에 할머니 뵈러 한국을 다녀간 지 얼마 되지 않아 다시 오기가 어려웠다. 그래도 아직 살아 계실 때 뵙고 가서 다행이었다. 한국에 있던 내 동생마저도 한참 별나디별난 입덧으로 원래는 암 환자를 위해서 나왔다는 구토억제제까지 처방받아 버티던 힘든 시기라 오지 못했다. 제일 빠른 비행기를 골라 한국으로 들어오던 엄마는 정신없는 와중에도 동생 아기가 태어나면 주려고 미국에서 미리 사놨던 옷을 갖고 와서 빈소로 오기 전에 인천공항에서 택배로 동생네로 보냈다. 신생아에게 갈 옷이 장례식장을 들렀다 전달되는 게 꺼림칙하다는 생각에서였다. 엄마랑 같이 절에 다니던 도반 몇 분이 공항에서 만나 함께 와주셨다. 시간도 확인할 겨를이 없어 한국 가는 제일 빠른 비행 편을 찾아 도착하니 한밤중이었다. 도반 한 분이 친화력이 좋고 말씀에 호소력이 있어 공항에서 안동 쪽으로 가는 단체 관광버스를 알아보고 기사님께 사정을 설명해 안동 초입까지 얻어 타고 왔다. 모친상을 당해 이역만리 타국에서 허겁지겁 달려온 사람을 흔쾌히 태워주셨으니 참 감사한 마음이다. 막내 이모는 외할머니 떠나시는 모습을 보고 싶지 않다며 오지 않았다. 그래도 어른들은 아들인 외삼촌 내외가 왔으니 된 거라고 했다. 나는 외손주라 상복 한 벌 못 얻어 입고 일가친척들이 모여서 나누는 외할머니에 대한 추억을 옆에서 같이 들었다.

　양로원에서는 나의 외할머니를 복 할머니라고 불렀다고 한다. 나이 90이 넘도록 남편과 해로하면서 할아버지가 할머니께 이것저것 잘 챙겨주고 어디든 같이 다니니 남편의 마음이 지극하다고 했다. 그 얘기를 듣는 나는 속으로 한숨을 쉬었다. 외할아버지가 퍽 나쁜 남편 카테고리에 들어가지는 않지만, 평생에 얼마쯤은 남편이고 자식이고 없이 자유롭게 살고 싶은 마음이 어느 정도 있지는 않으셨을까. 큰 호강이나 누리게 해주셨으면 모를까, 시어른 모셔야 하고 챙겨야 할 시동생 많은 어려운 맏며느리 자리로 시집와서 평생 마음 졸이고 동동거리며 그저 참고 또 참으며 자식들 키우면서 사셨을 텐데, 주위에서 속도 모르고 복 할머니라고 불리는 심정은 어떠셨을까. 양로원에 계실 때 한번은 외할머니가 불쑥 외할아버지께 "우리 이혼합시다"라고 하신 적이 있다고 한다. 그 말씀 듣고 외할아버지는 "곧 죽을 텐데 뭔 이혼인가"라며 대꾸하셨단다. 엄마한테 듣기론 언젠가는 "느이 아버지 나중에 돌아가시고 열흘만 있다가 죽으면 좋겠다"고 하셨단다. 우스갯소리로 노부부가 사는 어떤 집에서 동창 모임에 다녀온 아내가 계속 신경질을 내면서 혼잣말하길래 남편이 살며시 들어보니 "나만 남편 있어"라고 하더란다. '복 할머니'는 그냥 외할머니를 위로해드리는 호칭이라고 생각하자고 했는데 엄마가 추가 의견을 주셨다.

외할머니는 입고 있는 옷도 남에게 벗어줄 수 있을 만큼 주변에 잘 베푸는 성품이었다. 그렇게 베푼 게 할머니 노년에 복으로 돌아오지 않았을까. 나이 여든에 미국 이민 생활을 정리하고 외삼촌이 사놓은 대구 아파트에 다시 자리를 잡았을 때 외롭게 계실 때가 없도록 늘 손님이 계셨다. 고관절을 다치고 양로원에 들어가셨을 때, 그 양로원이 참 외진 산골에 있었음에도 손님들이 이렇게 저렇게 할머니를 찾아와 인사하고 적적하지 않게 말벗도 해드리니 참 인생 잘 사셨다 싶은 풍경이 펼쳐졌다. 거기에 다른 사람들 보기에는 남편까지 든든하게 버티고 있으니 '복 노인네, 복 할머니'라고 불렀다는 이야기이다.

그렇게 외할머니 보내드리고 두 달이 조금 넘게 흘렀다. 음력으로 3월 스무닷새였다. 정말 말도 안 되게, 외할아버지가 돌아가셨다는 연락이 왔다. 외할머니 돌아가시고 외할아버지는 무척 힘들어하셨다고 한다. 배우자를 잃은 슬픔이 왜 아니 그렇겠는가. 그나마 외할아버지께는 자식 같은 대구 막내 할아버지가 자주 찾아뵙고 여기저기 모시고 다니며 슬픔을 달래드렸는데, 그날도 어디 꽃구경 가자며 막내 할아버지가 형님을 뵈러 왔더니 갑자기 속이 얹힌 것같이 안 좋다고 하셨단다. 안동 시내 내과에 가서 약을 타다 잡숫고 속을 달랬는데 그게 사실 심근경색의 전조 증상이었던 거다. 난 그 이후로 누가 젊은지 나이가 많은지 간에 체했다는 소리를 들으면 심장에 문제가 생긴 건가 싶어 덜컥 겁이 난다. 그러다 쓰러지시고는 대구 대학병원까지 구급차로 모셨지만, 다시 일어나지 못하셨다.

이번에도 미국에서 급히 비행기 잡고 상주들이 달려오는 동안 대구 막내 할아버지가 빈소를 잡고 장례 초반을 지휘했다. 지금 같으면 까짓것 내 휴가 내가 쓰는 건데 싶어서 발인까지 확 휴가를 냈겠지만, 그때는 소심해서 또 며칠만 휴가를 올리고 급히 남편과 대구로 향했다. 외할머니를 보내드렸던 안동의 작은 장례식장에 비해 대구 장례식장은 서울 대형병원 못지않게 시설도 잘 갖춰져 있었다. 무엇보다 각지에 흩어져 있는 친지들이 모이기 더 편했다. 그렇지만 장례식장 분위기는 안동 쪽이 더욱 따뜻하고 소박했던 것 같다.

　문상객들은 뭐 하나라도 위로가 되는 말을 찾아내서 하고야 만다. 모두 맏형으로 맏아들로 부지런하고 성실하게 살아온 외할아버지를 칭송했고, 하다못해 그 부자라는 회장 누구누구도 죽을 때는 끼니를 잇지 못했을 텐데 외할아버지는 돌아가실 때까지 한 끼도 안 빼놓고 다 잡숫고 돌아가셨다며 위로할 거리를 찾아냈다. 상례에는 악상은 있어도 호상은 함부로 말하기 어렵다. 아무리 망인의 나이가 많고 오래 앓다 돌아가셨더라도 남은 가족들은 슬프고 그립고 아쉽고 그런 법이다. 그나마 외할아버지를 모신 빈소는 친지들이 모여 옛 추억을 되살려내며 울고 또 웃으며 상주들이 비통하지만은 않게 그 기간을 보냈다.

　외할아버지가 한국에 오신 뒤로 두 분은 내 건강보험에 피부양자로 올려드릴 수 있었다. 국민건강보험 초기에 여성인 직장 가입자는 자기 밑으로 피부양자를 넣을 수 없었다고 하는데, 나는 외조부모도 올려드릴 수 있었으니 뭔가 제도적으로 긍정적인 변화가 있는 듯했다. 상을 치르러 와서 외삼촌은 심근경색으로 외할아버지가 응급실에서 하룻밤 보내신 것에 대해 살뜰하게 계산이 되어 나온 병원비 계산서를 받게 되었다. 대부분 급여 항목인 가운데 환자가 내야 할 의료비보다 공단에서 내주는 금액의 비중이 상당해서, 혹시나 이것 때문에 앞으로 내가 내는 보험료가 올라가는 건 아닌지 외삼촌이 걱정했다. 우리나라 건강보험은 소득에 따라 결정되는 거라 사설 보험처럼 외할아버지 병원비 때문에 내 보험료가 올라갈 일은 없다고 안심시켜드렸다. 월급에서 매달 자동으로 빠져나가는 거라 평소에 얼마나 나가는지 신경도 안 쓰고 살았는데, 외삼촌 걱정 덕에 보험료를 확인해보니 할아버지 병원비는 그간 낸 보험료에 비해 공단에 부담을 줄 정도는 아니었다. 아니 뭐 외삼촌은 이 정도에 놀라시고, 미국 의료보험은 어떻길래요.

7년 후 친할머니를
보내드리기

그렇게 외할아버지를 보내드리고 7년이 흘렀다. 7년이 그냥 흐른 건 아니고 어떻게 세월이 지나갔는지 보자. 엄마는 미국 이민을 결정하면서 일단 큰이모 초청으로 갈 수 있는 사람들 먼저 나가고 엄마가 미국 국적을 부지런히 따서 할머니를 다시 초청해서 모시고 나간다는 야심 찬 계획을 세웠다. 그동안에는 방문 비자의 최대한도인 6개월씩 할머니가 미국에 나가셨다가 또 한국에 계시다가 하면서 시간을 벌 참이었다. 그렇지만 할머니는 더는 모든 집안일을 닥치는 대로 해치우던 젊고 근력 좋은 여인이 아니었다. 그나마 당신 건강 때문에 자식들 걱정시킨다며 열심히 지팡이 짚고 동네를 몇 바퀴씩 걷는 운동을 계속하신 덕에 근력을 유지하시는 거였다. 게다가 미국은 점점 더 이민자에게 각박해져 할머니가 미국 가실 시기가 계속 미뤄지고 있었다.

구구절절 사연은 많지만 엄마와 아빠는 이민을 감행했음에도 미국에 정착하지 못하고 한국에도 정착하지 못했다. 할머니도 미국에 계시다 한국에 계시다 했다. 이모들이 엄마의 정착을 위해 도움을 많이 주었지만, 뉴스에서 건조한 자료 화면으로 보던 리먼 브라더스 사태가 우리 집 가계에 이렇게 직접적으로 영향을 줄 거라고 누가 생각했을까. 미국 불황이 이어지다 보니 큰 자본도 없이 새로 이민을 간 외부인이 정착하기가 힘들 수밖에 없었다. 그러다 엄마가 미국에서 인도를 빠르게 지나가던 자전거에 치이는 사고를 당했다. 말도 제대로 안 통하는 곳에서 엄마는 바닥에 머리를 제대로 부딪혔지만 사고를 낸 젊은이한테 뭐라고 말도 못 하고 집에 와서 상처 치료만 했다. 그러고는 계속되는 두통에 그저 이부프로펜 성분의 진통제만 한 알 먹고 약효 떨어지면 또 한 알 먹기를 한참을 반복했다. 그 겨울에 원래 엄마가 한국에 들어올 예정이었는지 뭐 때문이었는지 기억도 잘 안 난다. 암튼 한국에 들어오신 김에 딸들이 성화해서 엄마는 그제야 병원에 가 머리 사진을 찍었다. 여기서 하나 덧붙이자면 엄마는 정말 죽도록 아파도 병원에 안 간다. 그 이유는 잘 모르겠다. 그냥 고통을 참는 게 고행하는 거라고 생각하는 것 같기도 하고, 유달리 병원비를 아까워하는 것 같기도 하고, 진통제 먹고 참으면 그냥 병이 낫는다고 생각하는 것 같기도 하다.

그때도 큰 병원은 절대 안 가겠다고 고집을 부려 병원에서 행정직으로 일하던 제부가 소개한 중소 규모의 병원으로 모시고 가서 MRI를 찍었다. 그랬더니 웬걸, 뇌출혈이 있다고 그 병원에서 엄마를 구급차에 태워 신촌 세브란스병원 응급실로 보냈다. 신경외과에서는 외상에 의한 출혈로 피가 고여 있다며 머리뼈에 구멍을 내고 피를 빼내는 주머니를 달아야 한다고 했다. 결론부터 말하자면 수술은 아주 잘됐고, 고혈압 같은 내부적인 원인이 아닌 외상에 의한 뇌출혈이 맞았으며, 추가 출혈 없이 상처가 잘 아물었다. 수술 때문에 엄마 아빠는 한참 동안 한국에 머물러야 했다.

엄마 다친 얘기만 썼지만, 그보다 앞서 할머니도 체하고 소화가 안 되는 것 같은 증상으로 병원에 갔었다. 기민한 응급실 전공의 덕분에 다행히 심장 문제를 빠르게 발견했고, 입원했다가 또 다른 병원으로 옮겨 심장약을 한참 추가해서 퇴원하시고 그랬다. 지나고 생각하니 그 기간이 어떻게 지나갔는지를 모르겠다.

엄마는 이런 일이 있으면 부처님이 방편을 쓰신 거라고 했는데, 어쨌든 요약하자면 할머니가 편찮으셨고, 이후에 어떡하나 걱정하던 차에 공교롭게도 엄마가 미국에서 자전거에 치이는 사고로 한국에 들어와서 수술을 받게 되었으며 그 결과 어쨌거나 할머니와 엄마 아빠가 한동안 한국에 같이 계시게 되었다는 거다. 그 와중에 엄마 아빠는 미국 국적을 취득해 딸과 다른 나라에 속한 사람이 되었다. 미국인이 되어서 생긴 장점은 비자 때문에 6개월마다 한국과 미국을 오가는 생활 없이 한국에 재외동포 비자로 들어와 거주 외국인 등록을 하고 길게 체류할 수 있게 되었다는 거다. 엄마는 큰이모가 사업을 정리하는 걸 도와야 해서 다시 미국으로 나가 있었지만, 아빠는 한국에서 할머니랑 같이 있을 수 있게 되었다.

내가 둘째를 낳고 나서이니 2016년 가을 즈음이었나 보다. 어느 날 할머니는 감기가 심하게 들어 열이 펄펄 나서 의식이 없을 정도가 되었다. 아빠가 급히 구급차를 불러 할머니를 병원으로 모시고 갔다. 최첨단 의학 덕분에 열은 잡혔는데 이것저것 검사를 해보니 이것도 안 좋고 저것도 안 좋고 암튼 여러 가지로 안 좋단다. 연세가 90이 다 되어가는 노인의 신체 활력 징후가 어디 젊은 사람 같겠는가. 정말 할머니는 근력을 잃지 않기 위해 걷기 운동을 게을리하지 않으셨는데, 그 운동이 무색하게 며칠 열감기로 몸져누워 계신 동안 그 근력을 다 잃어버리고 돌아가시기 전까지 다시는 혼자 화장실 갈 만큼의 기운도 차리지 못하셨다. 그러면서도 끝까지 기저귀를 거부해서 할머니를 병원 침대에서 휠체어로 옮겨드리고 화장실 변기에 앉혀드린 뒤 다시 역순으로 침대까지 모셔가는 게 큰일이었다. 다들 처음 해보는 거라 요령이 없어서 더 힘들었다. 나의 친할머니는 키도 작고 나이가 들면서 살이 다 빠져 체구가 자그마했는데도 그랬다. 나중에 퇴원할 즈음에 마르고 자그마한 병원 물리치료사 선생님이 환자 겨드랑이에 보호자 팔을 끼워 옮기는 방법을 전수해주셨는데, 역시 전문가가 괜히 있는 게 아니구나 싶었다.

문제는 퇴원하고 나서부터였다. 할머니는 마치 마지막 남은 무언가를 지키듯 화장실에 직접 가기를 원하셨고, 기력이 성치 못하시다 보니 방에서 화장실까지가 산티아고 순례길에 비견될 만큼 먼 거리가 되었다. 이미 함께 노인이 된 엄마 아빠가 부축해서 화장실까지 가기도 정말 버거운 일이었다. 그러다 할머니는 방에서 화장실에 가려고 일어나다 넘어지시며 팔을 다쳤다. 아니, 팔이 부러졌다.

노인들은 팔이나 다리가 잘 부러진다. 골다공증이 오는 여자 노인들은 더 그렇다. 엄마는 어른들이 골절상을 입는 걸 '저승사자가 시비 건다'고 표현했다. 연세가 많은 어르신들이 어딘가가 부러지면 누워서 회복을 기다리는 동안에 근력을 잃고 금방 돌아가신다는 거다. 나이가 많은 분에게 골절이 생기면 무슨 약을 써도 뼈가 안 붙어서 수술을 해서 철심을 박아야 한다고 들은 적이 있다. 외할머니도 어디 밖에서 넘어진 것도 아니고 집에 계시다가 다리뼈가 부러지고 난 후에 기력을 못 차리고 양로원에 들어가시게 되었다. 외할머니는 근력만 약해진 게 아니라 정신도 그 후로 점차 흐려져 사람을 알아보다 말다 하셨다. 어느 날은 갑자기 양로원에서 일하는 보살님께 "○○(내 동생)가 아기 가졌나 보다"라고 하셨단다. ○○이란 바로 내 동생이었다. 주위에서 또 정신이 흐릿하실 때 말씀하셨나 했는데 진짜 동생이 임신을 했다. 태몽이라도 꾸셨냐며 내용을 물었지만 다시 정신이 흐려지셔서 대답을 못 들었다. 그래서 내 동생의 큰애 태몽은 여태 미스터리다.

외할머니가 다리를 다치고 나서 기력이 쇠하며 양로원에 들어가셨던 것처럼 나의 친할머니도 팔이 부러져 수술을 하면서 상태가 급속히 나빠졌다. 수술할 때 전신 마취 대신 잠을 재우고 부분 마취를 했는데, 수술이 끝나고 의식은 회복했으나 사람을 알아보지 못했다. 팔 수술을 하고 나서는 화장실에 꼭 가려는 고집도 꺾였다. 할머니의 건강 상태는 요양 병원에서 약을 때에 맞춰 드시고 수액으로 필요한 약을 넣어주어야 하는 수준으로 급강하했다. 지금 돌이켜 생각해보니 갑자기 열이 올라 병원에 가시기 전에도 총기가 점차 흐려져 옛날에는 자동 재생을 해놓은 카세트테이프처럼 반복해서 하던 얘기를 내가 물어보더라도 "그런 게 있었냐?" 하셔서 마음이 아팠다. 식사할 때면 자꾸 사레가 들려 기침하시곤 했는데, 그게 사실은 음식을 넘기는 근육이 약해져서 그런 거였다. 그렇다 해도 사람의 건강이 어떻게 저렇게 단시간 내에 나빠질 수 있는지 그저 약해져만 가는 할머니를 보고만 있어야 했다.

동네에서 괜찮다는 요양 병원을 찾아 할머니가 입원을 하고 나서야 집이 안정을 찾았다. 아빠의 일과는 일어나서 병원에 가서 할머니 아침을 먹여드리고 보살펴드리고 저녁에 집으로 퇴근하는 걸로 고정되었다. 별일 없으면 아침에도 가고 저녁에도 가서 밥을 입에 떠 넣어드렸다. 엄마는 할머니 상태가 안정되는 걸 보고 다시 미국으로 나가야 했다. 큰이모는 식당에 이어 마지막 사업이 된 덴버의 모텔을 정리하고 아들이 마련해놓은 LA 집으로 이사를 가려고 했는데, 미국 불경기가 이어지면서 사겠다는 사람이 나타나지 않던 상황이었다. 그러다 큰이모는 먼저 LA로 나가고 엄마와 막내 이모가 모텔에 남아 정리될 때까지 맡기로 했다.

할머니가 입원한 요양 병원에서 아빠는 효자로 통했다. 비가 오나 눈이 오나 하루도 쉬지 않고 병원에 출근 도장을 찍었다. 보호자가 자주 나타나면 아무래도 병원에서는 신경을 쓰게 마련이다. 대상이 노인이든 유아든 환자든 돌봄과 관련한 시장에서는 언제나 최대의 효율만 추구한다. 따라서 요양 병원에서도 법적으로 최대 인원을 한 사람의 요양 보호사에게 맡기는 형편이었다. 아빠가 하루 세 끼 중 한두 끼니 정도는 와서 챙겨주니 요양 보호사 입장에서는 일손을 덜게 되어 아빠가 오는 걸 반겼다. 어쩌다 아빠가 감기가 들거나 해서 못 가는 일이 가끔 있긴 했지만, 정말 꼬박꼬박 병원에 가서 할머니를 챙겼다. 1950년부터 이어온 이 모자간의 각별한 인연은 그렇게 요양 병원에서 이어져갔다.

여기까지가 외할아버지 돌아가시고 7년간 있었던 일의 요약이다. 이런저런 약을 추가하거나 줄이면서 안정된 상태를 유지하며 할머니는 병원 생활을 계속하셨다. 매일 아빠는 "내가 누구요?" 하고 물었고, 할머니는 아빠를 알아보기도 하고 아빠를 할머니 조카 이름 중 하나로 부르기도 했다. 초점 없는 눈으로 TV를 보고 계셨지만 내용을 알고 보시는지는 알 수 없었다. 나와 내 동생이 할머니의 증손주들 사진이나 동영상을 아빠에게 보내드리면, 할머니는 아빠 핸드폰 화면으로 보시면서 좋아하셨다고 한다. 아프시기 전에는 애 둘도 간신히 키우는 나한테 "둘은 적어, 하나 더 낳아"라고 하시는 게 일이었다. 할머니는 워낙 아이들을 좋아하셨으니까. 꼭 증손주를 알아보지는 못하셨어도 아이들이 고물거리는 영상을 보고 무척 좋아하셨을 거다.

그러다 2019년 가을, 음력으로는 아직 8월이었다. 추석이 다가오면서 아빠가 할머니 컨디션이 안 좋다고 걱정을 했다. 감기 기운이 있어서 수액을 맞으셨다고 했다. 추석에 다 같이 병원에 가서 뵈니 그 전에 뵈었을 때보다 훨씬 더 기력이 안 좋았다. 아주 예전 할머니가 건강하던 시절에 낮잠을 좀 오래 주무시다 깰 때면 "아이구, 저승 잠을 자나. 뭔 잠이 이렇게 쏟아져" 하시곤 했는데, 그 저승 잠이 이런 거였구나 싶었다. "할머니" 하고 부르면 눈을 잠시 떴다가 이내 곧 잠에 빠지고를 반복했다. 요양 병원에 가기 전, 할머니 팔이 부러져서 입원했을 때를 생각하니 그때는 그나마 근력이 좋으셨을 때구나 싶었다.

우리 집에서는 그때 할머니와 엄마 아빠 생신을 원래 태어난 날이 아니라 절에서 법명을 받은 날로 바꿔서 챙기고 있었다. 생일이야 언제가 되었든 1년에 한 번 챙기면 되는 거고 진짜로 태어난 날보다 법명을 받아 부처님 제자로 다시 태어난 날이 생일이라고 생각해서 그랬다. 엄마가 '무명無名'이라는 철학적인 법명을 받은 날이 음력 8월 스무엿새인데, 할머니는 당신 돌아가신 날을 잊지 말라는 듯이 며느리 법명 받은 생일날인 음력 8월 스무엿새 저녁에 돌아가셨다. 요양 병원에서 아빠가 임종을 지켰다. 우리 듣기 좋으라고 한 얘기일 수도 있지만, 돌아가시는 순간까지 힘들고 아파하시는 분들이 많은데 나의 친할머니는 편안하게 마지막 숨을 조용히 내쉬고 돌아가셨다고 함께 임종을 지켜본 병원에서 아빠를 위로해주었다.

매일 병원에 출퇴근하는 아빠의 체력에 약간은 한계가 오지 않았나 싶던 때였는데, 그래도 아빠는 할머니가 그립다고 한다. 나도 할머니가 무척 보고 싶다. 조금 더 살아계셨으면 하는 욕심이 들기도 하지만, 얼마 지나지 않아 코로나19가 터지면서 요양 병원 면회도 금지되고 문상도 제대로 못 가는 상황이 펼쳐지면서 다들 그때 장례 치르길 다행이라고 위로했다. 이제 할머니는 더는 아프지 않으시다. 그러면 되었다.

할머니가 다친 팔을 수술했던 병원 장례식장에 빈소를 차렸다. 엄마도 부지런히 귀국해서 상복으로 갈아입었다. 나랑 동생은 장례식장에서 빌려주는 근본 없는 생활한복 상복을 입었지만 엄마는 소색素色 깃광목으로 미리 준비해 지은 상복을 갖춰 입었다. 일가친척들 말고는 아빠 고등학교, 대학교 동창들이 손님이었다. 다들 모여서 할머니랑 얽힌 에피소드를 하나씩 얘기하면서 추억을 공유했다. 할머니가 집 팔아서 유사 석유 장사 밑천을 대주었던 친정 조카는 일찍 병을 얻어 이미 돌아가신 지 오래였는데, 빈소에 그 딸이 왔다. 나도 어릴 때 그 언니와 놀았던 기억이 있고, 할머니가 그 집 자매들 어릴 때 많이 봐주셨다고 들었는데도 문상 온 그 언니는 그냥 엄마가 시켜서 왔을 뿐, 나의 할머니가 누구고 본인이 왜 문상을 와야 하는지 전혀 모르는 눈치였다. 거기까지가 그 집하고의 인연일 테다. 딸이라도 시켜서 인사를 보냈으니 그걸로 됐다.

병원 장례식장에 계약이 되어 있는 업체에서 장례 도우미 아주머니가 한 분 나와서 처음부터 끝까지 음식을 주문하고 내는 일을 도맡아 했다. 빈소를 차리면 제일 먼저 손님께 쉽게 낼 수 있도록 떡과 과일, 술과 음료수, 인스턴트커피, 일회용품들을 주문하고, 밥과 국은 나중에 주문하는 순서도 앞서 외할머니, 외할아버지 때랑 비슷했다. 왜 종이컵은 SI 단위로 딱 떨어지게 몇 밀리리터가 아니라 '8온스'로 나오는 걸까. 인스턴트커피는 또 이 8온스짜리 종이컵에 7부 정도만 뜨거운 물을 맞춰 넣으면 간이 딱 맞는다. 어쩐지 빈소에는 캔 커피나 에스프레소 머신으로 뽑아낸 아메리카노보다는 인스턴트커피가 있어야 할 것 같다. 손에 온기를 전하면서도 당과 카페인을 피곤한 상주에게 한꺼번에 전달할 수 있어서일까.

정말 맞춘 것처럼 마지막에 음식이 거의 남지 않았는데도 도우미 아주머니는 일을 끝내고 가시면서 "음식을 더 떨어뜨려야 하는데 아쉽네요"라고 했다. 이 일을 오래 하다 보면 아무리 가는 데 순서가 없다고 해도 망자가 너무 젊거나 혹은 갑작스럽게 사고로 돌아가시거나 해서 빈소가 착 가라앉아 있으면 본인도 일하시기 무척 힘들고 조심스럽다고 한다. 그래도 우리 할머니 보내드리는 장례는 원망도 하나 없이 돌아가신 분에 대한 그리움만 가득해 수월했다면서 할머니 복이라고 위로해주셨다. 망인이 남긴 재산이 많든 적든 간에 빈소에서 자식들끼리 멱살 잡고 싸우는 볼썽사나운 일도 제법 있다는데 나의 할머니는 싸울 재산도 형제도 남겨놓지 않아 다행이라고 해야 하는 걸까.

난 이번에도 입관을 안 봤다. 숨을 쉬지 않는 할머니의 싸늘하게 식은 모습을 볼 자신이 없었다. 큰스님 돌아가시고 난 뒤에 늘 우리 집의 영적 상담사 역할을 해주시는 스님이 오셔서 나를 제외한 가족들과 입관을 같이 보고 할머니 얼굴빛이 밝다면서 살아생전 업장을 다 닦고 좋은 곳으로 가셨을 거라고 말씀해주셨다. 요양 병원에 가시게 된 계기가 되었던 할머니 팔의 골절은 다시 붙으면서 팔이 접힌 채로 굳어져버렸다. 그걸 다시 펴려면 망치로 부수듯 해야 한다고 해서 그냥 그대로 두었다. 시신의 팔은 접혀 있어도 할머니 영혼은 자유로울 테니까.

옛날의 꽃상여 역할을 하는 장례식장 운구 버스가 할머니 관을 장지로 옮겼다. 음으로 양으로 할머니 보살핌을 받은 할머니 조카들과 손주 사위들이 관을 들었다. 관을 버스에 싣고 기사님이 할머니 관을 향해 거의 90도 각도로 정중하게 허리 숙여 인사하는데, 그 장면에서 왜 그렇게 패킹이 낡은 수도꼭지처럼 눈물이 한없이 흘렀는지 모르겠다.

원래 우리 집안 선산은 산본리 일대였다. 더 예전에는 경기도 남양주에 우리 파派 시조이면서 연산군의 배다른 동생이라는 할아버지의 묘가 있었는데, 고종 때 명성황후 능을 이 자리에 조성하며 산본리로 이장을 하게 되었고 고종 임금이 미안했는지 산본리 땅을 집안에 널찍하게 주었다고 한다. 그러다 거의 우리나라 초창기 신도시 중 하나인 산본 신도시 개발을 하게 되면서 이제 지역 문화재가 된 파시조派始祖 할아버지 묘역을 제외하고 나머지 선산은 주택공사에서 받은 보상금으로 안성에 새로 땅을 사서 이장했다. 날을 잡아 기존에 있던 선산의 묘들을 안성으로 이장했는데, 그 정신없는 와중에 나의 친할아버지 묘를 도둑맞았다. 아니, 어떻게 그럴 수가 있나 싶은데, 누가 먼저 가져갔단다. 허 참. 그래서 안성 선산의 할아버지 묘는 비석과 봉분만 있고 안에 관이 없다. 아빠는 어디선가 할아버지 관은 잘 대접받고 계시겠지 하며 태평했다.

요새는 선산이라 할지라도 새로 봉분을 만들어 묘소를 만드는 허가를 받기가 어렵다고 한다. 그래서 할머니도 관이 없는 할아버지 묘에 합장 아닌 합장을 하게 된 거다. 종중에서는 최근 선산에 가족 납골당을 만들어 새로 돌아가시는 분들의 유골함을 받기로 했다면서 아빠도 당신이 돌아가시고 들어갈 자리를 마련했다고 자랑삼아 말씀하신 게 최근의 일이다. 그러면서 엄마 자리도 있다고 하시는데, 잘 모르겠다. 할머니든 엄마든 죽어서도 이씨 집안 땅에 같이 있고 싶으실까?

역사학자 김기협 선생의 시병일기 『아흔 개의 봄』을 할머니 돌아가신 후에 읽을 기회가 있었다. 선생의 노모께서 쓰러진 직후부터 돌아가실 때까지 병구완하는 이야기를 차분한 문체로 담담하게 써 내려간 글을 모아 나온 책이다. 내가 책 읽는 속도가 느린 편이 아닌데 이 책은 참 더디게 읽었다. 문장 하나씩 읽어나갈 때마다 비슷하게 아프던 나의 할머니가 생각나서 '그래, 우리 할머니도 그랬지' 하고 곱씹으며 읽다 보니 다 읽는 데 한참이 걸렸다. 이 챕터를 쓰는 데도 문장 하나 쓰고 한참 쉬고 당시의 감정을 되새김질하며 쓰느라 시간이 가장 오래 걸렸다. 쓰다 보니 또 할머니가 그립다. 할머니가 계신 안

성묘는 '안온하다'라는 말이 딱 들어맞는 곳이다. 한겨울에 찾아가도 따뜻한 햇볕이 잘 들고 바람은 나무에 가로막혀 잘 불지 않고 인공적인 소음도 잘 들리지 않는다. 조만간 안성에 또 한번 가야겠다. 할머니가 생전에 좋아하시던 몇 안 되는 과일이었는데, 당뇨 때문에 언젠가부터는 마음껏 못 드셨던 참외를 사 가야겠다.

어쩌면 이야기의 시작,
그 여름 어인 광풍

아빠가 대여섯 살 무렵에 반월에서 같이 살던 아빠의 할머니가 돌아가셨다. "워낙 깔끔한 양반이라, 뒤는 자리에서 딱 한 번 보고 돌아가셨어"라고 나중에 할머니는 얘기하셨다. 착하고 순한 분이라 좀 더 같이 사셨더라면 아빠의 유년 시절에 따뜻한 의지처가 되어주셨으련만 그마저도 허락되지 않았던가 보다. 그리고 아빠가 열 살 즈음에는 할머니가 모시고 살던 아빠의 양조모養祖母 파평 윤씨 할머니도 돌아가셔서, 아빠는 대여섯 살 무렵 아빠 할머니 장례에 이어 어린 나이에 한 번 더 상주가 되었다. 어떤 분인지는 잘 모르겠지만 나의 할머니가 한번은 "그 양반네 집은 왕비 많이 나온 집안이잖아"라고 짐짓

자랑스럽게 얘기하신 걸 봐서는 나쁜 분은 아니었던 것 같다.

장례는 정말이지 유교식 종법 질서의 절정이다. 생활비를 벌어오는 실질적인 가장이었던 나의 할머니나, 전쟁 통에 살 집을 마련했던 둘째 큰며느리는 다 뛰어넘고 나의 아빠가 유일한 상주가 되었다. 요새도 장례식장에서 자식이 딸밖에 없으면 딸은 상주가 될 수 없다며 사위에게 상주를 시킨다는 어이없는 이야기도 들었다. 할머니는 아빠가 어린 나이에도 상주 노릇을 너무나도 점잖게 잘 해냈다고 얘기하셨다. 하지만 나중에 아빠 얘기를 들어보니 웬걸, 문상객들이 상주에게 절을 하자 아빠는 애한테 어른들이 절을 한다며 깔깔 웃기도 했고, "아이고, 아이고" 하며 때에 맞춰 격식에 따라 곡을 하는데 할아버지 유품인 잎담배 넣는 물소 뿔 담뱃갑을 딱딱 바닥에 치며 장난도 치곤 했다는 거다. 내가 아이를 키워보니 열 살이면 정말 세상 물정 모르는 어린 나이인데 그 아이에게 상복을 입혀 문상객을 받다니, 그 애가 진짜 의젓했어도 눈물 나는 풍경일 테고 어린애답게 절하는 어른들을 재밌어해도 마음 아프긴 마찬가지였겠다.

어떤 나쁜 일이 있으면 어디서부터 일이 꼬여서 이렇게 된 걸까 한참을 생각하기도 하고 처음부터 이렇게 될 일이었던가 체념하기도 한다. 이렇게 아빠가 어린 나이에 상주가 되어야 했던 건 나의 친할아버지가 전쟁 중에 돌아가시면서 거의 집안에 하나 남은 아들이 되었기 때문이다. 친할아버지는 6·25 전쟁 중에 돌아가셨지만, 군인이 되어 싸우다 전사하신 건 아니다. 차라리 그랬으면 덜 괴롭게 돌아가셨을지도 모르겠다.

사람이 다른 사람한테 무참히 맞아서 죽으려면 어느 정도의 시간이 걸리고 얼마나 맞아야 하는 걸까. 이북에서 거물급 공산당 간부라는 집과 해방 전에 사돈을 맺은 가까운 친척 집이 한동네에 있었던 것이 발단이 되었다고 한다. 38도선이 그어지고 왕래가 끊겼다가 전쟁이 나고 공산군이 밀고 내려오면서 그 공산당 간부라는 집에서는 아마도 사돈네 동네인 산본리 일대를 포섭 대상으로 삼았던가 보다. 우리 집은 종갓집이 아니었음에도 산본리에서 땅이 제일 넓었다는데, 흔히 쓰는 표현으로 '남의 땅을 안 밟고 다닌다'는 말 그대로 내 땅만 밟고도 일상생활이 가능했단다. 아빠 말로는 일제 강점기 때 시흥 군청이 지금의 영등포에 있었는데도 시흥군 체육대회를 우리 동네에 와서 한 적도 있다고 한다. 그렇게 따지면 공산군이 점령하면서 제1순위 척결 대상인 지주 계급 중에서도 악질 대지주였을 텐데, 어이없게도 친척 중에 공산당 간부와 사돈 맺은 집이 있어 처음에 화를 피할 수 있었던 게 나중에는 외려 독이 된 거다.

빨갱이들이 산본리를 점령한 동안 나의 본적지 번지수와 바로 하나 차이인 옆집은 다른 임금의 여러 아들 중 하나의 자손이었다. 그 동네가 그러니까 조선 왕조의 이 아들 저 아들 후손들이 만든 전주 이씨 집성촌이었던 거다. 그 옆집은 일제 강점기 때 면장을 한 집이었다. 우리 일가는 고종 때 남양주에서 단체로 이주해 온 집이었고 옆집은 더 오래 살았으니 토박이로서 면장을 할 만도 했겠지만, 어쨌거나 적극적으로 친일한 집안인 건 확실했다. 세상일을 무나 두부 자르듯 깨끗하게 칼로 잘라서 네 편 내 편, 나쁜 사람 좋은 사람으로 구분할 수 있으면 얼마나 좋겠냐만, 사람이란 얼마나 입체적인지 친일파 면장 아들 중에는 서울에서 학교 다니다가 만세 운동으로 퇴학당한 사람도 있었단다.

뭔가 점령군으로서 다른 동네처럼 본보기를 보여야 했을 터, 내 보기엔 악질 지주 집이나 친일파 면장 집이나 도긴개긴이지만 공산군은 우리 집안 사람들을 시켜 그 면장 집 아들 하나를 데려가 매우 때리고 고방에 가두었다. 면장 집에 아들이 꽤 여럿 있었는데 다들 서울로 나가 일하느라 또는 공부하느라 고향에는 한 사람만 남아 있었던 것 같다. 이 사람을 데려다 얼마나 때렸는지 한쪽 다리가 부러질 정도였는데, 나의 증조모가 양쪽 집 아이들을 함께 젖을 먹이며 키울 만큼 서로 왕래

하며 가깝게 지냈던 터라 빨갱이가 아무리 무서워도 다친 몸으로 갇힌 사람을 그냥 두고 볼 수는 없어 누군가 밤에 몰래 잠긴 고방을 열고 탈출시켜주었단다. 그 후에는 본보기로 잡아넣은 반동분자를 다시 찾아 잡아넣을 시간이 없었던 건지, 아니면 모르는 척 눈감아준 것인지는 잘 모르겠다.

원한과 증오만큼 쉽고 강렬하게 불타오르며 이성적인 사고를 마비시키고 그 자체로 크기를 계속 불려나가는 인간의 감정이 또 있을까. 게다가 인간의 폭력성과 야만을 굳이 감추기보다 오히려 권장하는 자질로 분류하는 전쟁 상황이라면 더 그렇다. 1950년 9월 15일 맥아더 장군이 인천상륙작전을 성공하고 서울로 진격하면서 서울보다 아래쪽에 있던 빨갱이들은 퇴각하거나 어딘가로 숨기도 하고 어쨌거나 마을 장악력을 상실했다. 빨갱이들에게 다리를 다치며 분노의 광기에 사로잡힌 그이는 빨갱이들이 사라진 마을에서 본인이 어떤 정당한 권위라도 얻은 듯이, 자기를 데려가 때리고 가둔 우리 집안 사람들을 불러다 죽이기 시작했다. 살인을 넘어 무자비한 살육 행위가 벌어졌다. 무슨 기준으로 골라냈는지는 모르겠지만 어쨌거나 전부 집안 내에서 글줄을 읽고 쓸 줄 아는 사람들로 여덟 명을 추려내 잡아다 죽였다. 인민 재판하듯이 불러다 한꺼번에 총살이라도 했으면 괴롭지나 않았을 것을, 동네 깡패들을 사서 그 여덟 명을 하나씩 데려다 때려죽이기도 하고 찔러 죽이기도 했다. 그렇게 남양군도에서 포로가 되어 배워 온 영어로 서울에 취직해서 늦게 얻은 아내와 행복하게 살 고민을 하던 나의 할아버지는 전쟁 중에 마을 깡패 손에 맞아서 끔찍하고도 허망하게 돌아가셨다.

제대로 된 상례喪禮로 망인을 보내드리고 남은 가족들의 슬픔을 달래기는커녕 집안 내에서 시신을 수습하는 데에도 밤의 어둠과 용기가 필요했다. 전쟁에서 싸우다 적군의 손에 돌아가신 분 같으면 현충원에 안장하여 혼을 달래고, 혹시 잘못된 공권력에 의해 돌아가시면 진실·화해를 위한 위원회 같은 곳에 요청해 억울함을 풀어드릴 텐데, 나의 할아버지는 그저 원한과 분노에 의한 살인 그 이상도 이하도 아닌 죽임을 당했으니 이 억울함을 어찌 풀어야 할까. 나는 조선 시대에 임금에게 상소를 올려 신원과 복권을 요청하듯, 민주주의 사회에서 주권을 가진 백성들이 보는 '책'이 가진 권위에 기대어 이야기를 쓰는 것으로 억울함을 호소하고 풀어보고자 한다. 모쪼록 1950년 9월 28일 서울 수복일에 돌아가신 나의 친할아버지가 본인이 직접 지은 죄도 없이 깡패들 손에 돌아가셨음을 독자들께 간곡히 호소하는 바이니 부디 알아주시기를 바란다. 그러고 보니 할아버지 돌아가신 날은 내 생일이기도 하다. 이 집안은 제삿날과 생일이 겹치는 경향이 있는 듯하다.

과정이야 어찌 되었건 동네에서 나의 할아버지는 하지도 않은 빨갱이 부역자로 죽은 걸로 되어 있었기 때문에 아무도 그 죽음을 입 밖에 내지 않았다. 백번 양보해서 진짜 빨갱이 부역자라 해도 그렇게 죽어도 되는 걸까. 평화로운 시대를 살아가는 나는 겪어보지 않은 일이니 함부로 얘기하기 어렵다. 다만 전쟁을 하건 그 이상을 하건 사람이 사람다움을 유지할 수 있는 최소한을 잃어서는 안 되지 않는가.

할머니가 옛이야기를 하실 때면 "그래서 할머니, 할아버지는 어떻게 돌아가신 거예요?"라고 물어보기도 했는데, 그때마다 할머니의 얼굴이 굳고 입을 굳게 다물어서 더 물어볼 수가 없었다. 가끔 덧붙여서 "할아버지 안 돌아가신 거 아녀요? 어디 북으로 끌려가셨어요?"라고 물어보면 들리지도 않게 힘없이 "죽었어"라고 하실 뿐이었다. 어쩌다 한 번쯤은 "재산 뺏으려고 그런 거여"라고 하기도 했다.

아빠의 할아버지는 내 할아버지가 비명에 돌아가시고 나서 돌아온 첫 설날 무렵에 쓰러져 돌아가신다. 아들의 죽음이 남긴 충격과 상처가 노인이 감당하기에는 버거운 것이었으리라. 그렇게 나의 할아버지와 증조할아버지가 돌아가시고 나서 우리 집에 남은 건 증조할머니, 아빠의 큰어머니, 그리고 나의 친할머니, 이렇게 세 과부와 유복자 아들인 나의 아빠밖에 없었다. 남의 땅을 안 밟아도 될 정도로 넓었다는 그 땅은 일제 강점기 때부터 이어서 면장을 했다는 그 집에, 살인자의 집에 다 넘어갔다. 전쟁으로 모든 게 혼란스러우니 땅의 등기에서 소유자를 슬쩍 옮기는 것쯤이야 그리 어려운 일이 아니었을 거라고 한다. 그래서 할머니는 어쩌다 할아버지 돌아가신 얘기가 나오면 "재산 뺏으려고 그런 거여" 하신 거다. 이쯤 되면 과연 살인의 목적이 처음부터 재산은 아니었을까. 사상이니 복수니 하는 것은 표면적인 이유이지 않았을까 하는 의문이 들기도 한다.

아빠는 가끔 아빠의 아버지가 그렇게 일찍 돌아가셨더라도 아빠의 할아버지가 조금 더 오래 살아서 집안을 지켜주셨으면 아빠나 나의 친할머니가 그렇게까지 힘들게 살지는 않았을 거라고 얘기했다. 단순히 할머니가 여자 혼자 몸으로 벌어먹고 살기가 힘들어서가 아니라 남의 땅을 밟을 새가 없었다는 그 많은 땅을 잃어버렸기 때문이다.

친할머니 환갑잔치 때였다. 산본리 문중에서 할머니 이름으로 무슨 '열녀문' 이름이 붙은 표창장 같은 걸 만들어 와서 거의 대한민국 건국 훈장 수여하듯 경건하고 진지하게 '전달식'을 하고 갔다. 잔치에 오신 문중 어르신들은 족보에도 기록이 될 거라며 이런 영광이 어디 있냐는 듯한 표정을 지으셨다. 인터넷에서 말실수를 모은 유머를 보다가 어떤 사람이 회갑과 환갑과 육순이 머릿속에서 뒤엉켜 '육갑 잔치'라는 말이 튀어나왔다고 한 걸 본 적이 있는데 과연 그러하다. 유복자 하나 낳고 농사 품 팔고 한복 지으며 고생할 때는 나 몰라라 하고 땅 팔아서 공부시키러 서울 간다니 대역 죄인 취급을 하다가 아빠가 자리 잡고 할머니 환갑잔치를 크게 여니 그제야 '열녀문' 씩이나 되는 공로패를 만들어 오니 웃음이 날 수밖에. 할머니는 그 공로패가 할아버지가 비명에 돌아가실 때나 이후에 재산 빼앗길 때나 마을에서 누구 한 사람 그러지 말라고 나서지 못해 미안한 마음에 만들어 온 거라고 말씀하시곤 했다.

이 이야기를 쓰는 까닭은 단지 잃어버렸다는 그 땅을 돌려받을 기회를 찾는다거나 뺏긴 땅이 아까워서가 아니다. 종갓집도 아닌데 우리 집 땅이 그렇게 넓었다는 건 그만큼 나쁜 짓을 했다는 증거일 테다. 게다가 그 동네에 그리 오래 산 것도 아니고 고종 때 남양주에서 이사해 온 집이 단시간에 땅을 그렇게 많이 불렸다는 게 심상치 않다.

그저 처음부터 우리 땅이 될 게 아니었던 거다. 나의 할아버지를 무참히 살해한 동네 깡패라는 사람들도 어쩌면 나의 조상들이 점령군처럼 밀고 들어가는 바람에 살 터전을 갑자기 잃어버리고 우리 집안에 앙심을 품었던 사람들일지도 모른다. 또 어쩌면 을미사변이 일어나지 않고 당시 기대 수명대로 명성황후가 오래 살았더라면, 청량리에 처음 꾸민 능이 불길하다며 남양주로 이장하는 일은 없었을 것이고, 남양주에 있던 우리 조상 묘를 산본리로 옮기면서 남에게 원성을 살 일이 없었을지도 모르겠다.

우리 집안 내 여덟 명을 골라 도륙 내기를 주도한 그이는 후에 고향에 찾아온 자신의 형제들에게 하지 말아야 할 일을 했다며 혼이 났다고 한다. 그리고 그 후의 삶도 순탄하게 풀리지 않고 심지어 단명했다고 하니 굳이 이제 '에잇 나의 할아버지의 원수, 이 칼을 받아라!' 하며 들고 일어날 것도 없겠다. 칼보다 강하다는 글로 그저 기록에 남길 뿐이다.

이 챕터에서 서술한 할아버지가 돌아가실 때의 이야기는 나도 알게 된 지 얼마 되지 않았다. 할아버지 기일이 양력으로 따지면 9·28 수복일이라는 것도 불과 할머니 돌아가시기 4~5년 전쯤 할머니가 당신 정신이 점점 흐려져간다고 생각하셨는지 불쑥 나한테 "할아버지 기일이 팔월 열이레다"라고 얘기하셔서 알게 되었다. "아빠 속상할까 봐 얘기 안 했어"라고 덧붙이셨다. 마치 '나 얼마 못 사니 알고 있어라' 하시는 것처럼 툭 던지듯 얘기하셔서 내가 엄마 아빠한테 전달했다. 엄마는 "아유, 그걸 이제야 얘기하신다니" 했다.

우리 가족이 평생토록 궁금해했던 할아버지가 돌아가신 상황은 무려 할머니가 2019년에 돌아가셨을 때 빈소에 찾아온 집안 친척 할아버지께서 말씀해주셔서 그제야 다들 알게 되었다. 우리 집에서는 그분을 '갤근너' 할아버지라고 불렀었다. 무슨 이름이 그런가 했었는데, '개울 건너'가 줄어서 '갤근너'가 된 거였다. 예전에 우리 집하고 그 집 사이에 개울이 하나 있었어서 그 집을 '갤근너' 집이라고 불렀다는 거다. 바셀린 연고를 '와시링'이라고 부른 것처럼 할머니만의 발음법이었다. 나의 할아버지가 돌아가신 지 거의 70년이 다 되어서야, 당시에는 열 살도 안 되었을 '갤근너' 할아버지의 입을 통해서 할머니 빈소에서 나를 포함한 가족들이 비로소 모두 알게 되었다.

"인생이라는 판은 아주 복잡하고 정교하고 섬세하게 짜여 있거든? 혼자 외줄 타기 하며 살아가는 것 같지만, 절대 그렇지 않아. 당장 눈에 보이지 않는 길과 인연이 더 많은 게 인생이야. 그러니 무자비한 어려움 앞에 크게 좌절하거나 거칠게 흔들릴 것 같으면, 종교를 가지든 철학을 공부하든 신념을 지니든 하다못해 사자성어 하나라도 등 뒤에 놓고 기대 살면서 항상 네 삶의 자리를 지켜내라. 알겠지?"

배혜수의 웹툰『쌍갑포차』의 '박속낙지탕' 편에서 이제 막 태어나려는 아기의 영혼에게 삼신할머니께서 해주시는 말씀이다.

잘 익은 솔방울에서 솔씨를 찾아본 적이 있는가. 이렇게 작고 얄팍한 솔씨가 자리를 잘 잡고 움이 터서 100년이 넘게 자라야 우리가 흔히 소나무 하면 떠올리는 큰 낙락장송으로 자라난다. 나의 할머니가 남편을 비명에 잃고 유복자로 태어난 아버지와 앞이 보이지 않는 막막함 속에 있을 때였다. 종가 어른 한 분이 할머니를 불러 얼마간 돈을 주시며 "솔씨 심어 정자 만들라"고만 말씀하셨다고 한다. 할머니에게는 그 말씀이 아마도『쌍갑포차』에서 삼신할머니가 얘기한 "등 뒤에 놓고 기대 살" 한마디가 되었으리라. 솔씨를 심어 정자를 만들려면 얼마나 많은 공력과 시간을 들여야 할까. 할머니가 심어놓은 솔씨가 이 책 전체 이야기의 시작이다. 그 소나무는 아직 정자 하나를 만들 재목이 되려면 멀었겠지만 한창 잘 자라는 중인 것 같긴 하다.

이야기를 마무리하면서 쓰는 이야기

빗살무늬 토기의 빗살이 물살에 다 깎여 나갈 만큼 오랜 시간 우리 집 이야기를 늘어놓고 있었던 것 같다. 역사책에는 건조한 사건과 어쩌면 간단한 논평 정도만 나열될 뿐, 실제로 그 시대를 사는 사람의 인생이 역사적인 개별 사건과 어떻게 물고 물리는지는 알기 어렵다. 내가 어릴 때 살던 아파트 앞에는 동네 사람들의 모든 근황과 소문이 모이는 미용실이 있었고, 이사 가서 살던 동네에는 우리 집과 붙어 있는 작은 가게가 그 역할을 했다. 어쩌다 사람들이 근황을 교환하러 모이면 "내 이야기를 책으로 쓰면 몇 권이 나올 거다"라며 사설을 풀어놓는 할머니들도 계셨다. 아마도 이 책을 읽으면서 비슷한 집안 이야기를 할머니에게, 고모에게, 당숙모에게 들었다는 분들도 계실 것 같다. 넉넉히 최근 100년 정도만 잡아도 우리나라에는 사람마다 대하소설을 쓸 만큼의 경험치를 만들어주는 큰 사건이 많이 있었으니까. 이 책을 "나에게는 가족사를 다룬 감동적인 수필이지만 상업적인 출판 가치가 있는지는 모르겠다"고 냉철하게 평가하던 국문학 전공 내 동생에게 씨줄을 촘촘하게 메꿀 미시사微視史 날줄 하나를 추가한 데 의의가 있겠다고 답하겠다.

이 책은 역삼동 소재 '최인아 책방'에서 2020년 가을에 운영했던 '정여울 작가의 글쓰기 교실'이 아니었으면 생겨나지 못했다. 처음에는 회차별로 책을 한 권씩 읽고 그에 대응하는 글쓰기 기법들에 대해 설명을 듣는 강좌겠거니 해서 신청했는데, 첫 시간부터 단순한 글쓰기가 아닌 '책 쓰기'를 염두에 둔 글쓰기를 정여울 작가가 이야기했다. 물론 아주 예전부터 할머니들의 이야기를 글로 남기면 좋겠다고 생각은 하고 있었는데, 그게 마냥 뜬구름 잡는 일에서 땅에 발을 내딛는 실체가 될 수 있는 계기를 만들어준 게 바로 그 글쓰기 교실이었다. 이 책의 어떤 부분은 그 강좌에서 과제로 썼던 글이다. 특히 글의 소재가 되는 대상과 인터뷰하고 녹취를 풀어 정리하는 취재는 그때 배웠다.

그렇게 책 쓰기를 시작해서 본격적으로 책 한 권 분량을 쓰게 된 건 편성준, 윤혜자 부부가 운영하는 '소행성 책 쓰기 워크숍'을 통해서이다. 수강료가 적은 금액은 아니었지만, 내가 자비 출판을 한다고 해도 그 이상은 들어갈 텐데, 일단 누가 고삐를 틀어쥐고 이끌어줘야 글을 억지로라도 쓸 것 같아 출판 비용이라 생각하자면서 과감하게 수업을 신청했다. 아주 탁월한 선택이었다. 세상에 글 잘 쓰는 사람은 얼마나 많은가. 그렇지만 본인 글도 잘 쓰면서 한편으로 남의 글을 읽고 고쳐가며 성장을 이끌어내는 재주를 가진 사람은 아주 드물다. 이 글을 쓰는 시점은 마지막 수업을 열흘 정도 남겨둔 때인데 한 번밖에 남지 않았다니 아쉬울 따름이다.

'소행성 책쓰기 워크숍' 과제 중 하나로 교보문고 광화문점에도 모처럼 가보았다. 내가 쓰고 싶은 책과 비슷한 장르의 책이 어떤 표지와 판형으로 어떻게 출판되는 경향이 있는지를 조사하는 과제였다.

한참 교보문고 광화문점에 출근 도장 찍듯이 다니던 때가 2010년대 초반이었으니 정말 오랜만이었다. 강 건너가는 일이 어찌나 멀게 느껴지던지 서울 사대문 안에는 큰맘 먹고 가야 해서 잠실점까지만 가고 광화문점은 안 가본 지 오래였다. 게다가 코로나19가 터지고 나서는 한참을 온라인으로만 책을 구매했다. 그러다 과제 때문에 건물 지하 1층에 발을 들여놓는 순간부터 나올 때까지 나는 가득한 책이 주는 두근거리는 황홀경에 모처럼 빠져 있었다. 어쩜 이렇게 많은 책을 아름답게 정리해놨을까. 따뜻한 느낌을 주는 나무 바닥은 저 책들이 만들어진 기원이 나라고 이야기하는 것 같았다. 마스크 탓에 잘 느껴지지 않는 게 아쉽지만 집에서도 룸 스프레이를 뿌려놓으면 서점 냄새라고 아이들이 먼저 알아차리는 특유의 향도 빼놓을 수 없다.

애초에 잘 가지도 않지만 백화점에 어쩌다 옷 사러 가면 마네킹에 걸려 있는 옷은 거들떠도 안 보고 누워 있는 이월 상품들만 사게 된다고 한탄하곤 했는데, 서점은 백화점 의류 매장과는 정반대로 평대에 누워 있는 책들이 신상이거나 스테디셀러이거나 베스트셀러이다. 제일 먼저 눈에 뜨인 건 최승자 시인의 산문집이다. 강렬한 인상을 주는 시인의 사진이 '이걸 네가 안 사고 배기나 보자'라는 듯한 기운을 뿜고 있었다. 책 쓰기 워크숍에서 추천받은 김봄의 『좌파 고양이를 부탁해』, 이인의 『나의 까칠한 백수 할머니』를 서가에서 찾아내고, 다시 에세이 평대에서 박완서의 딸 호원숙이 어머니의 음식을 소재로 쓴 '땅' 시리즈 한 권을 집어 들었다.

이걸 또 다 어디다 꽂아두나 하고 정신을 차리지 않았으면 가산을 한순간에 탕진할 뻔했다. 어느 순간부터는 신간이 나와도 조금 기다려 전자책이 나오면 구입하고 있었는데 종이책이 가진 물성을 대신할 건 다른 종이책밖에 없다는 걸 다시 깨달았다. 이어 아들의 영어 학습 교재와 과학 교양 도서까지 섭렵하여 잔뜩 사 들고 읽을 곳을 찾아 헤맸다. 그때는 오미크론 변종이 최고조에 달하기 직전이라 무척 조심하던 때였다. 편하게 앉아서 책 읽기에는 카페가 제일 좋았겠지만, '대화 시 마스크 착용'이라는 문구가 무색하게 다들 마스크 없이 이야기를 하고 있었다. 결국, 늦은 오후 햇볕이 잘 들어오는 한적한 곳에 차를 세워두고 밖에 보이는 길고양이처럼 따뜻한 볕을 쬐며 오랜만에 방문한 서점의 풍경이 남긴 황홀함을 안주 삼아 한 권씩 막 사 온 책을 읽어나갔다.

고작 이 한 권 쓰면서 빚진 책이 한두 권이 아니다. 본문에 제목이 거론된 책을 제외하고도 이때 시장조사 나가서 잔뜩 산 책들은 물론 가족사를 다룬 많은 책을 참고했다. 때론 '나는 이렇게 못 쓸 거야' 하고 좌절하고 때론 '우리 집에도 비슷한 이야기가 있는데' 하며 응원받는 기분으로 여기까지 왔다.

고전의 반열에 들어간 박완서의 『그 많던 싱아는 누가 다 먹었을까』는 어릴 때 책장이 너덜너덜해질 때까지 읽었다. 박동규 교수의 『내 생애 가장 따뜻한 날들』, 강인숙 교수의 『민아이야기』와 『아버지와의 만남』, 인형 작가 김영희의 『아이를 잘 만드는 여자』와 『엄마를 졸업하다』, 소설과 에세이의 경계가 희미한 신경숙의 『외딴방』은 나의 할머니 세대와 부모 세대를 이해하는 데 큰 도움을 주었을 뿐 아니라 가족 이야기를 풀어가는 방식을 참고한 책이다. 나오기로는 가장 최근인 유병록의 『그럼소』도 윤혜자 선생의 추천으로 읽게 되었는데 '소'를 매개로 이어지는 가족의 이야기를 따뜻한 글로 그려낸 수작이라 한 줄 쓰고 싶다. 작년 이맘때쯤 펑펑 눈물을 쏟으며 읽었던 최은영의 소설 『밝은 밤』도 참고도서 목록에 추가하자.

방송에서 김영하 작가가 이야기하는 바람에 더 유명해진 『내 어머니 이야기』는 진즉부터 좋아한 책이었다. 방송에서 언급되면서 다시 표지를 정비해서 개정판이 나왔는데, 좋아하는 작품이 잘된 걸 기뻐해야 하지만 '나는 유명한 작가의 말을 듣고 산 게 아니라 원래 좋아하던 작품인데' 하면서 살짝 마음이 샐쭉해지기도 했다.

가족에 대한 이야기는 훌륭한 대학의 석좌 교수 정도는 되어야 쓰는 게 아닌가, 최소한 등단 작가 정도는 되어야 하는 거 아닌가 싶을 때도 있었지만, 지금 우리가 사는 시대는 보통 사람들의 이야기를 쓰고 읽는 시대라며 격려해주던 편성준, 윤혜자 부부에게 다시 한번 감사 드린다.

대학교 4학년 때 무언가 재미도 있고 얻는 것도 있으면서 학점 따기도 만만해 보이는, 다시 말해 '교양과목'으로서의 덕목을 고루 갖춘 과목을 찾다가 '한국 문학의 이해'라는 수업을 수강한 적이 있다. 김동인, 현진건, 이상과 같은 작가들을 생각하며 수업에 들어간 나는 이미 그분들은 근대문학의 반열에 들어가신 걸 깨닫고, 기형도를 비롯해서 윤대녕, 성석제, 공지영, 신경숙, 김영하로 이어지는 수업을 재미있게 들었다. 〈질투는 나의 힘〉이라든지 〈봄날은 간다〉와 같은 영화 제목이 원래는 기형도 시인의 시 제목이라는 것도 그 수업을 들으면서 알게 되었다.

한번은 구로사와 아키라 감독의 〈라쇼몽〉을 보는 시간을 가졌다. 한국 현대문학 수업 시간에 무슨 고릿적 일본 영화를 본단 말인가 싶은 생각이 들던 나는 교양이 부족한 이과생이었다. 〈라쇼몽〉을 함께 본 까닭은 같은 사건을 겪어도 사람마다 받아들이는 게 얼마나 다른지 또는 얼마나 사람들이 자기 편한 대로 이야기를 하는지 깨달으라는 취지였다. 지금 와서 이 영화를 본 얘기를 다시 하는 까닭은 이 책의 원고 감수를 했던 나의 모친께서 책에서 기술한 내용이 실제와 다른 것에 너무나도 걱정하셨기 때문이다. 초고에 엄마가 처음 서울에 전학 왔을 때 한 반에 100명이 넘었다고 썼는데, '엄마는 99번이었어'라고 고쳐주시는 식이었다. 그 후로 100번이 넘어갔던 것도 사실이지만 엄마가 전학 왔던 시점에는 99번이었다고 수정 지시를 받았다. 엄마, 이건 학위논문이 아닙니다요. 같은 사건을 겪은 사람들도 제각기 입장이 달라서 기억하는 게 다른데 전해 들은 이야기가 사실성이 떨어지는 건 어느 정도 당연하지 않을까 싶지만, 내 나름대로 옛날 신문기사나 지자체에서 제공하는 공공 기록물을 될 수 있는 한 참고하기도 하고 서로 다른 이해관계에 있는 친척들의 이야기를 들으며 교차로 검증하는 과정을 거치기도 했다.

나는 글을 길게 쓰는 걸 잘하지 못한다. 대학에서는 화학 분야를 전공했는데, 중요 전공필수 과목 시험을 볼 때 과목 담당 교수님이 "답은 문제당 세 줄까지만 채점한다"라고 하신 지침에 충실히 따르던 만큼 요점만 간단히 쓰는 데 익숙하다. 그래서 '소행성 책 쓰기 워크숍'에서 배운 대로 책 한 권을 만들기 위한 A4 사이즈 100매를 만드는 일이 고행에 가까워 결국 80페이지 정도에서 끝을 내었다. 간혹 페이지가 잘 안 늘어날 때는 곽재식의 『항상 앞부분만 쓰다가 그만두는 당신을 위한 어떻게든 글쓰기』를 읽으며 마음을 다잡기도 했다. 이 책 중간에 아롱이와 다롱이에 대해 한 토막 적은 것은 이 책의 "이도 저도 안 될 땐 고양이 이야기를 써라"라는 조언을 따른 것이다.

학창 시절 중장거리 달리기 선수를 했던 지인이 말하길 달리다가 다리에 힘이 풀려 더 달릴 수 없을 것 같을 때는 팔을 힘차게 저어보라고 한다. 그러면 팔이 움직이는 힘으로 조금 더 달릴 수 있다고 한다. 이 책을 쓰면서 더 이상 나올 게 없다며 지쳐 있을 때 도은숙 팀장님은 노련한 편집자답게 지친 다리 대신 팔을 휘두르는 것처럼 구체적인 편집 방향과 퇴고에 대한 조언으로 완성도를 높여주셨다.

나의 지도교수님께서는 화학 전공자답게 인생을 화학에 빗대 말씀하시곤 했다. 결혼이라든가 인생의 중대사는 화학반응에서 '비가역반응'에 속하므로 '가역반응'에 비해 매우 신중하게 생각하고 결정해야 한다고 하셨다. 예전보다는 활성화에너지가 줄어든 것 같긴 하지만 결혼은 비가역반응이 맞는다. 내 생각에는 내 이름을 걸고 책을 한 권 내는 것도 비가역반응에 속하는 일이 아닐까 싶다. 책을 쓰기 전과 후는 삶이 많이 다를 것 같다. 그렇다고 또 쓸 일이 있을까는 아직 잘 모르겠다. 40년 넘게 쌓아온 이야기로 한 권을 썼으니 앞으로 40년쯤 더 흐르면 가능할지도.

할머니, 나의 할머니

2023년 1월 6일 1판 1쇄 인쇄
2023년 1월 25일 1판 1쇄 발행

지은이   이시문
펴낸이   한기호
책임편집   도은숙
편집   정안나 유태선 김미향 김현구
마케팅   윤수연
디자인   북디자인 경놈
경영지원   국순근
펴낸곳   어른의시간
        출판등록 2014년 12월 11일 제2014-000331호
        주소 04029 서울시 마포구 동교로 12안길 14(서교동) 삼성빌딩 A동 2층
        전화 02-336-5675 팩스 02-337-5347
        이메일 kpm@kpm21.co.kr
        홈페이지 www.kpm21.co.kr

ISBN 979-11-87438-20-5 03810